KB142332

비록, 닿을 수 없는 너의 세상일지라도

KIMI NO HANASHI (君の話)

비록, 당을 수 없는 너의 세상일지라도

미아키 스가루 지음 × 이기웅 옮김

팩토리나인

한 번도 만난 적이 없는 소꿉친구가 있다.
나는 그녀의 얼굴을 본 적이 없다.
목소리를 들은 적이 없다. 몸에 닿은 적이 없다.
그런데도, 그 얼굴이 얼마나 사랑스러운지 잘 알고 있다.
그 목소리가 얼마나 부드러운지 잘 알고 있다.
그 손이 얼마나 따스한지 잘 알고 있다.

여름의 마법은, 아직도 이어지고 있다.

용어 설명

의억 : 나노로봇에 의한 기억 개조 기술이 만들어낸 가공의 기억

의자 : 의억 속 가공의 등장인물

의억기공사 : 의뢰인의 '이력서'를 토대로 가공된 기억을 만들어내는 전문적인 인력

이력서 : 의억 구매 희망자와의 카운슬링을 통해 취득한 정보를 프로그램이 분석하여 체계적으로 정리한 도큐먼트

그린그린 : 가공의 청춘 시절을 제공하는 나노로봇

레테 : 특정 시기의 기억을 제거해주는 나노로봇

메멘토 : 삭제한 기억을 되살리기 위한 나노로봇

엔젤 : 가공의 자녀를 제공하는 나노로봇

허니문 : 가공의 결혼 생활을 제공하는 나노로봇

일러두기

- 용어 설명은 내용의 이해를 돕기 위해 옮긴이가 정리한 것입니다.
- 본문의 모든 각주는 옮긴이 주입니다. 단, 간략한 설명만 필요한 경우에는 본문 안에 방주로 처리했습니다.

차례

01

그린그린

한 번도 만난 적이 없는 소꿉친구가 있다. 나는 그녀의 얼굴을 본 적이 없다. 목소리를 들은 적이 없다. 몸에 닿은 적도 없다. 그런데도, 그 얼굴이 얼마나 사랑스러운지 잘 알고 있다. 그 목소리가 얼마나 부드러운지 잘 알고 있다. 그 손이 얼마나 따스한지 잘 알고 있다.

그녀는 존재하지 않는다. 보다 정확하게 말하자면, 그녀는 내 기억 속에만 존재한다. 흡사 고인故人에 대한 이야기를 하는 것 같지만 그렇지 않다. 처음부터 존재하지 않았던 것이다.

그녀는 나를 위해 만들어진 여자로 이름은 나쓰나기 도카夏凪灯火라고 했다. 의자義者. 이른바 의억義憶의 거주인. 까놓고 말하자면 가공의 인물이다.

내 부모님은 허구를 세상 무엇보다 사랑했다. 혹은 현실을 세상 무엇보다 증오했다. 여행을 할 바에는 여행을 한 의억을 산다. 파티를 열 바에는 파티를 연 의억을 산다. 결혼식을 올릴 바에는 결혼식을 올린 의억을 산다. 그런 부모 밑에서 나는 자랐다.

그야말로 일그러진 가정이었다.

아버지는 걸핏하면 어머니의 이름을 잘못 불렀다. 내가 실제로 들은 것만 해도 서로 다른 이름이 다섯이었다. 가정이 있는 몸임에도 아버지는 '허니문'을 복수로 구입했다. 어머니뻘 연령에서부터 딸뻘 연령까지, 대략 열 살 단위로 전처의 의억을 구비하고 있는 듯했다.

어머니가 아버지의 이름을 잘못 부른 적은 한 번도 없었다. 그 대신 걸핏하면 내 이름을 잘못 불렀다. 나는 분명 외동이었음에도, 어머니에게는 자식이 넷 있는 모양이었다. 나 말고도 '엔젤'의 의억이 만든 세 명의 자식. 셋의 이름에는 공통점이 있었지만, 내게는 없었다.

그렇다면 내가 아버지의 이름을 잘못 부르면 완벽한 순환이 이루어졌을 테지만 안타깝게도 소년 시절의 내게는 의억이 하나도 없었다. 부모님은 내 기억에 전혀 손을 대지 않았다. 자식에게 의억을 사줄 돈이 아까워서였던 건 아니었다. 결함투성이 가정이었지만 돈은 충분했다. 그저 교육 방침이 그랬을 따름이다.

인격 형성기에 무한한 애정과 성공 체험의 의억을 주입시켜두는 것이 자녀의 정서 발달에 긍정적인 영향을 준다는 사실은 널리 알려진 바다. 이는 때때로 실제의 무한한 애정과 성공 체험의 영향을 넘어섰다. 개개인의 개성에 맞춰서 적절하게 조정된 의사疑似 기억은 오신호로 뒤섞인 실제 경험보다 직접적으로 인격에 작용하기 때문이다.

내 부모님이 그런 효용을 몰랐을 리가 없다. 그럼에도 그들은 나에게 의억을 사주려 하지 않았다.

"의억이란 말이다, 의수義手나 의안義眼과 마찬가지로 어디까지나 결락된 부분을 보충하는 거야."라고 아버지는 딱 한 번 내게 말했다. "네가 어른이 돼서 자신에게 부족한 게 어떤 건지 알게 되면, 그땐 네가 알아서 의억을 사면 돼."

아무래도 두 사람은 제조사나 클리닉에서 기억 개조를 옹호할 때면 꺼내 드는 홍보 문구－의억으로 과거를 날조하는 행위에서 느껴지는 꺼림칙한 기분을 완화해줄 허울 좋은 명분－를 아무 의심 없이 받아들이는 모양이었다. 다섯 명의 전처가 없으면 보충되지 않는 결락이라는 게 구체적으로 무엇인지 나로서는 좀처럼 상상이 되지 않지만.

가공된 과거 속에서 살아가는 부모님은 가족과의 현실적 연결고리를 피해 생활했다. 커뮤니케이션은 최소한으로, 식사는 제각각 했으며, 매일 아침 일찍 집에서 나와 밤늦게 귀가했고, 휴일에는 서로 행선지를 알리지 않고 어딘가로 떠났다. 여기에 존재하는 나는 진정한 자신이 아니다, 라고 그들은 믿어 의심치 않는 것 같았다. 그게 아니면 그렇게라도 믿지 않으면 살아갈 수 없었거나. 그리고 말할 필요도 없이, 그들이 집을 비운 동안 나는 방치되었다.

부모 노릇을 제대로 할 수 없다면 차라리 그 자식도 의억에 담가 버렸으면 좋았을 텐데. 소년 시절의 나는 늘 그런 생각을 했었다.

진짜 사랑도 가짜 사랑도 알지 못한 채 자란 나는, 당연하게도 누군가를 사랑하는 법이라든가 누군가로부터 사랑받는 법 같은 걸 전혀 모르는 인간으로 자랐다. 자신이 타인에게 받아들여지는 상태가 어떤 것인지 쉽사리 상상하지 못하고 처음부터 커뮤니케이션을 포기해버렸다. 운 좋게 누군가에게 관심을 받아도 언젠가 이 사람은 내게 실망하고 말 것이라는 근거 없는 예감이 덮쳐와서, 시작도 하기 전에 상대를 내치고 말았다. 그 덕분에 지독히도 고독한 청춘 시절을 보냈다.

내가 열다섯이 되었을 때 부모님은 이혼했다. 훨씬 이전에 결정된 일이었다고 두 사람은 변명했지만, 그래서 어쩌란 말인가 하는 생각밖에 들지 않았다. 심사숙고해서 결정한 일이라 하여 그 죄가 가벼워지리라 믿고 있단 말인가. 충동 살인보다 계획 살인 쪽이 죄가 더 무거운데 말이다.

지루한 공방 끝에 친권은 아버지가 갖게 되었다. 그 후 딱 한 번 여행지에서 어머니와 마주친 적이 있었지만 어머니의 시야에 나라는 인간은 존재하지도 않는다는 듯, 눈길 한 번 보내지 않고 스쳐 지나갔다. 내가 아는 한 어머니는 그런 연기가 가능할 만큼 요령 있는 인간이 아니다. 그렇다는 것은 아마도 '레테'(그리스 신화 속 망각의 여신.-옮긴이)를 통해 가족과 관련된 기억을 통째로 삭제해버렸겠지.

현재 그녀에게 나는 생면부지의 타인인 것이다.

어이없음을 넘어 살짝 감탄하고 말았다. 그 정도로 단호한 삶의 방식이 가능하다니 솔직히 부러웠다. 나도 본받아야겠다고 생각했다.

열아홉이 되고 반년쯤 지났을 무렵이었을까.

방 안에서 불을 끄고 싸구려 술을 홀짝이며 무심하게 지난 생애를 되돌아보다가, 그 19년이란 시간 동안 추억다운 추억이 하나도 없다는 걸 깨달았다.

그야말로 완벽한 잿빛의 나날이었다. 유치원, 초등학교, 중학교, 고등학교, 대학교……. 농담濃淡도, 명암도, 강약도 없는 단조로운 회색이 지평선 끝까지 이어져 있었다. 통과의례라 할 청춘의 풋풋함과 감정의 기복마저 그 안에서는 찾아볼 수 없었다.

그래, 이렇게 텅 빈 인간이기에 다들 가짜 추억에 집착하는구나, 하고 나는 깨달았다.

하지만 그렇다고 해서 의억을 사고 싶은 마음은 들지 않았다. 거짓으로 이루어진 가정에서 자란 반발이랄까, 나는 의억을 비롯한 온갖 허구를 증오하게 됐다. 아무리 무미건조한 인생이라 해도 허상으로 채워 넣은 인생보다는 나은 것 같았다. 아무리 잘 직조된 이야기일지라도 그게 만들어진 것이라는 이유로 나에게는 무가치하게 느껴졌다.

의억은 필요 없으나, 기억에 손을 댄다는 발상 그 자체는 나쁘지 않았다. 그날부터 나는 아르바이트에 매진했다. 아버지로부터 충분한 생활비를 보조받고 있었지만, 이 문제와 관련해서는 가능한 한 내 힘으로 처리하고 싶었다.

목적은 '레테' 구입.

아무것도 없는 인생이라면 차라리 전부 잊어버리자고 생각했다. 무언가가 있어야 할 공간에 아무것도 없기에 허무한 감정이 든다. 차라리 그 공간 자체를 지워버린다면 이 허무도 안개처럼 사라지겠지. 텅 비어 있다는 것도 이를 담을 그릇이 없다면 성립되지 않는 것일테니까.

나는 완전한 제로에 가까워지고 싶었다.

4개월 만에 자금이 모였다. 은행에서 모아둔 아르바이트비를 뽑고는, 그 길로 클리닉으로 달려가서 '이력서' 작성을 위해 반나절에 걸쳐 카운슬링을 받고 완전히 녹초가 되어 집에 돌아왔다. 홀로 축배를 들었다. 태어나서 처음으로 무언가를 이루어냈다는 성취감이 들었다.

카운슬링 중에는 탈억제제脫抑制劑 때문에 최면 상태에 빠져서 내가 무슨 말을 했는지 아무런 기억이 없었다. 하지만 클리닉에서 나와 혼자가 되자, '말을 너무 많이 했네.' 하는 후회가 스멀스멀 치밀어 올랐다. 아마도 뭔가 부끄러운 바람 같은 걸 털어놓았으리라.

막연했지만 그런 느낌이 들었다. 머리는 기억하지 못하지만 몸 어딘가가 기억하는 듯했다.

일반적으로 며칠에 걸쳐 진행되는 카운슬링이 반나절 만에 끝났다는 건 전적으로 내 과거가 텅 비어 있음이 틀림없다는 걸 증명했다.

한 달 후 '레테'가 든 봉투가 도착했다. 부모님이 기억 개조 나노로봇을 복용하는 모습을 곁에서 몇 번이나 지켜봤기에 첨부 서류를 읽을 필요도 없었다. 나는 약봉지에 담겨 있는 분말 상태의 나노로봇을 물에 녹여 단숨에 들이켰다. 그러고는 바닥에 누워 잿빛의 나날이 새하얗게 물들기를 기다렸다.

이걸로 전부 잊을 수 있다. 그렇게 생각했다.

물론 실제로 모든 기억이 삭제되는 것은 아니다. 일상생활을 영위하기 위한 필수 기억은 변함없이 보존될 뿐더러, 애초에 '레테'의 영향을 받는 것은 에피소드 기억처럼 개인이 경험한 사건과 관련된 기억뿐이다. 일반적으로 '지식'에 해당하는 의미 기억은 이미지나 언어로 내용을 떠올리거나 진술할 수 있는 기억이라는 점에서 에피소드 기억과 공통분모를 갖지만, 에피소드 기억과는 달리 '레테'의 영향이 미치지 않는다. 마찬가지로 의식에서 내용을 떠올릴 수 없는 기억인 비진술 기억 역시 그대로 보존된다. 이는 기억 개조 나노로봇의 공통된 특징으로, 그에 따라 기억을 이식할 때도 동일한 제약이 가해진다. 즉각적이고 전능한 '므네모시네'(그리스 신화

속 기억의 여신.-옮긴이)의 개발이 난항 중인 것도 그래서다. '레테'에 의해 지식을 망각하거나 기술을 상실하는 경우는 일어날 수 없다. 없어지는 것은 추억뿐이다.

나는 6세부터 15세까지의 기억 전부를 소거하고자 했다. 기억 소거 명령은 '~에 관련된 기억' 같은 식으로 대상을 지정하는 게 일반적이지만, 나처럼 일정한 시기의 기억을 통째로 소거하는 방식을 선택하는 손님은 드물다고 했다. 당연할 수밖에 없다. 그들의 목적은 인생으로부터 고뇌를 제거하는 것이지, 인생 그 자체를 말소하는 게 아니었을 테니까.

탁상시계를 바라봤다. 한참을 기다렸지만 기억 상실의 징후가 나타나지 않았다. 원래대로라면 5분쯤 지나 나노로봇이 뇌에 다다르고 30분이면 기억 제거가 완료될 텐데, 1시간이 지나도 소년 시절의 기억이 변하지 않았다. 일곱 살 무렵에 다녔던 수영장에서 물 먹었던 일도 기억이 났고, 열한 살 무렵에 폐렴으로 한 달 동안 입원한 일도 생각이 났고, 열네 살 무렵에 사고를 당해 무릎을 세 바늘 꿰맸던 일도 생각났다. 어머니의 가공의 딸들 이름도, 아버지의 가공의 전처 이름도 하나도 빠짐없이 기억났다. 나는 점점 불안해졌다. 설마 사기를 당한 걸까? 아니다, 기억 제거라는 건 원래 이런 걸지도 모른다. 어떤 기억이 완전히 사라질 때 인간은 그 기억이 지워진 사실조차 의식하지 못하는 걸지도 모른다.

그런 식으로 자신을 억지로 설득하며 불안을 지우려고 한 순간이었다. 나는 내 과거에 섞여 들어간 이질적인 존재를 감지했다.

당황함에 몸을 일으킨 나는 쓰레기통에 내던졌던 봉투를 꺼내 첨부 서류를 읽었다.

그게 아니기를 빌었다. 그러나 그것이었다. 뭔가 착오가 있었던 모양이었다. 내 손에 온 것은 '레테'가 아니었다. 그것은 주로 청춘 콤플렉스 해소를 위해 이용되는, 가공의 청춘 시절을 사용자에게 제공하도록 프로그래밍된 나노로봇. '그린그린'.

회색은 흰색이 아니라 녹색으로 물들었다.

클리닉 측이 그 두 가지를 착각한 심정을 이해 못할 바도 아니다. 아마도 나를 담당한 카운슬러는 "청춘 시절에 좋은 추억이 없어서 모두 잊고 싶다."는 나의 요청을 앞부분만 듣고 지레짐작해버린 게 아닐까.

사실 대개는 그렇게 할 것이다. 좋은 추억이 없다면 좋은 추억을 갖고자 하는 게 자연스러운 발상이다. 제대로 확인하지 않은 나에게도 책임이 있다. 무엇보다 서류에 사인할 때 내용을 꼼꼼히 살펴보지 않았다는 점이 치명적이었다.

이 실수로 나는 평소 경멸해 마지않던 무리에 내 의사와 상관없이 편입되고 말았다. 말로 형용하기 힘든 숙명이라는 느낌을 지우기 힘들다.

주문과 다른 물건이 도착한 사실을 클리닉에 전달하자, 곧바로 사과 전화가 오고 나서 보름 후, 두 개의 '레테'가 발송됐다. 하나는 소년 시절의 기억을 지우기 위한 것이었고, 또 하나는 '나쓰나기 도카'라는 가공의 인물에 관한 의사 기억을 지우기 위한 것이었다. 하지만 나는 어느 쪽도 복용할 마음이 안 들어서 봉투를 열지 않고 서랍 속에 넣어두었다. 그걸 눈에 띄는 곳에 두는 것조차 주저됐다.

무서웠다. **그런 감각**을 두 번 다시 맛보고 싶지 않았다.

솔직히 말하자면, 내가 복용한 것이 '레테'가 아니라 '그린그린'이란 걸 알았을 때 내심 안도했다. 다른 나노로봇과 비교해서 '레테'의 재구매자만이 극단적으로 적은 이유를 그제야 알 것 같았다.

이런 사정으로 내 머릿 속엔 가공의 청춘 시절 기억이 각인되었다. 그런데 그 청춘상에는 다소 편향이 있었다. 원래 '그린그린'이 제공하는 의억에는 친구와 즐겁게 보낸 추억이나, 함께한 사람들과 어려움을 극복하는 추억 같은 것이 빼곡하게 채워져 있어야만 했다. 그런데 어찌된 영문인지 내 의억은 한 사람의 소꿉친구와 관련된 에피소드로만 채워져 있었다.

의억은 카운슬링으로 취득한 정보를 프로그램이 분석해 체계적으로 정리한 도큐먼트—통칭 '이력서'—에 기초하여 만들어진다. 즉 이 기억을 만든 의억기공사는 내 '이력서'를 살펴보고 나서 '이 친구에게는 이런 과거가 필요하겠군.' 하고 판단했다는 것이다.

등장인물을 소꿉친구 한 명으로 좁혀놓은 이유는 대충 짐작이 갔다. 가족으로부터 애정을 받지 못하고 친구도 연인도 없는 고독한 청춘 시절을 보낸 나와 같은 결함투성이 인간에게는, 가족과 연인과 친구를 모두 겸할 수 있는 상대를 만들어주는 것이 훨씬 효과적이라고 의억기공사는 판단했으리라. 한 사람에 이 모든 역할을 집중시키면 복수의 등장인물들을 만들 수고도 덜고, 그만큼 한 캐릭터에 더 깊이 파고들 수 있다.

실제로 나쓰나기 도카는 내게 이상적인 인물이었다. 하나부터 열까지 내 취향에 딱 들어맞는, 굳이 말하자면 궁극의 이상형이었다. 그녀를 떠올릴 때마다 '아아, 이런 애가 진짜 소꿉친구였다면 내 청춘 시절이 얼마나 근사했을까.'라는 생각을 지울 수가 없었다. 그렇기에 더더욱 나는 이 의억이 마음에 들지 않았다. 내 머릿속에 존재하는 가장 아름다운 기억이 타인이 만든 가공의 이야기라니, 너무 허무하지 않은가.

◇◇◇◇◇

슬슬 눈을 뜨는 게 좋지 않겠어? 그녀가 말했다.

아직 괜찮아. 나는 눈을 감은 채로 대답했다.

안 일어나면 장난칠 거야. 그녀가 귓가에 속삭였다.

어디 해봐. 나는 말하며 몸을 뒤척였다.

어딜 공격해볼까. 그녀는 키득키득 웃었다.

나중에 확실하게 복수해줄 거야. 나도 웃었다.

손님. 그녀가 정중하게 말했다.

도카도 여기서 자면 되잖아. 나는 꼬드겼다.

"손님."

눈을 떴다.

"괜찮으세요?"

목소리가 나는 쪽으로 시선을 돌리자 유카타와 유사한 스타일의 유니폼을 입은 여직원이 몸을 숙이고 내 얼굴을 들여다보고 있었다. 나는 초점 잃은 눈으로 주위를 둘러보다가, 한 박자 늦게 여기가 이자카야라는 걸 깨달았다. 술을 마시다가 잠깐 잠이 든 모양이었다.

"괜찮으세요?"

여직원이 다시 내게 물었다. 꿈의 내용을 들킨 듯해 왠지 민망했다.

"물을 좀 갖다줄 수 있을까요?"

아무렇지도 않은 척 말하자 여직원은 미소를 지으며 고개를 끄덕이고는 물통을 가지러 갔다.

손목시계를 봤다. 마시기 시작한 게 분명 오후 3시였는데 벌써 6시가 지나고 있었다.

직원이 따라준 물을 단숨에 비우고 계산을 한 뒤 가게에서 나왔다. 문밖으로 나서자마자 끈적이는 열기가 온몸을 휘감았다. 에어컨이 고장 난 아파트를 떠올리자 벌써부터 마음이 무거워졌다. 지금쯤 거의 사우나나 별 차이 없겠지.

거리는 사람들로 넘쳐났다. 아까 가게 직원이 입고 있었던 유니폼과 같은 모조품이 아니라 진짜 유카타를 입은 여자들이 내 앞에서 왁자지껄 떠들며 지나갔다. 소스 타는 냄새라든가 고기 굽는 냄새가 섞인 하얀 연기가 곳곳에서 흘러나와 코끝을 자극했다. 사람들의 수다 소리, 포장마차의 호객 소리, 보행자용 신호의 안내 음성, 발전기에서 나는 낮은 엔진 소리, 저 멀리서 들려오는 피리 소리와 땅을 울리는 듯한 북소리 등이 뒤섞이며 마을 전체를 뒤흔들고 있었다.

8월 1일. 오늘은 여름 축제일이다. 나와는 아무 상관 없는 행사다.

축제장으로 향하는 인파와 부딪치며 아파트 방향으로 발걸음을 내디뎠다. 해가 지는 것에 비례해 인파의 밀도가 높아져 한순간 정신을 놓았다가는 휩쓸려갈 것 같았다. 스쳐 지나가는 사람들의 땀이 밴 얼굴에 석양이 드리우며 주황빛으로 반짝거렸다.

샛길을 찾아 신사에 들어간 것이 실수였다. 참배길에 늘어선 포장마차를 찾아온 사람들과 휴식을 위해 온 사람들로 경내는 복작거렸다. 사람들에게 치이는 사이 안주머니에 넣어둔 담배는 꾸깃꾸깃 구겨졌고, 셔츠에는 소스가 튀어 얼룩이 생겼고, 발가락은 게다(일본의 전통 나막신.-옮긴이)에 밟혔다. 이제는 내 의지로 진행 방향을 결정하는 것이 불가능해졌기에, 나는 체념하고 흐름에 몸을 맡기면서 자연스럽게 바깥으로 빠져나가게 되기를 기다렸다.

가까스로 경내를 빠져나와, 출구로 이어지는 돌계단에 내려서려던 참이었다.

느닷없이, 목소리가 들려왔다.

있잖아, 키스해볼까.

알고 있다. '그린그린'의 소행이다. 여름 축제가 불러일으킨 의억에서 비롯된 환청에 불과하다. 분명 이자카야에서 꾼 꿈이 발단이 된 것이리라.

나는 신경을 돌리기 위해 딴생각을 하려고 했다. 하지만 한번 시작된 연상을 멈추려 들면 들수록 오히려 가속이 붙었고, 뇌리에 떠오른 의억은 떠올리지 않으려고 애쓰면 애쓸수록 더욱 선명해졌다. 어느새가 내 의억은 가공의 소년 시절로 거슬러 올라가 있었다.

"애들이, 우리, 사귄다고 생각하나 봐."

나는 도카와 근처 신사의 여름 축제에 와 있었다. 포장마차를 쭉 둘러보고 나서 배전(신사에서 배례하기 위해 본전 앞에 지은 건물.-옮긴이) 뒤편 돌계단 끄트머리에 나란히 앉아서, 저 아래의 사람들을 아무 생각 없이 내려다보고 있었다.

나는 평소와 다름없는 옷차림이었지만, 도카는 유카타를 야무지게 차려입고 있었다. 불꽃놀이 무늬가 들어간 짙은 남색 유카타에 붉은 국화꽃이 달린 머리핀. 양쪽 다 작년과 비교하면 차분해진 스타일로, 그 때문인지 그녀가 평소보다 어른스럽게 느껴졌다.

"그냥 소꿉친구일 뿐인데 말이야."

도카는 그렇게 말하고는 몸에 해로워 보이는 빛깔의 주스를 한 모금 마시더니 살짝 기침을 했다. 그러고는 내 반응을 훔쳐보려는 듯 내 얼굴을 힐끗거렸다.

"이렇게 둘이 있는 걸 누군가가 보면 오해가 깊어지겠네."라고 나는 신중하게 단어를 고르며 말했다.

"그러게."

도카가 키득키득 웃었다. 그러다가 문득 생각이 났다는 듯이 내 손에 자신의 손을 포갰다.

"이걸 보면 더 오해가 깊어질지도."

"치워."

말은 그렇게 했지만 나는 도카의 손을 거부하지 않았다. 대신에 슬쩍 주위를 둘러봤다. 아는 사람 눈에 띄어 놀림을 사지 않을까 하는 불안과 차라리 놀림을 사버렸으면 좋겠다는 기대가 반반이었다. 아니, 기대 쪽이 아주 조금이지만 더 컸을지도 모르겠다.

나는 열다섯이었고, 그 무렵에는 도카를 이성으로 강하게 의식하기 시작했다.

중학교 2학년 때 서로 반이 갈리며 둘이 함께 보내는 시간이 일시적으로 줄어든 것이 계기였다. 그때까지 가족이란 이름으로 묶여 있는 것과 다름없었던 소꿉친구가, 사실은 같은 반 다른 여자애들과 똑같은 한 사람의 이성이었다는 사실을, 나는 그 일 년 동안

절감했다. 동시에 나 자신이 그녀에게 이성적으로 강하게 끌리고 있다는 사실도 자각했다. 여러 선입견을 버리고 한 발 물러난 지점에서 바라봤을 때 나쓰나기 도카는 무척 아름다운 여자아이였다. 그전까지는 마냥 익숙하기만 했던 옆얼굴조차도 어느새 눈을 떼지 못하게 됐고, 그녀가 다른 남자아이와 이야기하는 모습을 본 것만으로 불안에 떠는 일이 잦아졌다.

지금까지 내가 이성에게 흥미를 갖지 않았던 것은 처음부터 이상적인 상대가 옆에 있었기 때문이 아닐까. 그런 생각이 들었다. 오래 알고 지내온 만큼 도카 역시 나와 비슷한 심경의 변화를 맞고 있음을 눈치챌 수 있었다.

중학교 2학년 여름 무렵부터 나를 대하는 태도가 묘하게 어색해졌다. 표면적인 행동거지는 이전과 전혀 다를 게 없었지만, 주의 깊게 관찰하면 그녀가 과거 본인의 행동거지를 모방할 뿐이라는 걸 알 수 있었다. 스스럼없는 관계를 유지하기 위해 그녀 나름대로 노력하고 있다는 거겠지.

3학년이 되어 다시 같은 반이 되자, 우리는 그동안 떨어져 지낸 데에 반발이라도 하듯 늘 붙어 지냈다. 직접적으로 서로의 마음을 확인하지는 않았지만, 이따금 아무 일도 아니라는 것처럼 슬쩍 속을 떠봤다. 아까 그녀가 그랬던 것처럼 "또 남자친구로 오해받았어."라고 말하고 상대가 불편해하는 표정을 짓지 않는지 시험해본다든가, 장난치는 것처럼 손을 잡아보고는 반응을 살피는 것과 같은 방법으로.

몇 번의 시행착오를 거쳐, 우리는 서로 같은 마음이라는 확신이 깊어지고 있었다.

그리고 그날, 도카는 최후의 확인 작업에 들어갔다.

"있잖아, 키스해볼까."

눈 아래 펼쳐진 광경에 시선을 고정시킨 채, 그녀는 옆에 앉은 나에게 말했다. 문득 생각난 것처럼 말했지만, 그녀가 그 말을 오래전부터 품 안에서 데워왔다는 걸 나는 알았다. 그와 같은 말을 나도 오래전부터 준비했기 때문이다.

"그러니까, 우리가 진짜 소꿉친구에 불과한지 확인해보는 거야."

가벼운 말투로 도카가 말했다.

"또 알아? 의외로 두근거릴지."

"글쎄, 어떨까."

나도 가벼운 말투로 대꾸했다.

"그래도 아무 느낌 없지 않을까."

"그럴까."

"그럴 거야."

"그럼 한번 해보자."

도카가 나를 향해 고개를 돌리고는 눈을 감았다.

이건 어디까지나 장난이다. 호기심을 충족시키기 위한 실험. 애초에 키스 따위 별것 아니다. 그런 식으로 몇 가지 단서를 만들어둔 후에 우리는 재빨리 입술을 포갰다.

입술을 뗀 후 우리는 아무 일도 없었다는 것처럼 고개를 돌려 정면을 바라봤다.

"어땠어?"

내가 물었다. 그 목소리가 묘하게 낮게 깔려 왠지 내 목소리 같지 않았다.

"으음……."

도카가 천천히 고개를 갸웃했다.

"딱히 두근거리거나 그러지 않았어. 넌?"

"나도."

"그래?"

"거봐, 내가 말했잖아. 아무 느낌 없을 거라고."

"응. 역시 우린 그냥 소꿉친구인가 봐."

속이 빤히 들여다보이는 대화였다. 나는 지금 당장이라도 다시 한번 도카와 키스하고 싶었고, 그보다 더한 것 역시 하나도 빠짐없이 확인하고 싶어 미칠 지경이었다. 그녀도 같은 마음이라는 게 흔들리는 눈동자와 떨리는 목소리로 전해졌다. 처음 대꾸하기 직전에 말을 흐린 건 "잘 모르겠으니까 한 번 더 해볼까."라고 말하려다가 직전에 삼킨 것일 테지.

본래대로라면 이런 흐름에 맡겨 고백할 계획이었으리라. 실제로 나도 비슷한 계획을 세웠었다. 하지만 그녀와 입술을 포갠 불과 몇 초 사이, 내 생각은 확 바뀌었다. 여기서 더 나아가서는 안 된다, 라고 몸속 세포가 경고의 메시지를 보냈다.

여기서 한 걸음 더 나아가면 모든 게 바뀐다.

한순간의 자극, 흥분 같은 것과 맞바꿔버리면 둘 사이에 존재하는 형용하기 힘든 근사한 무언가를 모두 잃고 만다. 그랬다가는 두 번 다시 지금과 같은 관계로 되돌아올 수 없게 된다.

도카도 그런 느낌이 들었을 것이다. 계획을 긴급 변경하여 모든 게 장난인 것으로 정리하려는 듯했다.

도카의 신중한 판단을 나는 감사히 여겼다. 만약 그녀가 그 상태로 속마음을 털어놓았다면, 결코 거부할 수 없었을 테니까.

돌아가는 길에 도카가 문득 생각났다는 듯이 말했다.

"아, 근데 나 처음이었어."

"뭐가?"

나는 무슨 소리인지 알아듣지 못했다.

"키스 말이야. 너는?"

"세 번째."

"뭐?"

도카의 눈이 휘둥그레졌다.

"언제? 누구랑?"

"기억 안 나?"

"……설마, 그 상대라는 게, 나?"

"일곱 살 때 우리 집 옷장 안에서, 열 살 때 너희 집 서재에서."

몇 초의 침묵이 흐른 뒤 "앗, 진짜 그렇네."라며 도카가 고개를 끄덕였다.

"대단하다. 어떻게 그걸 다 기억해?"

"도카가 잘 까먹는 거지."

"미안합니다."

"오늘 일도 몇 년 후에는 까먹겠지."

"그렇구나, 세 번째였구나."

도카는 잠깐 침묵에 빠져들었다가 문득 미소를 지었다.

"그럼 사실은 네 번째야."

이번에는 내가 놀랄 차례였다.

"언제?"

"말해줄 수 없어."

도카가 청아한 얼굴로 말했다.

"그치만 엄청 최근이야."

"기억에 없는데?"

"네가…… 잠들어 있었거든."

"……몰랐어."

"우후후, 들키지 않게 했으니까."

"치사한데."

"치사하지."

도카가 몸을 젖히며 웃음을 터뜨렸다.

그럼, 사실은 다섯 번째인가. 나는 그녀에게 들리지 않게 중얼거렸다.

치사한 건 둘 다 똑같다.

그런 솜사탕처럼 달콤한 의사 기억이 내 머릿속에 무수히 존재한다. 때때로 진짜 기억보다 더 선명하게 뇌리에 되살아나서 내 마음을 격렬히 뒤흔든다.

골치 아프게도 일반적인 기억과 달리 의억은 시간이 지난다고 해서 흐려지거나 망각되지 않는다. 문신과 같아서 자연적으로 사라지지 않는다. 한 임상 실험에 따르면 신형 알츠하이머병 환자에게 의억을 이식하자, 본인의 기억을 모두 잊고 난 뒤에도 의억은 한동안 남았다고 한다. 나노로봇에 의한 기억 개조는 그만큼 강하다는 뜻이다. '그린그린'의 의억을 잊으려면 의억 소거용으로 튜닝된 '레테'를 복용하는 수밖에 없다.

공포를 극복하고 '레테'를 복용할 것인가, 의억과 타협할 것인가. 두 선택지 사이에서 나는 오랫동안 흔들렸다. 의억을 지우지 않는 한, 나는 언제까지나 실재하지 않은 소꿉친구와의 추억에 사로잡혀 있겠지.

고개를 숙이고 한숨을 토했다. 우유부단하기 짝이 없는 나라는 인간이 지긋지긋하다.

어느새 도리이(신사 입구에 세운 기둥 문.-옮긴이)가 눈앞에 보였다. 의억의 바다를 표류하는 사이 출구에 다다른 모양이었다. 마침내 여름 축제에서 도망칠 수 있다. 나는 안도했다. 여기 있으면 존재하지도 않는 과거만 생각하게 된다. 얼른 벗어나야 한다.

그때였다. 어딘가에서 폭발음이 들려왔다. 반사적으로 고개를 들자, 밤하늘 저 멀리에 쏘아 올려진 불꽃이 보였다. 이웃 마을에서 불꽃놀이 축제가 열린 모양이었다.

어디선가 지금 당장 뒤돌아보라는 말이 들린 것 같았다.

무의식적으로 발걸음을 늦췄다.

어깨너머로 뒤돌아본다.

인파 속에서, 나는 그 모습을 곧바로 찾아낸다.

그녀도 역시 돌아보고 있다.

그렇다, 한 여자였다.

견갑골까지 늘어뜨린 긴 까만 머리.

불꽃놀이 무늬가 수놓아진 짙은 남색 유카타.

이목을 끄는 하얀 피부.

붉은 국화꽃이 달린 머리핀.

눈이 마주친다.

시간이 멈춘다.

나는 직감적으로 깨닫는다.

그녀도 같은 기억을 갖고 있다.

여름 축제의 소음이 멀어져간다.

그녀를 빼고 모든 것이 빛깔을 잃어간다.

쫓아가야 하는데. 나는 생각한다.

말을 걸어야 하는데. 나는 생각한다.

나는 그녀 곁으로 가려고 한다.

그녀도 내 곁으로 오려고 한다.

그러나 인파는 가차 없이 우리를 가로막고는 찢어 가른다.

눈 깜짝할 사이, 모습이 보이지 않았다.

02

반딧불이의 빛

만약 나와 같은 텅 빈 인간에게 친구가 생긴다면, 역시나 나와 같은 텅 빈 인간이겠지. 소년 시절 나는 막연히 그렇게 상상했다. 친구도 연인도 없고, 뛰어난 자질도 자랑할 경력도 없으며, 마음 따뜻한 추억 따위 하나도 갖고 있지 않은, 그런 그림으로 그려놓은 듯한 '못 가진 자'와 조우했을 때, 나는 처음으로 친구라 부를 만한 상대가 생기지 않을까 하고 생각했다.

에모리 선배는 내게 최초의 친구(이자 지금까지는 최후의 친구)였지만, 내가 상정하고 있던 공허 따위와는 전혀 인연이 없는 '가진 자'였다. 친구는 숱하게 있었고, 연인은 걸핏하면 갈아치웠고, 3개 국어를 자유자재로 구사했으며 나와 알게 되었을 시점에 글로벌 대기업의 입사가 결정되어 있었다. 요컨대 나와는 정반대의 유형이었다.

에모리 선배와 가까워진 것은 열아홉의 여름이었다. 당시 우리는 같은 대학에 다니고 있었고, 같은 아파트에 살고 있었다. 내가 201호였고 에모리 선배는 203호로 하나 건너 옆집이라, 그가 여자를 데리고 오는 모습을 빈번히 목격하곤 했다. 상대는 거의 매달 바뀌었고, 게다가 하나같이 흔히 볼 수 없는 미인이었다. 캠퍼스에서도 이따금 그의 모습을 보곤 했지만, 늘 수많은 친구들에게 둘러싸인 채 행복해 보이는 미소를 짓고 있었다. 대학에서 뭔가 행사가 있으면 대개는 그 중심에 그가 있었다. 그가 행사장에 모습을 드러내는 것만으로 사람들 사이에서 비명에 가까운 탄성이 터져 나왔다.

저런 인생도 있을 수 있구나, 하며 나는 매번 감탄을 금치 못했다. 내 상상력이 결코 미칠 수 없는 세계였다.

남들로부터 당연하게 호감을 산다는 것은 대체 어떤 기분일까.

그런 에모리 선배가 어째서 나처럼 그늘진 인물과 가까워질 마음이 들었을까. 지금도 알 수 없다. 어쩌면 그것은 타 문화 교류 같은 것이었는지도 모르겠다. 에모리 선배도 내 안에서 본인의 상상력이 미칠 수 없는 세계를 발견하고, 일종의 사회 공부 차원으로 삼아 바로 가까이에서 관찰하려는 목적이 있었는지 모른다.

혹은 절대 비밀이 새 나갈 수 없는 대화 상대로 유용하다고 생각했을 수도 있다. 수많은 이들이 그에게 호감을 갖고 있었지만 그만큼 그를 눈엣가시로 여기는 인간도 꽤나 될 터였다. 그런 이들의 귀에 들어가서는 곤란할 비밀을 털어놓을 상대로서 나는 최적이었을지도 모른다.

어쨌든 우리는 친구가 됐다. 그게 다다. 에모리 선배가 먼저 다가온 결과였다. 그는 자신이 거부당할 경우는 만에 하나도 있을 수 없다는 태도로 내게 접근해왔고, 그런 태도로 다가오자, 나도 그를 거부하는 것이 옳지 않다는 식으로밖에 여겨지지 않았다. 그렇구나, 사랑을 받고 자란 인간은 이런 식으로 더더욱 사랑받게 되는구나, 라고 생각했다.

나에게는 타인과 공유할 수 있는 화제가 전혀 없었기에 둘이 있을 때는 그가 일방적으로 말하는 게 보통이었다. 나는 그의 이야기를 그저 귀 기울이며 듣다가 이따금 뜬금없는 멘트를 날리곤 했다. 그러다 언젠가는 나라는 텅 빈 인간에게 실망해 알아서 떨어져 나가리라고 여겼는데, 결국 그런 관계가 그가 대학을 졸업하고 멀리 떨어져 사는 지금까지도 이어지고 있다.

반년 만의 재회였다. 에모리 선배는 전화로 미리 스케줄을 묻는 것과 같은 여유만만한 방법으로는 연락하는 법이 없었고, 항상 느닷없이 내 집으로 찾아왔다.

문을 열자 에모리 선배가 "어이." 하며 들고 온 봉지를 들어 올려 보였다. 봉지에는 캔 맥주 여섯 개들이 팩이 두 개 들어 있었다. 하나부터 열까지 예전 그대로였다. 그 순간 곧바로 반년이란 공백이 메워졌다.

나는 안주가 될 만한 걸 적당히 골라 집에서 입고 있던 차림 그대로 샌들을 신고 밖으로 나갔다. 에모리 선배는 말없이 고개만 끄덕이며 앞장섰고 나는 그 뒤를 따랐다.

굳이 말하지 않아도 알았다. 행선지는 근처 어린이 공원이었다.

적막한 곳이었다. 웃자란 잡초들이 무성해 멀리서 보면 공터로밖에 안 보였다. 놀이기구들도 하나같이 녹이 슬어 손을 댔다가는 정체를 알 수 없는 병에 걸릴 것만 같았다. 아이들의 동심을 파괴할 것 같은 그곳에서 술을 마시는 것이 우리만의 법칙이었다.

달이 아름다운 밤이었다. 수목에 둘러싸인 좁은 공원 안에는 그네 앞에 가로등이 딱 하나 있었다. 그마저 전구가 망가져버렸지만, 달빛 덕분에 놀이기구들의 형태를 어느 정도는 알아볼 수 있었다.

수풀을 헤치고 안으로 들어갔다. 각자 이름표라도 붙여놓은 것처럼 에모리 선배는 판다에, 나는 코알라에 앉았다. 저 구석에 놓인 벤치는 잡초에 파묻혀서 도무지 앉을 마음이 들지 않았다. 흔들말은 지나치게 불안정해서 착석감은 좋지 않았지만 땅바닥에 그냥 앉는 것보다는 나았다.

캔 맥주를 따고 우리는 건배도 하지 않고 마시기 시작했다. 사고나서 시간이 꽤 지났는지 맥주는 이미 미지근해져 있었다.

우리가 공원에서 마시게 된 데에는 나름의 사정이 있었다. 내가 대학에 입학하기 전해에 학교에서 급성 알코올 중독에 의한 사망자가 나왔다. 그 사망자가 미성년자라 인근 가게의 나이 확인이 과도할 정도로 엄격해졌다. 그래서 에모리 선배는 술을 사고, 내가 안주를 준비해 공원에 가서 마시는 방식이 정착된 것이다.

같은 아파트에 살기에 어느 한쪽 집에서 마셔도 상관없었지만 "술은 집에서 멀어지면 멀어질수록 맛있어진다."라는 것이 에모리 선배의 지론이었다. 그리하여 걸어서 갈 만한 거리에, 남의 눈에 띄지 않고 술을 마실 수 있는 장소로 우리가 찾아낸 곳이 바로 이 어린이 공원이었던 것이다.

"어때. 요새 뭐 재미있는 일 없었어?"

에모리 선배가 별다른 기대는 없는 듯한 말투로 물었다.

"있을 리가요. 여전히 독거노인과 같은 생활을 영위하고 있죠." 라고 내가 대답했다.

"에모리 선배는 어때요? 재밌는 일이라도 있었어요?"

에모리 선배가 밤하늘을 올려다보고는 40초쯤 생각에 잠겼다.

"지인이 사기를 당했어."

"사기?"

에모리 선배가 고개를 끄덕였다.

"이른바 데이트 사기란 거에 당했어. 연애 감정을 이용해서 그림을 강매하거나 아파트를 사달라고 하는 거 말이야. 사기 수법치고는 너무나 평범해서 딱히 흥미로운 지점은 없지만, 속았다고 하는 지인의 증언 중에 재밌는 구석이 있어서 말이야."

피해자는 오카노라는 남성, 사기꾼은 이케다라고 하는 여성이었던 모양이다.

사연인즉 이렇다. 어느 날, 오카노의 SNS에 메시지가 왔다. 보낸 사람은 이케다라는 여성으로, 메시지의 내용은 "나는 당신의 초등학교 시절 같은 반 친구인데, 기억하느냐."였다.

오카노는 기억을 더듬어봤지만, 이케다라는 이름의 여자아이는 통 생각이 안 났다. 이른바 보이스피싱 같은 사기일지 몰라서 무시하기로 마음먹었는데, 하루 건너 다시 메시지가 도착했다. 갑자기 이상한 메시지를 보내서 미안하다, 최근 내내 혼자 지낸 탓인지 조금 이상해졌다, 같은 동네에 예전에 알고 지냈던 친구가 살고 있다는 걸 알고 괜히 마음이 들떠서 그런 메시지를 보내고 말았다, 답신은 필요 없다 등의 내용이 이어졌다.

그 메시지를 읽은 오카노는 갑자기 불안해졌다. 어쩌면 자기가 까먹은 것뿐이고 이케다라는 여자애와는 정말로 아는 사이가 아닐까. 메시지를 무시하는 바람에 내가 그녀에게 상처를 준 게 아닐까. 고독에 견디다 못해 지푸라기도 잡는 심정으로 연락했던 그녀를, 훨씬 더 깊은 심연에 떨어뜨린 건 아닐까.

고민에 고민을 거듭한 끝에 그는 이케다라고 하는 인물에게 메시지를 보냈다. 그렇게 두 사람의 관계가 시작됐다. 이케다는 굉장히 센스가 좋은 여성으로, 오카노는 순식간에 사랑에 빠지고 말았다.

두 달 후 그는 터무니없이 비싼 그림을 사게 됐고, 다음 날 이케다는 모습을 감췄다.

"혹시나 해서 말해두지만, 그 오카노라는 친구는 절대 머리가 나쁘지 않아."

에모리 선배가 부연 설명했다.

"상당히 좋은 대학을 나왔고 책도 엄청 읽었어. 머리 회전도 빠른 편이고 남들보다 조심성도 꽤 컸어. 그런데 그런 흔해빠진 사기에 당하고 말았어. 왜 그랬을 것 같아?"

"사람이 너무 좋아서 그런 게 아닐까요?"

에모리 선배는 고개를 저었다.

"외로워서야."

아……. 나는 잠깐 생각하고 나서 맞장구를 쳤다.

에모리 선배의 말이 이어졌다.

"좀 더 흥미로운 지점은 이케다가 SNS 계정을 삭제하고 난 뒤에도 오카노는 그녀가 초등학교 시절 동창이었다는 말을 믿어 의심치 않는다는 점이야. 그 녀석의 머릿속에는 틀림없이 기억이 있다는 거야. 소녀였던 이케다와 같은 교실에서 함께 지낸 과거가 생생히 기억이 난다고 해. 실제로 그런 동창은 존재하지 않는데도 말이야."

"그건…… 자기도 모르는 새 의억을 이식당했다는 건가요?"

"아니, 그건 비용이 지나치게 높아서 사기를 치기에는 부담이 너무 크지."

"그럼 대체 어떻게?"

"아마도 본인 스스로가 무의식중에 자신의 기억을 새로 작성한

게 아닐까."

에모리 선배가 꽤나 흥미롭다는 얼굴로 말했다.

"기억이란 건 마음먹기에 따라서 너무나 쉽게 왜곡되기 마련이니까. 나노로봇의 힘을 빌리지 않더라도 인간은 일상적으로 자신의 기억을 위조해. '펠스 에이커스 사건◆' 이라고 들어봤어?"

처음 듣는 사건이었다.

"간단히 말해서 범죄와 관련한 증언이 얼마나 신빙성이 떨어지는가, 하는 사례의 전형이지. '당신은 이런 피해를 당하지 않았습니까.'라고 몇 번이나 질문을 받는 동안 자기도 모르게 정말로 그런 피해를 당했다고 믿어버리는 거지. 오카노도 이케다라는 여자에게 '나는 당신과 같은 반 친구다.'라는 말을 몇 번이나 듣는 동안 그렇게 믿게 된 게 아닐까. '그녀가 하는 말이 정말이었으면 좋겠다.'는 바람이 기억의 변형에 영향을 미쳤을 가능성도 있지. 졸업 앨범을 확인하기만 하면 이케다라는 애가 같은 반이 아니었다는 걸 확인할 수 있었는데, 오카노는 그러지 않았어. 결국 오카노는 사기를 당하고 싶어서 당한 거나 마찬가지야."

에모리 선배가 주머니에서 담배를 꺼내 불을 붙이고는 맛있게 피웠다. 처음 만났을 때와 변함없는 그 브랜드의 달콤한 향에 나는

◆ 미국 매사추세츠주 몰든에 위치한 '펠스 에이커스 어린이집'의 직원 제럴드 애머롤트에 의해 유아 성추행이 자행됐다는 주장에 따라 수사가 진행되던 중 아이들에게 암시성이 다분한 유도 질문을 던져 유죄 판결에까지 이르렀던 사건. 《몹쓸 기억력》(줄리아 쇼, 현암사, 2017) 제9장에 이 사건과 관련된 상세한 내용이 기술되어 있다.

새삼스레 오늘의 재회를 실감했다.

“최근 이런 스타일의 올드한 사기가 유행하는 모양이야. 그 누구보다 고독한 젊은이가 타깃이 되기 쉬운 것 같아. 너도 언젠가 표적이 될지 몰라.”

“전 괜찮을 거예요.”

“그렇게 말할 수 있는 근거는?”

“어릴 적부터 제게는 친구라곤 단 한 명도 없었으니까요. 함께한 좋은 추억 같은 것도 하나도 없어요. 그러니까 예전 동창에게서 연락이 온다고 해도 기대할 일이 없고요.”

그러자 에모리 선배가 천천히 고개를 가로저었다.

“그렇지 않아, 아마가이. 그놈들은 추억을 파고들지 않아. 추억이 없다는 걸 파고들지.”

◇◇◇◇◇

결국 공원에 챙겨갔던 맥주만으로는 모자라서 우리는 역 앞에 있는 이자카야로 갔다. 거기서 시답잖은 이야기들을 나누고 9시 전에 헤어졌다.

상점가를 혼자 걸어가는데 예의 발작이 다시 시작됐다.

이번의 방아쇠는 영업시간 종료를 알리는 〈반딧불이의 빛〉* 노래였다.

"늦었네."

부 활동을 마치고 교실에 돌아오자, 도카가 삐친 얼굴로 말했다.

"회의가 길어졌어."

나는 변명했다.

"올해 3학년, 엄청 기합이 들어가 있더라고."

"흐음."

"먼저 가도 됐는데."

그녀가 못마땅해 죽겠다는 얼굴로 나를 빤히 쳐다봤다.

"치히로, 그게 아냐. 이럴 때는 '기다리게 해서 미안해.'라고 하는 거지."

"……기다리게 해서 미안해. 그리고 기다려줘서 고마워."

"바로 그거야."

도카가 미소를 짓고는 가방을 들었다.

"이제 갈까?"

교실에는 우리가 마지막으로 남아 있었다. 창문이 제대로 잠겼는지 확인하고 조명을 끈 뒤 복도로 나왔다. 운동부 녀석들이 썼던 땀냄새 탈취 스프레이 특유의 향이 코끝을 찌른다. 도카가 입을 가로막고 살짝 기침을 했다. 기관지가 약한 그녀는 담배 연기나 에어컨 냉기와 같은 사소한 자극에도 기침이 터지곤 했다.

◆ 스코틀랜드의 민요 〈올드 랭 사인〉 멜로디에 일본의 교육자 이나가키 치카이가 가사를 붙인 노래로, 1절의 첫 대목 "반딧불이의 빛, 창밖의 눈"에서도 드러나듯 중국의 고사 '형설지공'에서 따온 계몽적인 가사의 노래이다.

현관에서 신발을 갈아 신으면서, 도카는 하교 시간을 알리는 〈반딧불이의 빛〉 멜로디에 맞춰 자기가 멋대로 가사를 지어 흥얼거렸다.

반딧불이의 빛
밤하늘에 사라지는
덧없는 나의
순정이여

꽤나 구슬픈 가사였다.

"그러고 보니까 〈반딧불이의 빛〉 가사를 제대로 들어본 적이 없는 것 같네."

"나도. '반딧불이의 빛'이라는 대목밖에 몰라."

"그렇다고 맘대로 실연의 노래로 만드는 건 좀 그렇지 않나."

"그치만 치히로도 내가 부른 가사로 외우게 될걸?"

"응. 나중에 원래 가사를 외우게 되더라도 노래가 흘러나오면 도카가 만든 가사가 먼저 떠오를 것 같아."

"그러면서 동시에 내 얼굴도 떠오르지 않을까."

"그렇겠지."

틀림없이 오늘 일도 생각나겠지. 나는 속으로 생각했다. 마음 따스한 추억으로.

"난 있잖아, 이런 건 일종의 저주라고 생각해."

"……무슨 의미야?"

"가와바타 야스나리는 이렇게 썼더랬지요. '헤어진 남자에게는 꽃 이름 하나를 가르쳐주세요. 꽃은 매년 반드시 핍니다.◆'라고."

도카가 집게손가락을 세우며 의기양양하게 말했다.

"치히로는 이로써 평생 〈반딧불이의 빛〉을 들을 때마다 내가 만든 가사와 나를 떠올리게 될 거야."

"진짜 저주네."

나는 웃었다.

"뭐, 난 치히로와 헤어질 일은 없겠지만."

그녀도 웃었다.

얼른 고개를 저으며 나는 회상을 중단시켰다.

요 며칠, 나쓰나기 도카를 떠올리는 빈도가 급증했다.

원인은 확실했다. 신사에서의 일 때문이다.

그건 대체 뭐였을까?

유카타도, 머리핀도, 머리 스타일도, 체형도, 생김새도 모두 똑같았다.

유일하게 다른 점은 연배였다. 의억 속 나쓰나기 도카는 15세까

◆ 가와바타 야스나리의 엽편 소설집 《손바닥 소설 2》(2021, 문학과 지성사)에 수록된 〈화장의 천사들〉 중 '꽃'의 한 대목.

지의 모습만 설정되어 있었는데, 그날 스쳐 지나갔던 여성은 그보다 조금은 더 어른스러워 보였다. 마치 의억 속의 소꿉친구가 나와 함께 성장해 눈앞에 나타난 것 같았다.

생각해보자. 기본적으로 의억 속 등장인물의 모델로 실제 인물을 활용하는 것은 금지되어 있다. 현실과 의억의 혼동에 따른 문제를 방지하기 위해서다. 그러므로 그날 내가 본 여성이 나쓰나기 도카의 모델이 된 인물이라는 가설은 가장 먼저 폐기된다. 그녀가 나쓰나기 도카 본인이라는 말도 안 되는 헛소리는 검토할 가치조차 없다.

생판 남인데 어쩌다 닮은 사람이라고 결론짓는 것도 결코 불가능하지는 않다. 그날은 현 내에서는 물론 바깥에서도 수많은 사람들이 축제에 놀러 왔다. 그중에 나쓰나기 도카와 꼭 닮은 여자가 우연히 섞여 있었을 가능성은 제로가 아니다. 유카타나 머리핀 같은 것도 생각해보면 어디서나 볼 수 있는 디자인이다.

하지만 그렇다면 그녀의 반응은 어떻게 설명할 것인가. 나와 눈이 마주쳤을 때 그녀는 나만큼, 아니 그 이상으로 동요했다. 이런 일은 있을 수 없어, 틀림없이 뭔가 잘못됐어, 라는 얼굴이었다. 게다가 인파를 헤치고 내 곁으로 오려고 했다. 그것도 사람 잘못 본 걸로 끝낼 수 있을까? 내가 우연히도 그녀와 대단히 닮은 사람을 알고 있고, 그녀 또한 우연히도 나와 대단히 닮은 사람을 알고 있다? 그렇게나 모든 것이 다 들어맞는 우연이 발생할 수 있을까?

그렇다면 좀 더 간단한 가정이 가능하다. 그날 스쳐 지나간 것은 알코올과 고독과 축제의 열기가 만들어낸 여름날의 환상이라는 설명. 자기가 제정신인지 의심해야만 한다는 한 가지 사실만 제외하면 이 가설은 완벽하다.

아니 애초에 깊이 고민할 필요가 없을지도 모른다. 사람을 잘못 본 것이든, 환각이든, 결국 내가 취할 방법은 하나밖에 없다.

의억을 지워버리는 것이다.

그러면 이제 두 번 다시 사람을 잘못 본다거나 환각을 보는 경우는 없어진다. 툭하면 존재하지도 않는 기억이 떠올라서 헷갈릴 일도 사라진다.

집에 도착했다. 서랍 속에 두었던 두 종류의 '레테' 중 하나를 꺼냈다. 소년 시절의 기억을 지우는 쪽이 아니라 나쓰나기 도카와 관련된 기억을 지우는 쪽이다. 유리잔에 물을 따르고 '레테'와 함께 테이블 위에 올려놓았다.

준비는 끝났다. 남은 것은 약봉지를 뜯어서 내용물을 물에 녹이고 마시면 끝이다.

손을 뻗었다.

손끝이 떨린다.

별다른 통증을 수반할 일도 없다. 엄청나게 쓰지도 않다. 의식을 잃을 필요도 없다. 대체 두려워할 이유가 어디 있단 말인가? 잘못 이식된 기억을 지우고 원래대로 되돌리는 것일 뿐이다. '레테'의 안

전성은 보증돼 있다.

첫째, 설령 무슨 일이 벌어진다고 해도 사라져서 곤란해질 기억 같은 건 없지 않은가.

약봉지를 손에 쥐었다.

겨드랑이를 타고 식은땀이 흐른다.

생리적인 공포를 이성적으로 극복하려고 한 것이 문제였는지 모른다. 생각을 바꾸자. 딱 10초만 머리를 싹 비우면 된다. 그사이에 모든 것이 끝난다. 스스로를 100퍼센트 설득할 필요는 없다. 아무 생각 않고 아무것도 책임질 필요 없이, 뒷일은 미래의 너에게 맡기면 그만이다. 텅 비는 것. 네 특기잖아.

하지만 머리를 아무리 비우려고 해도 오히려 그 틈새로 숱한 생각들이 흘러 들어온다. 렌즈에 묻은 지문을 닦으려다가 괜히 더 지저분해지는 것처럼 점점 사태가 악화된다.

자문자답이 한없이 길어졌다.

아. 장소가 잘못됐다.

이 집에는 그날 내가 느낀 생생한 공포가 아직도 농밀히 남아 있다. 바닥, 벽지, 천장, 이불, 커튼, 온갖 곳에 내 공포가 끈적하게 붙어 있다. 오래된 건물에 눌어붙은 담배 찌든 내처럼.

무언가를 하기에 어울리지 않는 장소가 있는 법이다. '레테'를 복용하기에 어울리는 무대를 준비할 필요가 있다. 어디가 최적의 장소일까?

답은 금방 나왔다.

◇◇◇◇◇

다음 날, 아르바이트를 마치고 나는 아파트와 반대 방향의 버스에 탔다. 주머니에는 '나쓰나기 도카'의 기억을 제거하기 위한 '레테'가 들어 있었다. 조금 냉방이 센 차 안에서 나는 '레테'를 꺼내고는 별 의미 없이 여러 각도에서 바라봤다.

얼마 지나지 않아 버스가 목적지에 도착하여, 나는 '레테'를 주머니에 다시 넣고 버스에서 내렸다. 정류장 바로 코앞에 예의 신사가 보였다.

도리이를 지나 경내로 발걸음을 옮겼다. 지난번 여름 축제 밤과는 확 달라져서 인기척이 전혀 느껴지지 않았다. 흐린 하늘을 저녁이라 착각한 쓰르라미의 울음소리가 주변 일대에 울려 퍼진다.

자판기에서 생수를 뽑아 들고 돌계단에 앉았다. 주머니 위로 '레테'의 감촉을 확인한 후 우선 마음을 진정시키기 위해 담배에 불을 붙였다.

다 피운 담배를 신발 밑창으로 밟아 껐을 때 멀리에서 구급차 사이렌 소리가 들려왔다. 위험하다고 느꼈을 때는 이미 늦은 뒤였다. 사이렌 소리가 또 방아쇠가 되어 나는 추억의 소용돌이에 휘말리고 말았다.

파자마 차림의 도카를 본 건 오랜만이었다. 예전에는 일상적으로 서로의 집에서 자고 가서, 그녀의 잠옷 차림이나 잠버릇에 뻗친 머리도 질릴 정도로 봤었지만, 열한 살을 지날 무렵부터 누가 먼저랄 것 없이 과한 간섭을 삼가게 됐고, 서로에 대한 지식에 구멍이 듬성듬성 뚫리기 시작했다.

일 년 만에 마주한 그녀의 파자마 차림은 너무나 가냘프고 약해 보였다. 얇은 옷감에 민무늬 하얀 파자마라는 점도 한몫했겠지만, 옷깃 사이로 비치는 쇄골이나 반소매로부터 뻗어 나온 가느다랗고 하얀 팔뚝은 조금이라도 어설프게 다뤘다가는 어처구니없이 쉽게 부러져버릴 것만 같았다.

나는 내 팔다리를 살펴보고는 그 차이를 뼈저리게 재확인했다. 얼마 전까지만 해도 키가 비슷했는데 어느샌가 내가 그녀보다 10센티미터 이상 커져 있었다. 그런 탓에 손을 잡거나 가까이 다가오거나 할 때마다 싫어도 체격 차이를 의식하게 된다. 서로의 육체가 어쩔 수 없이 각자 다른 방향으로 향하기 시작했다는 것을, 그녀의 가는 팔다리나 호리호리한 몸을 통해 나는 강렬하게 실감하고 있었다.

그리고 그 실감은 내 마음을 적잖이 불편하게 만들었다. 가령 속의 내용물은 바뀌지 않았어도 그 내용물을 담는 그릇이 바뀌어버리면 그것이 의미하는 바도 바뀌고 만다. 전과 다름없이 말을 주고받는데도 어떤 일은 과대평가하게 되고, 또 어떤 일은 과소평가하게 된다. 그렇다고 해서 그런 느낌에 맞춰서 행동거지를 바꾸면,

그 또한 그것대로 마음을 불편하게 만들고 만다.

그날 도카의 파자마 차림도 무슨 이유에서인지 내 마음 어딘가를 뒤흔들었다. 병문안을 위해 병실로 찾아가서는 한동안 그녀와 제대로 눈을 마주칠 수가 없었다. 긴장이 풀릴 때까지 병실 인테리어나 위문품에 흥미를 드러내는 척하며 그녀에게 시선을 두지 않으려 애썼다.

사실 그곳은 유난을 떨며 신기해할 만한 물건 같은 건 애초에 없는 평범한 병실이었다. 하얀 벽지, 빛바랜 커튼, 연두색 리놀륨 바닥, 간소한 침대. 4인실이었지만 도카 말고는 입원 환자가 없었다. 입구에서 오른쪽 안쪽, 가장 볕이 잘 드는 침대가 도카에게 배정되어 있었다.

"의사 선생님이 그러더라고, 기압 변화 때문인 것 같다고."

그녀는 하늘의 모양을 확인이라도 하겠다는 듯이 창밖을 내다봤다.

"봐, 태풍이 오고 있다며. 그래서 기압이 급격하게 낮아지는 바람에 발작을 있으켰나 봐."

나는 어제의 상황을 반추했다.

도카가 쓰러져 있는 모습을 발견한 건 오후 4시가 지나서였다. 평소 같으면 그녀가 숙제를 들고 내 방으로 쳐들어왔을 시간인데, 어제는 아무리 기다려도 나타나지를 않았다. 이상한 예감이 들어서 도카네 집으로 가봤더니 바닥에 쓰러져서 움직이지 못하고 있는 그녀가 보였다. 치아노제 증상(혈중 산소가 부족해져 피부나 점막이 검푸르게 보이는 상태. 청색증.-옮긴이)을 보이고 있었고, 한눈에도 천식 발작이라는 걸 알 수 있었다. 근처에 호흡기가 뒹굴고 있었지만 지금껏 약은 거의 효과를 보지 못했다. 이전에는 들어보지 못한 극심한 천명喘鳴 소리를 듣고 나는 곧바로 거실로 가서 구급차를 불렀다.

"호흡, 이젠 힘들지 않아?"

나는 물었다.

"응, 이젠 괜찮아. 혹시라도 또 발작을 일으킬지 모르니까 입원해서 지켜보는 거래. 몸이 엄청 아프거나 한 건 아냐."

쾌활하게 말하려고 애를 썼지만, 그 목소리는 힘없이 가냘팠다. 정말로 이렇게 계속 이야기를 나누어도 괜찮은 걸까. 내 앞이라고 무리하는 게 아닐까. 하지만 그걸 물어보면 그녀는 보다 정교한 연기를 스스로에게 요구할 게 틀림없었다.

굳이 그녀가 목소리를 키울 필요 없도록, 나는 의자를 되도록 침대 가까이로 당기고 나도 목소리를 낮추려고 신경 썼다.

"이번엔 진짜 죽을지도 모른다고 생각했어."

"나도 죽는 줄 알았다니까."

도카가 남 일처럼 웃었다.

"그치만 그때 치히로의 판단이 늦었다면 정말 큰일이 났을 수도 있었나 봐. 의사 선생님이 칭찬하셨어. 망설이지 않고 바로 구급차를 부른 건 정말 훌륭한 판단이었다고 말이야."

"도카의 발작은 익숙하니까."

나는 괜히 무뚝뚝하게 말했다.

"덕분에 살았어. 고마워."

"별말씀을."

짧은 침묵이 흘렀다.

나는 작정하고 물어봤다.

"……그거, 안 낫는대?"

그녀는 입술을 맞물며 고개를 갸웃거렸다.

"몰라. 자라면서 낫는 사람이 많은 모양이긴 한데, 어른이 돼서도 안 낫는 사람도 있대."

"그래?"

"그나저나."

그녀가 괜히 화제를 바꿨다.

"치히로, 너 어떻게 천명이라든가 함몰호흡 같은 걸 다 알아? 의사 선생님 같아."

"우연히 책에서 봤어."

"날 위해 알아봐준 거야?"

그녀가 밑에서 날 훔쳐보듯이 고개를 기울였다.

긴 머리카락이 그 움직임에 맞춰 살랑거렸다.

"응, 눈앞에서 죽으면 곤란하니까."

"후후후, 그것도 그렇겠다."

그녀가 쑥스러운 얼굴로 웃었다.

방금 말은 너무 냉정했나, 하고 속으로 후회했다.

“맞다, 치히로한테 안기다니, 진짜 오랜만이었네.”

놀리는 말투로 도카가 말했다.

“이얍 하면서 너무 쉽게 들어 올려서 깜짝 놀랐다니까.”

“그거 말고 달리 옮길 방법이 생각 안 났어.”

“응, 괜찮았어. 매번 그래줄 수만 있다면야 발작도 나쁘지 않네.”

장난스럽게 그렇게 말하는 도카를 나는 가볍게 툭 쳤다. 도카가 “아파.”라며 야단스레 머리를 얼싸안았다.

“그런 일은 두 번 다시 겪고 싶지 않아. 제발이지 사양하겠어. 너무 걱정돼서 나까지 숨이 멈추는 줄 알았으니까.”

기묘한 침묵이 흘렀다. 도카가 허를 찔렸다는 표정으로 입을 멍하니 벌리고 나를 응시했다. 그 표정에 아주 조금씩 홍조가 깃들더니 묘한 미소를 머금기 시작했다.

“미안. 취소하겠습니다.”라며 그녀는 정정했다.

“발작은 사양입니다. 저는 그저 치히로가 날 안아줘서 기뻤을 뿐입니다.”

“그럼, 얼른 낫기나 해.”

“응.”

그녀가 순순히 수긍했다.

“걱정 끼쳐서 미안해.”

"뭘, 됐어."

나는 무뚝뚝하게 대꾸했다. 아까 내가 한 말이 이제 와서 너무 창피해져서 얼굴이 빨개지는 게 느껴졌다.

목덜미에 느껴지는 차가운 감촉에 정신이 들었다. 손끝으로 만져보자 살짝 젖어 있다. 그와 거의 동시에 돌계단에 후두둑 까만 얼룩이 생기는 걸 깨달았다. 강한 바람이 경내에 몰아쳤다.

비가 내리기 시작했다.

구원받은 심정이었다. 이 비바람 속에서 '레테'를 복용할 수는 없는 노릇이었다.

이대로 그냥 돌아갈 구실이 생겼다.

나는 무릎을 짚고 자리에서 일어나 돌계단을 내려갔다. 안도감으로 발걸음이 가벼워졌다. 일단 아파트로 돌아가자. 뒷일은 나중에 고민해도 된다. 오늘은 기억을 지우기에 좋은 날이 아니었던 것이다.

버스를 기다리는 동안에 빗줄기가 세졌다. 나는 정류장 근처 가게 처마 밑에서 비를 피하다가, 5분 후 도착한 버스에 올라탔다. 차창이 닫힌 차 안은 에어컨이 토해내는 쾨쾨한 공기로 가득했고, 승객의 우산에서 떨어진 빗물에 바닥 곳곳이 젖어 있었다.

뒤편 우측 좌석에 앉아 한숨을 돌렸다. 그러고는 아무 생각 없이 반대 차선의 정류장으로 시선을 돌렸다. 오늘도 어딘가에서 축제가 열리는 모양이었다. 유카타를 입은 여성이 울적한 얼굴로 비구름을 올려다보고 있었다. 이 비는 그칠 기미가 안 보이는데, 새 유카타인데 정말 운도 없다, 축제가 중지되면 안 되는데. 그런 생각을 하고 있을지도 모른다.

버스가 출발한다.

저질러버렸군. 누군가가 말한다.

넌 지금 너무나 엄청난 걸 놓쳐버렸어.

나는 습기로 흐려진 차창을 손으로 닦고, 다시 한번 유카타 소녀의 모습을 확인했다.

불꽃놀이 무늬가 수놓아진 짙은 남색 유카타.

이목을 끄는 하얀 피부.

붉은 국화 머리핀.

손가락이 무의식적으로 하차 버튼을 누르고 있다.

다음 정류장까지의 5분이 영원처럼 느껴졌다.

버스에서 내리자마자 나는 직전 정류장까지 전속력으로 달렸다. 차례차례 이어지는 의문 공세를 일단 다 집어삼키고, 폭우가 쏟아지는 빗길을 내달렸다. 지나가는 사람들이 무슨 일인가 싶어 돌아봤지만, 남의 눈을 신경 쓸 여유 따윈 없었다.

당장이라도 터질 것 같은 폐를 움켜쥘 듯 누르며 달리는 와중에도 내 머리는 태평스럽게 엉뚱한 생각을 한다. 마지막으로 전력 질주해본 게 언제였더라? 최소한 대학에 들어오고 난 뒤에 그럴 기회는 한 차례도 없었다. 아마도 고등학교 체육 시간이 마지막이겠지. 아니, 고등학교 때 달리기 시합 같은 게 있었나. 구기 경기를 할 때도, 장거리 달리기를 할 때도, 체력 측정을 할 때도 피곤이 쌓이지 않도록 적당히 힘을 빼곤 했다. 그렇다면 중학교 때까지 거슬러 올라가야 하나. 전력으로 달린 기억이…….

맨 먼저 떠오르는 것은 역시 가짜 기억이다. 중학교 3학년 체육 대회의 의억.

시합이 열리기 일주일 전부터 나는 내내 우울했다. 운동이 젬병인 건 아니다. 아니 오히려 어정쩡하게 잘하는 게 화근이었다. 뭔가의 착오로 육상부를 제치고 800미터 릴레이 최종 주자로 내가 발탁되고 말았다. 하필이면 중학교 마지막 체육 대회에서 이런 어마어마한 역을 맡게 되리라고는 상상도 못했다. 도망치고 싶었지만 다수결 결과에 거스르고 사퇴할 용기는 없었고, 그렇다고 해서 결의를 다질 마음도 없었지만, 우물쭈물하는 사이 시합 당일이 되고 말았다.

평소에는 도카에게 불평을 늘어놓지 않으려고 했지만, 그날만은 앓는 소리를 내고 말았다. 등교 중이었다. 솔직히 말해서 지금 당장이라도 집에 돌아가고 싶다, 내 달리기로 우리 반 친구들의 추억을 망가뜨릴지도 모른다고 생각하면 그 중압감에 쓰러질 것 같다. 그렇게 털어놓았다.

그러자 도카가 장난치듯 어깨로 나를 툭 치더니 천진난만한 얼굴로 말했다.

"반 애들이 무슨 상관이야. 누군가를 위해 달리고 싶다면 나 한 사람을 위해 달려줘."

심한 천식을 앓던 그녀는 태어나서 지금까지 단 한 번도 전력으로 달려본 적이 없었다. 체육 시간에는 늘 한쪽에 앉아 있었고, 소풍이나 스키 교실처럼 체력을 써야 하는 행사에도 대부분 결석했다. 그해 체육 대회에도 출석은 했지만 선수로는 출전하지 않았다. 폐를 끼치면 안 되니까, 라며 그녀가 자진해서 사퇴했다.

"나 한 사람을 위해 달려줘."라는 말은, 그런 그녀의 입에서 나왔기에 굉장히 특별하게 들렸다. 그와 동시에 떠밀려 내키지 않았던 마음이 완전히 사라졌다.

그렇다. 애초에 내가 뭘 두려워하고 있던 걸까. 내게 가장 중요한 건 도카였다. 그리고 도카는, 가령 내 달리기가 어떤 결과를 내든 내게 실망할 리가 없다. 오히려 무슨 일이 있어도 칭찬해줄 것이다.

어깨를 짓누르던 짐을 내려놓은 기분이었다.

그날 릴레이에서 나는 두 명의 선수를 추월하고 1등으로 들어왔다. 그리고 반 아이들에게 돌아가려다가 쓰러져서 양호실로 실려 갔다. 침대에 누운 내 옆에서 도카가 "멋있었어."라고 몇 번이나 칭찬해준 걸 기억한다. 하지만 나는 육체 피로와 극도의 긴장에서 해방되면서 의식이 완전히 이완돼 곧바로 잠들고 말았다(어쩌면 그녀가 말한 '세 번째 키스'가 바로 이때였는지도 모른다).

눈을 떴을 때 폐회식은 이미 끝난 뒤였다. 창밖에는 어스름이 드리워졌고 도카는 침대 옆에 서서 내 얼굴을 들여다보고 있었다.

"돌아갈까."

그렇게 말하며 그녀는 미소 지었다.

의식을 현실로 되돌렸다.

너란 인간에게는 정말로 자기 인생이랄 게 없군, 하며 스스로에게 완전히 질리고 말았다. 이러다가는 죽기 직전 주마등까지도 가공의 기억으로 채워질 듯했다.

짙은 감색 유카타가 보였다. 동시에 정류장에 버스가 다가오는 것도 보였다. 나는 남은 힘을 쥐어짜서 그녀에게로 달려갔다. 대학에 들어오고 난 뒤로 운동이라고는 아예 내팽개쳤고, 매일 담배를 한 갑씩 피워댔기에 폐도 심장도 다리도 이미 한계에 다다라 있었다. 산소 부족으로 시야 한끝이 흐려졌고, 목에서는 내 호흡 소리라고는 믿기지 않는 괴음이 났다.

아마 평소 같았다면 놓쳤을 타이밍이었을 것이다. 하지만 우산도 쓰지 않고 물에 젖은 생쥐 꼴로 달려오는 나를 보고 버스 기사가 잠깐 기다려준 모양이었다.

다행히 버스에는 올라탔지만, 곧바로 말을 걸 수는 없었다. 손잡이를 붙들고 엉거주춤 서서 가쁜 숨이 진정되기를 기다렸다. 머리에서 떨어지는 빗물이 바닥을 적셨다. 심장이 공사 현장이라도 된 듯 요란하게 고동쳤다. 온몸이 흠뻑 젖었는데 혈액이 부글부글 끓는 것처럼 몸이 달아올랐다. 다리가 바들바들 떨려서 제대로 서 있지 못하고 버스가 흔들릴 때마다 나뒹굴 뻔했다.

가까스로 숨을 돌리고, 나는 고개를 들었다. 당연히도 그녀는 아직 있었다. 맨 뒷좌석 바로 앞 자리에 앉아서 나른하게 창밖을 보고 있었다. 진정됐던 심장이 다시 요동치기 시작했다.

나는 곧바로 그녀에게 다가갔다.

전력 질주할 때 분비된 뇌내 마약의 영향일까, 지금이라면 두려움 없이 그녀에게 말을 걸 수 있을 것 같았다.

무슨 말을 할지는 정하지 않았다. 하지만 어떻게 되든 간에 잘될 거라는 확신이 들었다. 한 마디만 건넨다면, 거기서부터 자연스레 말들이 흘러나오리라.

내 안에는 그만큼의 축적된 세월이 있었다.

그녀 바로 옆에서 발걸음을 멈추고 손잡이를 붙들었다.

"저."

그 한 마디가 계기였다.

여름의 마법이 허망하게 풀렸다.

창밖을 보던 여성이 고개를 돌렸다.

"……왜 그러시죠?"

미심쩍어하는 얼굴로 묻는다.

전혀 닮지 않았다.

그나마 닮은 구석이라면 체형과 머리카락 정도고, 그 이외의 요소는 하나부터 열까지 도카와는 동떨어져 있었다. 마치 내 지레짐작을 알고 있는 누군가가 악의를 갖고 함정을 파놓은 것처럼.

보면 볼수록 안 닮았다. 그날 신사에서 목격한 여성이 풍기고 있던 섬세함이나 우아함과 같은 것이 눈앞의 여성에게서는 전혀 느껴지지 않았다.

대체, 어쩌다가 이 사람과 그녀를 착각한 것일까?

"무슨 일 때문에 그러세요?"

가짜 도카가 눈동자에 경계심을 잔뜩 드러내며 다시 묻는다. 나는 예의 없게도 그녀의 얼굴을 한참 동안 빤히 쳐다보았다는 걸 깨달았다.

진정해. 스스로에게 타일렀다. 이 여자는 아무 잘못이 없다. 우연찮게도 내 의억에 등장하는 소꿉친구와 비슷한 옷차림을 하고 있었을 뿐, 그녀는 아무런 잘못을 하지 않았다. 내가 멋대로 사람을 착각했을 따름이다.

그렇다. 잘못한 것은 나다. 알고 있다. 그럼에도 불구하고 나는 격렬한 분노의 발작에 휩싸였다. 스스로도 믿기지 않을 만큼 강렬한 분노였다. 시커먼 점액질이 가슴속에 퍼져나가는 게 뚜렷이 느껴졌다. 이런 식으로 누군가에 대한 분노가 치밀어 오르는 것은 태어나서 처음일지도 모른다.

손잡이를 거머쥔 손에 힘이 들어간다. 그녀를 능멸할 문구들이 머릿속으로 차례차례 튀어나온다. 괜한 기대를 갖게 하다니 사람 헷갈리는 꼴 좀 하지 마, 그건 너 같은 여자가 할 만한 차림이 아니야, 넌 나쓰나기 도카 발끝에도 미치지 못해 등등.

물론 실제로 입 밖에 내지는 않았다. 나는 실수를 한 데에 정중히 사과를 하고 다음 정류장에서 도망치듯 내렸다. 그러고는 빗속을 아무 생각 없이 걸어갔다.

비를 피하기 위해 들어간 이자카야에서 싸구려 술을 쉼 없이 넘기며 생각했다.

인정하자.

나는 나쓰나기 도카를 사랑하고 있다.

옷차림이 비슷하다는 이유만으로 생판 모르는 남에게서 그 그림자를 찾으려고 들 정도로 그녀와의 만남을 갈망하고 있다.

그런데, 그런들 어쩔 것인가? 의억기공사가 내 취향에 맞춰서 내가 사랑에 빠져들 수밖에 없는 인물로 나쓰나기 도카라는 인물을 설계했다. 그게 전부다. 의억이 정상적으로 기능하고 있다는 걸 증명할 뿐. 주문 제작한 양복이 몸에 딱 맞는 것과 똑같다. 아니 사랑에 빠지지 않는 게 더 이상하다.

인정했더니 아주 살짝 편해졌다.

편해서 기분 좋게 술을 마셨다.

그리고 정해진 코스처럼 과음했다.

속에 집어넣은 걸 한차례 변기에 게워내고, 그것도 모자라서 위액을 게워냈다가, 자리에 돌아와 물을 마시고 테이블에 엎드렸다가, 다시 화장실에 가서 게워내는 걸 반복하는 동안 영업 종료 시간이 다 되어 가게에서 쫓겨났다. 가게 앞에서 한동안 웅크려 앉아 있다가 이렇게 있어봐야 욕지기와 두통이 가실 리 없다고 판단하고, 머리를 텅 비운 후 걷기 시작했다. 전철 막차 시간은 이미 지났고 택시 탈 돈도 없었다. 긴 밤이 될 듯싶었다.

어느 가게에선가 〈반딧불이의 빛〉이 흘러나와서 나는 무의식중에 도카가 지은 가사를 흥얼거렸다.

반딧불이의 빛

밤하늘에 사라지는

덧없는 나의

순정이여

내일은 기필코 '레테'를 복용하겠다고 다짐했다.

실재하지도 않는 여자를 사랑하다니, 허무하기 짝이 없으니까.

◇◇◇◇◇

사실, 실재하는 여자를 사랑하는 것도 그건 그것대로 허무하다.

어떤 의미로 나도 실재하지 않는 인간 중 하나다. 지금까지 만난 여자들 대부분은 나를 연애 대상으로 의식하지 않았을 것이다. 아니, 어쩌면 이름조차 기억 못할지도 모른다.

호감을 사느냐, 미움을 사느냐. 그 이전의 문제였다. 나는 그녀들의 우주에 속하지 않았다. 동일한 시간과 공간에 있으면서도 결코 섞일 일이 없었다. 그녀들의 눈에 비치는 나는 스쳐 지나가는 그림자에 불과했고, 나에게 있어서 그녀들도 마찬가지였다.

실재하는 인간이 실재하지 않는 인간을 사랑한다는 것도 허무하지만, 실재하지 않는 인간이 실재하는 인간을 사랑한다는 것도 똑같이 허무하다. 실재하지 않는 인간이 실재하지 않는 인간을 사랑하게 된다. 이것은 그야말로 완벽한 허무다.

사랑이란 실재하는 인간끼리 하는 것이다.

아파트에 도착했을 무렵에는 하늘이 밝아지기 시작했다.

두 번 다시 술 따위는 마시지 않겠노라 맹세하면서도 어차피 이틀 후에는 또 아무 반성 없이 술을 마시고 있겠지, 생각하기도 한다. 얼큰하게 술에 취한 나와, 숙취로 자신을 저주하는 나는 다른 사람이며, 한쪽의 학습 결과는 또 다른 한쪽에 반영되지 않는다. 한쪽의 나는 술의 즐거움만을 배웠고, 또 한쪽의 나는 술의 괴로움만을 배웠다.

이른 아침의 주택가엔 인기척이 없다. 근처 술집 뒤편에 살고 있는 길고양이가 내 앞을 느긋하게 가로지른다. 내가 약해진 걸 아는 걸까, 평소에는 나를 보면 다짜고짜 도망치던 고양이가 오늘은 어쩐 일로 경계하는 빛을 보이지 않는다. 어딘가에서 까마귀가 단말마와 같은 울음을 토하고, 그에 호응하듯 또 어딘가에서 산비둘기가 한 소절 울음을 읊조린다.

기어가듯 계단을 올라, 가까스로 문 앞에 이르렀다. 주머니에서 열쇠 지갑을 꺼내 열쇠들 사이에서 현관문 열쇠를 찾았다. 겨우 이런 일에도 상당한 집중력이 필요했다. 지금 금고 문을 따고 있는 걸까, 하는 착각이 들 정도로 고생하다가 겨우 문을 열었다.

손잡이를 잡고 돌리려는 순간이었다. 202호 문이 열리며 사람이 얼굴을 비쳤다. 나는 문을 열며 그 이웃에게 눈길을 보냈다. 이웃에 누가 살고 있다는 사실조차 몰랐던 터라 일단 얼굴을 확인하려는 마음이었다.

여자였다. 나이는 열일곱에서 스물 사이. 잠깐 밖에 나가 주스라도 사려는 듯한 가벼운 옷차림. 여명이 드리워진 손발은 투명할 정도로 하얗고, 산들거리는 길고 까만 머리는 복도로 불어오는 바람

에 부풀어 오르며,

그날처럼, 시간이 멈춘다.

나는 문을 열다 멈춘 자세로, 그녀는 등 뒤로 문을 닫으려다 멈춘 자세로, 보이지 않는 못에 의해 그렇게 그 공간에 고정되었다.

거기에는 짙은 남색 유카타도 붉은 국화 머리핀도 없었다.

그러나, 나는 알 수 있었다.

언어라는 개념이 한순간 상실된 것처럼, 우리는 한참을 아무 말도 않고 뚫어져라 바라보았다.

맨 먼저 움직임을 되찾은 것은, 그녀의 입술이었다.

"……치히로?"

여자는 내 이름을 불렀고,

"……도카?"

나는 여자의 이름을 불렀다.

한 번도 만난 적이 없는 소꿉친구가 있다. 나는 그녀의 얼굴을 본 적이 없다. 목소리를 들은 적이 없다. 몸에 닿은 적이 없다. 그런데도, 그 얼굴이 얼마나 사랑스러운지 잘 알고 있다. 그 목소리가 얼마나 부드러운지 잘 알고 있다. 그 손이 얼마나 따스한지 잘 알고 있다.

여름의 마법은, 아직도 이어지고 있다.

03

파셜 리콜◆

◆ Partial Recall은 영화 〈토탈 리콜〉을 패러디한 것으로 '토탈 리콜'이 전체 기억의 회복을 말한다면 '파셜 리콜'은 부분 기억의 회복을 의미한다.

나노 테크놀로지에 의한 기억 개조 기술은 십오 년 전, 돌연히 전 세계에 만연한 신형 알츠하이머병 치료법을 모색하던 중 급속히 발전했다고들 말한다. 기억의 수복修復과 보호를 목적으로 개발된 그 기술의 용도는 점차 가공의 기억을 생성하는 방향으로 옮겨갔다.

결국 과거를 되돌리고 싶다는 사람보다 과거를 새롭게 고치고 싶다는 사람 쪽이 압도적 많았다는 것이다. 설령 그것이 날조된 기억에 불과하더라도.

과거는 바꿀 수 없다, 그렇지만 미래는 바꿀 수 있다. 그런 사고방식은 기억 개조 기술의 보급과 함께 과거의 유물이 되어갔다.

미래는 불명확하다, 그렇지만 과거는 바꿀 수 있다.

초기에는 나노로봇에 의해 새롭게 이식된 가공의 기억은 일반적으로 '위억僞憶'이나 '의억疑憶'으로 표기되었다. 허위虛僞 기억·의사疑似 기억의 약칭이다. 하지만 최근 들어서는 '의억義億' 표기가 주류가 됐다. 이름을 가지고 아무리 장난을 쳐봐야 가짜는 가짜에 불과할 따름이지만, '僞'나 '疑' 같은 글자에 붙어 있는 마이너스 이미지를 불식시키려는 움직임이 있었던 모양이다. 그에 따라 의억에 등장하는 가공의 인물은 '의자義者'라 불리게 되었다. 여기서 쓰이는 '義'는 의수義手나 의치義齒의 '義'로 어디까지나 결여를 채워준다는 의미를 강조할 의도가 엿보인다.

그러나 무얼 두고 '결여되어 있다'고 할지에 대해서는 이론의 여지가 있다. 이런 식으로 따지면 인류 대부분의 인생은 불완전하며 그렇기에 모두가 치료받아야 할 환자라는 식의 관점도 성립하고 만다. 무엇 하나 결여되지 않은 인생이란 존재할 수 없기 때문이다.

그럼에도 의억이 인류에게 유용하다는 점은 부인할 수 없는 사실이다. 상실 체험, 범죄 피해, 학대 경험 등이 야기하는 심적 고통을 제거하는 방법으로써 가공의 기억으로 인지 재구성을 유도하거나, 경험 그 자체를 삭제하는 식의 접근이 유효하다는 점은 의심의 여지가 없다. 어느 보고에 따르면 소행이나 성격에 문제가 있는 아이를 피험자로 하여 '그레이트 마더' 의억을 의식해본 결과 약 40퍼센트가 인격에 긍정적인 변화를 보였다고 한다. 또 다른 실험 사례에서는 자살 미수를 반복했던 마약 중독자에게 '스피리추얼' 의억을 투여한 결과, 사람이 뒤바뀐 것처럼 경건하고 금욕적인 인간이 되었다(여기까지 이르면 조금 모독적이라는 느낌도 든다).

현시점까지는 아직 의억이 사회에 기여한 은혜를 실감하는 수

준에는 이르지 못했다. 그 이유는 기억 개조 나노로봇 사용자가 그 사실을 공언하기를 꺼리기 때문이다. 위상으로 치자면 성형 공개에 대한 일반적인 인식과 가장 비슷할 것이다. 실제로 기억을 바꾸는 것에 대해 조롱조로 '기억 성형'이라 야유하는 사람들도 있다.

인간은 태어날 환경을 선택할 수 없다. 그렇기에 의억이라는 구제 장치가 필요하다는 것이 기억 개조 추진파의 주장이다. 나는 의억에 거부감을 갖고 있지만 그들의 의견 자체는 합리적이라고 생각한다. 부정파의 과반수는 철학적인 문제의식이라기보다 생리적인 불안 때문에 의억을 거부하는 것으로밖에 안 보인다.

참고로 출발 지점이었던 신형 알츠하이머병으로 상실된 기억의 회복 수단은 아직 발견되지 않았다. '메멘토'라는 기억 회복용 나노로봇이 있지만, 이것은 '레테'에 의해 삭제된 기억을 부분적으로 회복하는 수준밖에 안 되고, 신형 알츠하이머병에 의한 기억 상실에는 전혀 효과가 없다.

의억을 백업으로 이용하는 방법도 고안됐지만, 이쪽도 성공적이지는 않았다. 한번 지워버린 기억과 동일한 내용으로 의억을 다시 이식한다 해도 뇌에 정착되지는 않는다고 한다. 한편 사실과 다른 의억을 삽입한 경우 그쪽이 비교적 오래 잔류한다. 여기서 추정할 수 있는 사실은 신형 알츠하이머병이 기억을 파괴하는 병이 아니라, 기억의 결합을 분해하는 병이라는 점이다. 그리고 기억 중에서도 잘 분해되는 것과 분해되기 어려운 것이 있다. 에피소드 기억만 집중적으로 사라지는 건, 그게 기억 중에서 가장 복합적인 성질을 갖기 때문일지 모른다.

◇◇◇◇◇

눈을 뜨고 나서 한동안 아무것도 기억이 나지 않았다.

열다섯 무렵부터 아버지가 사놓은 술을 몰래 마셔왔지만, 기억이 날아가는 경험은 오늘이 처음이었다. 설마 진짜로 술 때문에 기억을 잃는 경우가 있다니, 하며 당황했다. 그런 경험담을 몇 번 들어본 적이 있긴 하지만, 어디까지나 일종의 과장이거나 술자리에서의 실수를 무마하려는 방편에 불과하다고 생각해왔다.

여기가 어딘지, 지금이 아침인지 밤인지, 내가 언제 이불에 들어갔는지, 왜 머리가 깨질 듯이 아픈지, 하나도 알 수 없었다. 다만 위胃 저 밑바닥에서부터 치밀어 오르는 알코올 냄새로, 이 모든 것이 술 때문이라는 것만은 가까스로 알 수 있었다.

눈을 감았다. 하나씩, 시간이 아무리 걸려도 상관없으니 생각해내자. 여기는 어디인가. 내 집이다. 지금은 아침인가 밤인가. 커튼에서 새어 나오는 태양빛을 보건대 아침이다. 언제 이불에 들어간 걸까. 여기서 사고가 지체된다. 초조해지면 안 된다. 최후의 기억이 어디에서 끊겼지? 만취하고 가게에서 쫓겨나서는 막차를 놓치고 아파트까지 걸어간 건 기억한다. 그런데 대체 왜 만취할 만큼 술을 마셨던 거지? 그렇다, 사람을 착각했다. 버스 정류장에 서 있던 짙은 감색 유카타를 입은 여자를 나쓰나기 도카로 오해했다. 그런 스스로가 한심해서 이자카야에 들어가 술을 퍼마셨던 것이다.

점과 점이 연결됐다. 가게에서 쫓겨난 뒤 세 시간 넘게 걸어 간신히 아파트에 도착했다(그 사실을 자각한 순간 다리 근육이 욱신욱신 쑤시기 시작했다). 악전고투 끝에 열쇠로 문을 열고 쓰러지듯이 안으로 들어간 뒤 기묘한 꿈을 꿨다. 사람을 잘못 본 게 꽤나 충격이 컸던 모양이다. 나쓰나기 도카가 나오는 꿈이었다. 옆집에 나쓰나기 도카가 이사 온 꿈이었다.

꿈은 현실과 이어져서 내가 집에 돌아왔을 즈음부터 시작됐다. 어째서 네가 여기 있는 거냐, 넌 실재할 리 없는 인간인데. 그렇게 덤벼들 듯이 따져 묻는 나를, 그녀는 신기하다는 듯이 쳐다봤다.

"치히로, 설마 취했어?"

상관없으니까 대답이나 하라고 추궁하려는 순간 다리가 휘청거렸다. 가까스로 벽을 짚어 넘어지는 꼴은 면했지만, 머리에 피가 쏠린 탓인지, 아니면 문틈으로 흘러나오는 내 집 냄새를 맡고 긴장이 풀린 탓인지 눈앞이 어질어질해서 똑바로 서 있을 수가 없었다. 내 자신이 지금 어떤 자세인지조차 가늠이 안 됐다.

나쓰나기 도카가 걱정스러운 목소리로 말했다.

"괜찮아? 내 어깨에 기댈래?"

그 뒷일은 잘 기억이 안 난다.

극진하게 간호를 받은 것 같은 기분도 든다.

상관없다. 어찌 됐건 모두 알코올로 해이해진 뇌가 보여준 꿈이라는 건 틀림없었다. 심신이 약해지며 억제가 안 된 거겠지. 이렇게나 열망에 솔직한 꿈은 처음이었다. 그야말로 초등학생이 이불을 뒤집어쓰고 할 만한 공상이라고 생각했다.

이웃집에 좋아하는 여자애가 이사 와서는 약해진 나를 돌봐준다. 절대 안 되는 건 아니지만 성인 남성이 꿀 만한 꿈이 아니다.

그런 한심한 나 자신을 바꾸겠다고 바로 어제 결심했던 것이다.

오늘은 꼭 '레테'를 복용하겠다.

이불에서 기어 나와 묵직한 두통에 얼굴을 찡그리며 물을 세 잔 연달아 비웠다. 입가에서 흐른 물이 목을 타고 내려간다. 불쾌한 냄새가 나는 옷을 벗고 한참을 샤워했다. 머리를 말리고 양치질을 한 후 다시 물을 두 잔 마시고 나서 이불에 누웠다. 그러는 동안 상태가 조금 나아졌다. 머리는 여전히 지끈거렸고 구역질도 났지만, 최소한 고비는 넘긴 듯해 마음이 편해졌다. 그러고 나서 나는 얕은 잠에 빠졌다.

한 시간쯤 지나서 눈을 떴다. 위를 쥐어짜는 이 감각은 공복으로 인한 것이리라. 그러고 보니 어젯밤 먹은 걸 다 게워냈었다. 그럴 마음은 안 들었지만 슬슬 뭔가 입안에 넣어줘야만 했다.

몸을 억지로 일으켜서 부엌으로 가 싱크대 밑을 확인했다. 근처 슈퍼마켓에서 세일 때 왕창 사놓은 컵라면은 하나도 남아 있지 않았다. 나는 고개를 갸웃거렸다. 내 기억대로라면 최소한 다섯 개는 남아 있어야 하는데. 아무래도 기억력이 현저히 떨어진 듯하다. 과음 때문일까.

식빵이라도 있지 않을까 냉동실을 열어봤지만 진과 보냉제, 그렇게 달랑 두 개만 있었다. 제빙실 바닥까지 살펴봤지만 얼음 조각 외에는 아무것도 찾을 수 없었다.

사실 냉장실에는 처음부터 기대가 없었다. 냉장실은 반년쯤 전부터 맥주 보관실이 되었다. 집에서 해 먹는 게 귀찮아지면서 언제부턴가 컵라면과 도시락, 냉동식품 외에는 안 사게 되었다.

혹시 안줏거리 같은 거라도 남아 있지 않을까. 일말의 기대를 품고 냉장실 문을 열었다.

낯선 물건이 거기에 있었다.

깔끔하게 랩으로 덮인 그릇 안에는 양상추와 토마토 샐러드가 담겨 있었고,

“좀 더 제대로 된 음식을 먹지 않으면 안 돼.”

라고 쓴 메모가 붙어 있었다.

◇◇◇◇◇

‘레테’를 구입하려 마음먹고 처음 아르바이트를 시작한 곳은 주유소였다. 한 달 만에 잘리고 그다음은 음식점 아르바이트를 시작

했다. 여기도 한 달 만에 잘렸다. 양쪽 다 싹싹하지 않다는 게 이유였다. 그중에서도 손님을 대하는 태도가 아니라 동료를 대하는 태도가 문제가 된 듯했다. 일만 제대로 하면 문제없다는 태도가 함께 일하는 이들의 신경을 건든 모양이었다.

다른 사람들과 얼굴을 계속 맞대야 하는 일이 나와는 맞지 않다는 걸 깨닫고, 그로부터 한동안은 대학 생협이 소개해주는 일용직으로 돈을 벌었다. 하지만 이 일도 매일 처음 대면하는 인간들과 처음부터 관계를 쌓아가야 한다는 사실이 영 불편했다. 이른바 커뮤니케이션 능력이라고 하면 대인관계를 구축하는 능력과 유지하는 능력으로 나뉠 수 있을지 모르지만, 나는 그 둘 다 갖추지 못한 것 같다.

성가신 인간관계와 무관한 일은 없을까 하고 고민하던 즈음, 마침 근처 비디오 대여점에 붙어 있는 아르바이트 모집 전단지를 발견했다. 혹시나 하는 마음에 지원했더니 면접도 안 보고 채용됐다. 나 말고는 지원자가 없었겠지.

요새 비디오 대여점치고는 매우 드물게 개인이 운영하는 소규모 점포였다. 내부 인테리어는 물론 외관도 구닥다리라 언제 문을 닫아도 이상할 게 없어 보였지만, 특이한 취향의 단골이 뜨문뜨문 와주는 덕분에 간신히 유지하고 있는 모양이었다. 어쩌면 알부자가 돈 벌 생각은 포기하고 취미로 운영하는 가게일지도 모른다. 점장은 허리가 꾸부정한 일흔이 넘은 말없는 남자로, 늘 필터가 없는 담배를 물고 있었다.

손님은 정말 없었다. 그도 그럴 수밖에 없었다. 이제 와서 비디오 대여점 같은 곳을 이용하는 사람이면 노인이거나 한줌밖에 안 되는 비디오 마니아 정도일 것이다. 애초에 비디오 데크 같은 골동품을 갖고 있는 사람이 요즘 같은 시대에 몇이나 되겠는가. 젊은 층이 오는 경우는 한 달에 기껏해야 한두 번이고, 그것도 대부분은 구경만 하고 돌아갔다.

나이 든 손님들뿐이라 일은 대단히 편했다. 졸음을 참는 게 가장 힘들었다고 해도 무방하다. 시급은 낮았지만 동료들과의 스킨십이나 업무 능력 신장 같은 건 전혀 바라지 않는 나에게 그곳은 일종의 이상향에 가까운 직장이었다.

두 달이 지나자 '레테'를 살 돈은 모았지만, 여유 시간이 생겨봐야 음주량만 늘 뿐이라는 걸 알았기에 그 뒤로도 계속 거기서 일했다. 단순히 마음이 편한 장소라는 점도 있었다. 시대에서 뒤쳐진 듯한 그 공간은 이상하게도 내 마음을 편안하게 했다. 이 감각을 말로 표현하긴 어렵지만 '여기라면 나라는 존재도 용인된다.'라는 일종의 조화로움이 느껴졌다. 그런 데에서 자신이 머물 곳을 찾았다는 것에 대한 가치 판단은 차치하더라도 말이다.

오늘도 손님은 전혀 눈에 띄지 않았다. 나는 카운터에 우두커니 서서 하품을 꾹 참으며, 오늘 아침 냉장고에서 발견한 것의 의미에 대해 멍하니 생각에 잠겼다.

손으로 쓴 메모가 붙어 있었다, 그리고 누군가가 만든 샐러드.

가령 어젯밤의 일들이 꿈이었다고 치면, 요리도 메모도 만취한 내 손이 저지른 짓이라는 셈이다. 즉 앞뒤 분간도 못할 만큼 만취해 속을 완전히 비울 때까지 토를 한 뒤 세 시간 남짓 걸어서 아파트에 도착했고, 그런 다음에 상추와 토마토와 양파를 어딘가에서 구해 샐러드를 만들고는, 깔끔하게 랩으로 싸서 냉장고에 넣은 후 사용했던 조리 기구를 설거지해 정리해놓고, 여성스러운 귀여운 글씨체로 내일의 나에게 메모를 남기고 나서 취침하고는, 이 모든 걸 송두리째 잊었다는 것이다.

하지만 꿈이 아니라면, 요리와 메모는 나쓰나기 도카의 작품인 것이다. 그러니까 의억이라고 여겼던 기억들이 사실은 진짜였고, 나쓰나기 도카라는 소꿉친구는 실재하며, 우연히도 같은 아파트 옆집으로 이사 와서는 만취해 쓰러진 나를 야무지게 돌봐주고는 아침까지 차려줬다는 것이다.

어느 쪽 가정이나 똑같이 한심했다.

좀 더 현실적인 해석은 없는 것일까?

고민을 거듭한 끝에 제삼의 가능성을 찾아냈다.

그제 에모리 선배가 말했던, 예전 지인인 척 목표물에 접근한 사기꾼 이야기가 생각난 것이다.

"최근 이런 올드한 스타일의 사기가 유행하는 모양이야. 그 누구보다 고독한 젊은이가 타깃이 되기 쉬운 것 같아. 아마가이도 언젠가 표적이 될지 몰라."

이를테면 만약에 내 의억의 내용이 어떠한 형태로든 클리닉에서 새어 나갔다면? 그 정보가 악의를 갖고 있는 제삼자의 손에 들어갔다면?

환각설과 실재설에 비하면 어느 정도 현실성 있는 가설이다. 사기설. 지난밤에 만난 나쓰나기 도카와 빼닮은 그 여자는, 나를 속이기 위해 사기 조직에서 준비한 가짜로 '나쓰나기 도카'라는 의자를 연기하기 위한 생판 모르는 인물임에 틀림없다.

물론 이 가설에도 구멍이 있다. 사실 엄청나게 큰 구멍이다. 의억의 등장인물이 느닷없이 눈앞에 나타나면 누구라도 기뻐하기에 앞서 의심부터 한다. 이런 일은 일어날 수 없다, 누군가가 자신을 함정에 빠뜨리려 하는 건 아닐까 싶어 경계한다. 그쯤은 상대방도 분명 예측했을 것이다. 실제 지인으로 위장하는 것도 보통 일이 아닌데 굳이 의억 속 등장인물로 위장할 이유가 어디에 있단 말인가. 날 의심해달라고 말하는 것과 진배없다.

아니다, 어쩌면 나는 인간의 잠재적 열망이라는 걸 과소평가하고 있는 걸지도 모른다. 에모리 선배 이야기에 따르면 사기 피해를 당한 오카노라는 남성은 실재하지도 않은 동급생으로부터 "나는 당신과 같은 반 친구였다."라는 말을 몇 번이고 듣는 사이에 그걸 믿게 되었다고 하지 않았는가.

'그녀가 하는 말이 진실이었으면 좋겠다.'는 열망이 기억의 변성을 초래한 걸지 모른다고 에모리 선배는 추측했지만, 그러한 심리 경향이 일반적이라면, 분명 의억 쪽이 과거 지인 쪽보다 사기 치기에 적합한 소재일지도 모른다. 프로그램의 심층 심리 분석을 통해 더욱 뚜렷하게 드러난 정신적 결락을 메워야 하는 의억기공사의 손으로 생생하게 새겨진 의자는, 말하자면 그 사람의 열망을 한데 모은 총체와도 같다. 꿈꿔왔던 이성을 눈앞에 두고 냉정하게 자기 자신을 객관화할 수 있는 인간이 얼마나 되겠는가?

그런 의미에서 사기꾼에게 의억 소유자만큼 만만한 상대도 없다. 에모리 선배도 말하지 않았던가. "그놈들은 추억을 파고들지 않아. 추억이 없다는 걸 파고들지."라고 말이다.

그럼에도 의문점은 꽤 남는다. 가령 어제 그 여자가 나쓰나기 도카를 사칭하는 사기꾼이라 쳐도, 굳이 이웃집에 이사 올 만큼의 수고를 들이면서까지 나 같은 일개 학생에게 함정을 판단 말인가. 무엇보다 의자와 판박이처럼 닮은 사람을 찾기가 그리 쉬울까. 설마 나를 속이기 위해 성형수술을 받았을 리는 없을 테니.

생각은 거기까지 이르렀다가 막다른 벽에 부딪쳤다. 현시점에서는 판단 재료가 너무 적다. 지금 여기서 결론을 내리는 건 시기상조다. 집에 돌아가서 일단 옆집을 방문하는 게 최우선이다. 그리고 그 여자를 추궁해야 한다. 당신은 대체 누구인가. 솔직히 대답해줄 것 같지는 않지만, 그래도 실마리 하나쯤은 얻을 수 있을 것이다. 상대의 전략을 추측할 만한 실오라기 한 가닥은 잡을 수 있겠지.

그리고 만약 그 여자가 정말로 사기꾼이라고 판명된다면, 따끔한 맛을 조금 보여주지 않고는 순순히 넘어가지 않겠다. 나는 그렇게 마음먹었다.

◇◇◇◇◇

아르바이트가 끝나고 역 앞 슈퍼마켓에 들러서 컵라면을 한 박스 사왔다. 얼른 아파트로 돌아가고 싶어 다른 식료품에는 눈길도 돌리지 않았다. 한 아름 손에 든 정크 푸드를 보며 이런 식의 생활이 이어지면 언젠가 몸이 망가질 수도 있다는 일말의 불안감이 스쳐 지나갔다. 그러나 나 같은 인간이 건강한 식생활을 한다고 해서 뭘 어쩌겠다는 것인가. 아무래도 상관없었다.

건강하지 못한 식생활에 이른 데에는 또 한 가지 이유가 있었다. 열여덟을 지날 무렵부터 뭘 먹어도 맛있다고 느끼지 못했다. 미각이 마비된 것은 아니다. 뇌의 쾌락 신경계와 미각 정보 사이의 연결이 끊겼다고 하는 게 가장 정확할 것이다. 그로부터 2년이 경과한 지금에 이르러서는 애초에 '맛있다'는 게 어떤 감각이었는지 떠올리지 못하게 돼버렸다. 짠맛이 있고 가열된 음식물이기만 하면 무엇이든 상관없었다.

의사에게 진찰을 받아본 적이 없어서 원인은 모른다. 심신증(스트레스로 인한 심리적 긴장이 신체적인 증상으로 나타나는 병.-옮긴이) 같은 것일지도 모르고, 영양 부족 때문일지도 모른다. 어쩌면 뇌 어딘가에 혈전이나 부종 같은 게 생겼을지도 모른다. 당장은 불편하지 않아서 그냥 내버려두고 있다.

원래 먹는 데 별다른 집착이 없었다. 어머니는 음식에 무관심한 사람이라, 내가 아는 한 요리는커녕 한 번도 부엌에 서본 적이 없다. 요리 실습이라든가 캠핑 체험과 같은 예외적인 상황을 제외하면, 나는 누군가가 직접 만들어준 음식을 먹어본 경험이 없다고 해도 무방했다. 어릴 적부터 편의점 도시락이나 근처 패스트푸드점에서 식사를 때우는 일이 허다했다.

그런 과거가 반영됐는지 내 의억 중에는 소꿉친구가 해준 음식을 먹는 에피소드가 몇 존재한다. 몸에 좋을 것 같지 않은 음식만 먹고 있는 나를 보다 못한 도카가 "좀 더 제대로 된 음식을 먹지 않으면 안 돼."라고 걱정하며 집으로 불러서 요리를 해주었다는 식의 의억.

그때 문득 나는 한 가지 공통점을 발견했다. 냉장고에 남겨져 있던 메모에도 똑같은 문장이 적혀 있었다. "좀 더 제대로 된 음식을 먹지 않으면 안 돼."

한 글자도 다르지 않다.

역시 그 여자는 내 의억의 내용을 파악하고 있는 것이다. 조심하지 않으면 안 된다. 새삼 마음을 다잡게 된다. 나를 속이기 위해서는 어떤 전략이 효과적인지 그 여자는 잘 알고 있다. 나를 매료시키기 위해 필요한 자질을 그 여자는 모두 갖추고 있다.

그러나—몇 번이나 반복해 스스로 일깨웠듯이—애초에 나쓰나기 도카라는 여자는 실재하지 않는다.

현혹돼서는 안 된다.

아파트에 도착했다.

202호 문 앞에 서서 초인종을 눌렀다. 10초를 기다려도 반응이 없었다. 혹시나 싶어 다시 한번 눌러봤지만 결과는 마찬가지였다. 그녀가 사기꾼이라면 나의 방문을 적극적으로 환영할 터였다.

집을 비운 게 아니라면 왜 안 나오는 거지? 일부러 초조하게 만들어서 판단력을 떨어뜨릴 속셈인가. 아니면 사기를 치기 위해 밑밥 같은 걸 깔고 있는 걸지도 모른다.

내내 그 앞에 서 있을 수는 없는 노릇이라, 일단 집으로 돌아가기로 했다.

문이 안 잠겨 있다는 걸 알아차렸을 때만 해도 놀라지는 않았다. 내가 현관문을 안 잠그고 나가는 건 자주 있는 일이었기 때문이다. 불이 켜져 있는 걸 알아차렸을 때에도 역시 놀라지 않았다. 내가 불을 안 끄고 나가는 경우도 자주 있는 일이기 때문이다.

앞치마를 두른 여자가 부엌에 서 있는 걸 알아차렸을 때에도 여

전혀 놀라지 않았다. 나를 위해 앞치마를 두른 여자가 부엌에 서 있는 건 자주 있는 일이라.

그건 내 의억 속 이야기다.

박스가 손에서 미끄러지며 현관에 컵라면이 나뒹굴었다.

그 소리에 여자가 돌아봤다.

"아, 어서 와, 치히로."

그녀의 얼굴에 미소가 퍼져 나갔다.

"몸은 좀 어때?"

남의 집에 무단 침입하여 제집인 양 부엌을 쓰고 있는 수상한 인물과 마주친 순간, 가장 먼저 내 머리에 떠오른 것은 '신고해야 한다.'도 '체포해야 한다.'도 '사람을 불러야 한다.'도 아니었다. '여자애 눈에 띄면 창피한 물건 같은 걸 놔두고 가지는 않았을까.'였다.

스스로 생각해도 뭔가 정상이 아니다.

그런데 그 이상으로 뭔가 정상이 아닌 여자가 눈앞에 있다.

그녀는 집주인이 나타났는데도 도망칠 생각도 해명할 의지도 없이 태평하게 냄비 속 요리의 맛을 보고 있다. 조리대에는 그녀가 갖고 온 걸로 보이는 조미료들이 늘어서 있었다.

냄새를 맡아보니 그녀가 만들고 있는 요리는 아무래도 고기감자조림인 듯싶었다.

누가 봐도 픽션 속 소꿉친구가 만들 법한 요리였다.

"……뭐 하는 거야?"

가까스로 입을 열고 질문을 던졌다. 그러나 그 말을 내뱉음과 동시에 무의미한 질문이라는 생각이 들었다. 불법 침입하여 요리를 만들고 있다, 지금 내 눈앞에 보이다시피.

"고기감자조림을 만들고 있어."

그녀는 냄비에서 시선을 떼지 않은 채 대답했다.

"치히로, 고기감자조림 좋아하잖아."

"여긴 어떻게 들어왔어?"

이것도 물어볼 필요 없는 질문이었다. 어젯밤 나를 간호했을 때 보조 열쇠를 훔쳤겠지. 집 안에 최소한의 물건밖에 없으니 조금만 뒤져보면 금세 찾아냈을 것이다. 그녀는 두 번째 질문에는 대답하지 않았다.

"빨랫감이 쌓여 있어서 전부 세탁기에 돌렸어. 이불도 좀 더 자주 널어야겠는걸."

베란다로 시선을 돌리자, 일주일치 빨래가 바람에 나부끼고 있었다.

현기증이 났다.

"넌…… 누구야?"

그녀가 나를 지그시 바라봤다.

"오늘은, 취한 건 아니지?"

"쓸데없는 소리 말고 대답해."

나는 윽박질렀다.

"넌 누구야?"

"누구냐니…… 나야, 도카. 소꿉친구의 얼굴을 잊은 거야?"

"내겐 소꿉친구 같은 거 없어."

"그럼 내 이름은 어떻게 아는 거야?"

곤혹과 미소가 섞인 얼굴이었다.

"어제, 날 보고 도카라고 불렀잖아."

나는 고개를 저었다. 상대방 페이스에 휘말리면 끝장이다.

심호흡을 하고 나서 나는 딱 잘라 말했다.

"나쓰나기 도카는 가짜야. 내 머릿속에밖에 존재하지 않아. 가공의 인물이야. 현실과 허구 정도는 구별할 수 있어. 사기꾼인지 뭔지 모르겠지만 나를 현혹시키려고 한다면 쓸데없는 짓이야. 경찰한테 잡혀가기 싫으면 당장 나가."

살짝 벌어진 그녀의 입술에서 한숨이 새어 나오는 소리가 들렸다.

"……그렇구나."

그녀는 가스레인지 불을 끄고는 내게로 다가왔다.

무의식중에 몸을 뒤로 젖힌 내게로 한 걸음 더 가까이 다가와서 그녀는 말했다.

"아직, 그대로인 모양이네."

그게 무슨 말이냐고 따져 묻지 못했다.

가슴이 너무 벅차서 말문이 떨어지지 않았다. 아무리 거부하려고 해도, 나의 뇌는 보다 근원적인 곳에서 '5년 전 헤어진 가장 사랑하는 소꿉친구와의 재회'로 착각하고 손쓸 새도 없이 환희에 빠져들고 있다.

너무 사랑스러워서 자칫 긴장을 늦췄다가는 껴안을 것만 같았다. 눈을 피하지조차 못해 나와 그녀는 정면에서 마주 보는 모양새가 됐다.

가까이에서 보는 그녀의 얼굴은 어딘가 비현실적이었다. 피부는 인공적일 만큼 하얗고, 눈 주위로 미세하게 띤 붉은빛이 어딘가 병약한 인상을 준다. 마치 유령 같다. 그런 느낌이 들었다.

그 자리에 얼어붙은 듯이 꼼짝도 않고 있는 나를 보고 그녀가 훗 하며 웃음을 터뜨렸다.

"괜찮아. 억지로 떠올리지 않아도 돼. 그치만 이거 하나만은 기억해줘."

그렇게 말하고는 내 손을 잡고 양손으로 부드럽게 포갰다.

차가운 손이었다.

"난 치히로 편이야. 무슨 일이 있어도."

다음 날, 아르바이트를 마치고 에모리 선배에게 전화를 걸었다. 상담하고 싶은 일이 있는데 오늘 밤 만날 수 없냐고 묻자 10시 이후라면 괜찮다고 했다. 공원에서 만나기로 하고 전화를 끊었다. 그리고 휴대폰 화면에 표시되는 연락처에 어느샌가 '나쓰나기 도카'라는 이름이 있다는 걸 알아차렸다. 그녀가 나를 돌봐줬을 때 멋대로 등록한 거겠지. 삭제할까 싶다가 그래도 쓸 일이 있을지 몰라서 그대로 뒀다.

나는 대학으로 가 약속 시각까지 학교 식당 구석 테이블에서 공부를 하며 보냈다. 한 시간마다 건물 바깥까지 걸어 나가서 천천히 담배를 피웠다. 공기는 지독히 습했고 담배는 평소보다 텁텁한 맛이 났다. 학교 식당이 문을 닫자 라운지로 이동해서 소파에 몸을 파묻고 누군가가 버리고 간 잡지를 읽으며 시간을 때웠다. 에어컨을 안 튼 라운지는 창 전면으로 들이닥치는 햇살 때문에 바깥과 별 차이 없을 정도로 더워서, 가만히 있어도 땀이 쏟아졌다.

아파트로 돌아가는 건 에모리 선배의 의견을 듣고 난 뒤라고 결심했다. 그 여자와 다시 만나기 전에 나의 입장을 확실히 해두고 싶었다. 그러기 위해서는 우선 신뢰할 수 있는 누군가에게 사건의 경위를 털어놓고 객관적인 시각을 획득할 필요가 있었다.

그러고 보니 누군가에게 무언가를 상담받고 싶다고 생각한 건 태어나서 처음 있는 일이다. 그만큼 내가 그 여자로 인해 격렬한 마음의 동요를 느끼고 있다는 것일 테지.

그날은 드물게도 에모리 선배가 약속 시간에 맞춰서 나타났다. 내가 먼저 전화를 거는 일은 통 없어서 걱정했는지도 모르겠다.

내 요령 없는 설명이 끝나자 그가 말했다.

"그러니까 네 이야기를 요약하자면 '레테'로 기억을 지우려고 했는데 실수로 '그린그린'이 와버렸고, 그걸 복용했더니 '나쓰나기 도카'라는 가공의 소꿉친구의 의억이 뇌에 이식되었다. 그런데 두 달 후 실재할 리 없는 그녀가 옆집으로 이사 와서 다정하게 말을 걸었다. ……라는 거지?"

"너무 터무니없는 얘기인가요?"

나는 한숨을 쉬었다.

"하지만 사실이 그래요."

"뭐 아마가이가 거짓말을 할 리 없으니, 정말 그런 일이 일어난 거겠지."

그렇게 말하고 나서 에모리 선배가 씩 미소 지었다.

"걔, 예뻐?"

"의억의 등장인물이 어떤지는 잘 아시잖아요."

나는 에둘러 대답했다.

"예쁘군."

"뭐, 그렇죠."

"그래서, 쓰러뜨렸어?"

"설마요. 꽃뱀일지도 모르는걸요."

"그래. 나도 그런 생각이 들었어."

그가 동의했다.

"근데 맨 먼저 그런 가능성부터 떠올렸다니, 너도 꽤나 냉철한 인간이네. 보통은 마냥 좋아서 그런 데까지는 생각이 미치지 못할 텐데 말이야.”

실제로는 너무 당황해서 꼼짝도 못했을 뿐이지만 굳이 말할 필요는 없었다.

“선배가 전에 말한 데이트 사기랑 비슷한 종류가 아닐까 하는 생각이 들어서요. 클리닉에서 고객 정보가 새어 나갔고, 그게 악랄한 인간들 손에 넘어가서 사기에 이용된 게 아닐까 하는.”

“사기 수법치고는 너무 빙 돌아가는 느낌이 들긴 하는데…… 뭐, 아주 불가능한 얘기는 아니군.”

에모리 선배가 동의했다.

“맞다, 아마가이네 집, 부자라면서?”

“옛날얘기에요. 지금은 딴 집이랑 별 차이 없어요.”

“사기꾼이 경제력이 없는 학생을 상대로 그렇게까지 공을 들일 필요가 있을까?”

“저도 그 점이 제일 걸려요. 선배 생각은 어때요? 사기 말고 어떤 걸 노리고 있을까요?”

맥주를 두 모금 마시고 나서 에모리 선배가 조심스레 말문을 열었다.

“만약을 위해서 물어보는 건데, 태어나서 지금껏 단 한 번도 ‘레테’를 쓴 적은 없는 거지?”

“예.”

나는 고개를 끄덕였다.

"물론 '레테'를 사용했다면 '레테'를 사용했다는 기억 그 자체도 지워져 있을 터라 단언할 수는 없지만요. ……그건 왜요?"

"아니 혹시라도 그 여자가 거짓말을 하지 않았을지도 모르니까 말이야. 실제로 두 사람이 소꿉친구였는데 네가 일방적으로 그 기억을 지워버렸을 수도 있으니까. 네가 의억이라 믿어 의심치 않는 그게, 알고 보면 우연한 계기로 되살아난 진짜 과거라면?"

"그럴 리가요."

나는 쓴웃음을 지었다. 농담으로 받아들였다.

"어쩌면 그냥 까먹은 걸지도 모르지. 아마가이 너 원래 옛날부터 잘 까먹었다며."

"아무리 잘 까먹는다고 해도 얼굴을 보고 목소리를 들으면 기억이 나죠."

"……하지만 만에 하나 말이야. 만에 하나라도 그런 일이 일어났다고 한다면."

에모리 선배가 목소리를 한 톤 낮췄다.

"그 친구, 너무 불쌍한데."

나는 다시 웃었다.

에모리 선배는 웃지 않았다.

나 혼자만의 공허한 웃음이 공원에 울려 퍼졌다가 밤의 어둠에 빨려 들어갔다.

그 후 우리는 한동안 말없이 술을 마셨다.

묘한 분위기였다.

"어쨌든."

에모리 선배가 분위기를 쇄신하려는 듯이 말문을 열었다.

"괜히 정들었다가 이상한 서류에 도장 찍거나 그러지 마."

"안 그래요."

"속은 척하고 어떻게 나오나 볼까 하는, 그런 생각도 하지 마. 그러는 사이 너 스스로 연기와 실제를 구별 못하게 되는 경우도 생길 수 있으니까."

"네, 조심할게요."

들고 왔던 캔 맥주를 다 비우자, 나는 감사 인사를 하고 에모리 선배와 헤어졌다. 헤어지며 에모리 선배는 혼잣말처럼 뭐라고 중얼거렸다.

그래, '그린그린'인가…….

아파트에 도착한 건 주변이 모두 깊이 잠든 오전 1시가 지난 시각이었다. 자그마한 나방 몇 마리가 통로 실외등 주위에서 소리 없이 날아다니고 있었다.

현관문은 열려 있지 않았고 불도 꺼져 있었다. 조심스레 문을 열어 안으로 들어갔지만 여자의 모습은 보이지 않았다. 나는 가슴을 쓸어내리며 창문을 열고 집 안의 열기를 뺐다. 그러고는 담배를 물고 불을 붙였다.

여자가 가져왔던 냄비는 사라져 있었다. 그녀를 집에서 쫓아낸 후 요리에는 손을 대지 않고 방치해놓았다. 나중에 그녀가 다시 보조 열쇠로 무단 침입해 냄비를 가지고 갔겠지.

예측 불허의 사태가 이어지며 머리가 완전히 마비되고 말았지만, 생각해보면 지금의 상황은 경찰을 불러야 마땅하다. 보조 열쇠를 도둑맞고 생판 모르는 타인의 불법 침입이 반복되고 있다.

하지만 아직까지는 경찰의 힘을 빌리고 싶지 않았다. 경찰이 문제를 해결할 때 반드시 진실을 규명해준다는 보장이 없다. 그 여자의 정체가 밝혀지기 전에 사태가 종식되고 만다면, 나는 평생 답을 찾을 수 없는 자문자답을 이어가게 될 것이다. 그녀의 목적은 무엇이며, 어떻게 내 의억의 내용을 아는지, 그리고 어째서 나쓰나기 도카와 그토록 닮을 수 있는지.

"괜찮아. 억지로 떠올리지 않아도 돼."

혹시 진짜로 그녀가 나와 아는 사이인 건 아닐까.

아무리 시시한 일이라 해도, 1퍼센트라도 의문이 남으면 나의 패배이다.

조만간 그녀 쪽에서 뭔가 행동을 취하겠지. 그때는 횡설수설하지 않고 대화의 방향을 잘 유도해서 정보를 끌어내, 그녀의 속셈을 낱낱이 밝혀내고 말겠다.

방침을 굳히고 주전자에 물을 따르려는 순간이었다. 덜컥 하고 현관문 자물쇠가 열리는 소리가 났다.

이렇게 빨리 올 줄이야. 나는 마음의 준비를 했다.

주전자를 내려놓고 담배를 재떨이에 꽂았다.

이제 세 번째가 됐으니 냉정하게 대응할 수 있으리라 자만했다.

그러나 현관 쪽을 돌아서서 그녀의 모습을 본 순간 나는 얼어붙고 말았다.

"어머, 또 몸에 나쁜 걸 먹으려 하네."

조리대에 둔 컵라면을 보고 그녀가 혀를 차며 말했다.

민무늬 하얀 파자마. 그 옷차림 자체에는 특별히 눈에 띄는 점은 없었다. 심야에 남의 집을 방문하는 차림으로는 지나치게 무방비하긴 했지만, 그녀가 연기하는 역할을 생각하면 그리 부자연스럽지는 않았다. 그런 만큼 파자마 그 자체에 놀랄 까닭은 없었다.

문제는, 그 파자마가 나쓰나기 도카가 입원했을 때 입고 있었던 것과 너무 비슷한 디자인이었다는 점이다.

눈앞의 그녀와 의억 속 나쓰나기 도카가 오버랩된다. 진짜 기억보다 더 생생히, 그날 병실의 공기와 파자마 옷깃 옆으로 보이던 쇄골과 가냘픈 목소리가 되살아난다.

무조건적으로 가슴이 욱신거리고 온몸의 세포가 아우성친다.

역시 이 여자는 알고 있다. 어떻게 하면 효과적으로 내 마음을 뒤흔들 수 있는지.

그녀가 샌들을 벗고 집 안으로 들어와서는 내 옆에 섰다. 그녀의 차가운 가느다란 팔이 내 팔꿈치에 닿자, 나는 전류가 흐른 것처럼 움찔하며 팔을 피했다.

"오늘은 그냥 봐줄까. 나도 마침 좀 배고팠는데. 있잖아, 내 것도 하나 해줄래?"

나는 일단 수만 가지 감정을 잠재우고 그녀와 마주 섰다. 그리고 아까 세웠던 당초의 방침을 되새기고자 했다.

그래, 정보를 캐내야 한다.

"어제 말이야."

나는 말을 꺼냈다.

"뭐가?"

그녀가 눈을 치켜뜨며 나를 바라봤다. 반사적으로 눈길을 피하려는 걸 꾹 참고 그녀를 정면에서 응시한 채 질문을 던졌다.

"'억지로 떠올리지 않아도 돼'라는 말, 무슨 의미야?"

난 또 뭐라고, 라는 표정으로 그녀가 미소 지었다.

그러고는 어린아이에게 살갑게 가르쳐주듯이 말했다.

"억지로 떠올리지 않아도 된다는 건, 억지로 떠올리지 않아도 된다는 뜻이야."

그야말로 나쓰나기 도카다운 말이었다. 의억 속의 그녀는 저런 선문답과 같은 화법을 즐겨 쓰곤 했다. "치히로랑 같이 있는 게 왜 좋으냐면, 치히로랑 같이 있기 때문이야." 이런 식이다.

나는 있지도 않은 과거를 떠올리고 입꼬리가 올라가려는 걸 애써 자제하며, 믿지 못하겠다는 뜻을 강하게 표명했다.

"헛소리 마. 그런 식으로 그럴싸한 말을 늘어놓으면 내가 네 의도에 맞게 엉뚱한 착각이라도 할 것 같아?"

의도적인 도발이었다. 이렇게 나오면 상대도 나를 믿게 만들려고 다음 카드를 꺼낼지도 모른다. 말을 하면 할수록 거짓말이 늘어난다. 그리고 거짓말이 늘어나면 늘어날수록 구멍도 커진다. 그런 계산이었다.

하지만 그녀는 내 도발에 넘어오지 않았다.

그저 쓸쓸하게 웃으면서,

"지금은 그렇게 생각해도 상관없어. 소꿉친구라는 말도 믿기 싫으면 믿지 않아도 돼. 내가 치히로 편이라는 것만 기억해준다면, 난 그걸로 충분해."

그렇게 말하고는 주전자에 물을 더 따라 가스레인지에 올려놨다.

아무래도 호락호락 넘어가줄 생각이 없는 모양이다. 사기꾼답게 어느 시점에 치고 빠져야 하는지 잘 아는 듯하다. 이쪽으로 파고들어봐야 별다른 성과는 기대하기 힘들 것 같아, 다른 각도에서 공략해보기로 했다.

"넌 알 리 없겠지만, 난 내 의사로 의억을 이식한 게 아냐. '레테'로 과거를 잊으려고 했는데 사소한 착오로 '그린그린'을 받고 말았던 거야."

"응, 치히로가 그런 식으로 해석할 거라는 거, 알고 있어."

그녀가 이미 알고 있다는 얼굴로 고개를 끄덕였다.

"그래서?"

"일반적인 의억 소유자와는 다르게 난 의억에 대한 집착이 없어. 그래서 그 등장인물인 나쓰나기 도카한테도 관심이 없다고. 나쓰나기 도카라는 이름을 이용해서 내 호의를 얻을 수 있을 거라 생각했다면 대단한 착각이야."

그녀가 내 말에 코웃음 쳤다.

"거짓말. 그제 밤에 취했을 때는 그렇게 어리광 피웠으면서."

어리광?

순간 기억을 더듬었다. 하지만 아무리 기억을 더듬어봐도 집에 들어온 이후로는 아무것도 떠오르지 않았다. 예기치 않게 그녀와 맞닥뜨리고 몇 마디 말을 섞고는 그 뒤로 어떤 과정을 거쳐서 이부자리에 누웠는지, 그 부근의 기억이 완전히 사라지고 없다.

그런데 누군가에게 어리광을 피웠다? 그것도 동년배 여성에게? 그와 같은 대담한 짓을 내가 할 수 있다? 전혀 상상이 안 됐다. 아무리 만취했다고 해도 인격의 근본은 바뀌지 않는다. 내게 또 다른 인격이 존재하지 않는 한 그런 짓은 불가능하다.

역시 이것도 속임수다. 아니 그보다 그냥 질 나쁜 농담이다.

"그런 기억 없어."

나는 딱 잘라 말했다. 그러나 그 목소리에는 동요의 빛이 물씬 묻어 나왔다.

"흐음. 이틀 전 일까지 벌써 잊어버렸다고?"

그녀는 굳이 내 빈틈을 파고들지는 않고 희미한 미소만 짓고 말았다.

"뭐, 어쨌든 술은 적당히 하는 게 좋을 거야."

주전자가 수증기를 내뿜기 시작했다. 그녀는 가스레인지 불을 끄고 두 개의 컵라면에 물을 따랐다. 그러고는 나한테 쫓겨나기 전에 본인 컵라면을 들고 옆방으로 돌아갔다. "잘 자, 치히로."라는 말을 남기고.

한 방 먹은 기분이었다.

◇◇◇◇◇

본가에서 가장 가까운 역에 내려선 순간부터 이미 돌아가고픈 마음뿐이었다. 지금 당장이라도 반대편 전차에 올라타서 아파트로 돌아가고 싶다, 한시라도 빨리 이 동네를 떠나고 싶다며 온몸에서 거부반응을 드러냈지만, 여기까지 와서 아무것도 하지 않고 돌아갈 수는 없는 노릇이었다. 이것도 일종의 정신 수련이라 여기고 나는 스스로를 채찍질하며 몰아세웠다.

동네 자체가 싫은 건 아니다. 새삼 과거를 곱씹어봐도 꽤나 살기 좋은 동네였다. 구릉지대에 조성된 인구 2만이 안 되는 뉴타운. 시 중심부까지 연결이 잘돼 있고, 공공시설과 상업시설 모두 충실히 갖춰져 있다. 주민의 대부분은 중류층으로 다툼이 생기는 걸 좋아하지 않는 온화한 사람들이었다. 녹지가 풍요로워 경관도 아름답고, 자극을 원하는 젊은층에게는 조금 지루할지 모르지만 건전한 소년 시절을 보내기에는 안성맞춤인 동네였다.

쓰라린 기억이 있는 것도 아니다. 물론 나는 고독한 소년이었지만, 그 때문에 주위로부터 불쾌한 일을 당한 경험은 (최소한 내가 인식할 수 있는 범위 내에서는) 한 번도 없었다. 내 세대 특유의 경향인지, 우연찮게 내 주위에 그런 인간이 모여 있었던 건지 모르겠지만, 내가 다니던 학교에서는 거대한 파벌 같은 건 존재하지 않았고, 서너 명의 집단 정도만이 바다 위에 떠올라 있는 작은 섬처럼 점점이 산재해 있을 뿐, 개인적인 호오는 있을지언정 집단 압력 같은 것은 발생할 여지가 없었다.

아니 그런 사정을 차치하더라도 그냥 '착한 아이'밖에 없었던 것 같다. 동네를 떠난 지금이기에 깨달은 거지만, 그 동네는 이상하리만치 착실한 아이가 많았다. 이유는 잘 모르겠다. 그런 사람을 끌어들이는 풍수지리적인 요인 같은 게 있었을지도 모르겠다.

동네에는 불만이 없었다. 내 불만의 대상은 이 동네에 살고 있는 나 자신이다. 이만큼 은혜로운 무대가 마련되어 있었음에도 불구하고, 아름다운 추억을 단 하나도 만들지 못한 나라는 인간의 무기력함을 마주하는 게 괴로운 것이다.

동네는 완전한데 나만 불완전하다.

본가까지 가는 길 곳곳에서 내 과거의 그림자와 마주쳤다. 여섯 살 때의 나, 열 살 때의 나, 열두 살 때의 나, 열다섯 살 때의 나라는 인간이 그 시절 그 모습 그대로 그곳에 있었다. 그들은 하나같이 무표정한 얼굴로 하늘을 올려다보며 자신을 바꿔줄 무언가가 일어나기를 끈질기게 기다리고 있었다. 하지만 결국 아무것도 일어나지 않았다. 스무 살의 나는 그 사실을 알고 있다.

얼른 일을 마치고 돌아가자. 그렇게 마음먹었다. 18년치의 공백에 짓눌려버리기 전에.

◇◇◇◇◇

에모리 선배의 질문이 시발점이었다.

"만약을 위해서 물어보는 건데, 태어나서 지금껏 단 한 번도 '레테'를 쓴 적은 없는 거지?"

그렇다. 그렇게 믿었다.

그런데 생각해보면 확증은 없었다.

'레테'의 옵션 중에는 "'레테'를 사용했다는 사실 그 자체를 잊게 한다.'라는 것도 포함되어 있고, 그 옵션을 선택하기를 강력하게 권장한다. 그렇지 않으면 '나는 대체 레테를 써서 뭘 잊은 것일까?'라는 의문을 평생 떨쳐낼 수 없기 때문이다.

그렇기에 나에게 그런 기억이 없다고 해서 레테를 사용한 적이 없다고 단언할 수 없다. 내 부모는 아이에게 의억은 필요 없다는 생각의 소유자였지만, 기억 제거에 대한 견해는 이제 와서 돌이켜보면 한 번도 들어본 적이 없었다. 그들의 교육 방침과 관련해 '레테'의 사용만은 예외적으로 허용되었다는 가능성은 제로가 아니다.

집에 도착했다. 주택지 끄트머리에 외따로 세워진, 무미건조한 20년 된 개인 주택이 내가 태어나고 자란 본가였다. 일단 초인종을 눌러봤지만 대꾸는 없었다. 어머니는 이미 오래전에 집을 떠났고 아버지는 직장에 갔을 테니 당연했다.

문을 열고 안으로 들어가자 익숙한 냄새가 났다. 하지만 그렇다고 해서 감상에 빠지지는 않는다. 외려 아파트로 돌아가고 싶다는 마음만 더 강렬해질 뿐이다. 지금의 나에게 '돌아갈 장소'는 본가가 아니라 그 초라한 세 평 남짓한 공간이었다.

삐걱거리는 계단을 딛고 2층으로 올라가서 예전에 내가 쓰던 방에 들어갔다. 그럴 거라 예상했지만 내가 나올 때 그대로 방치되어 있었다. 먼지가 자욱이 쌓여서 작업에 들어가기 전에 커튼을 걷고 창을 열어놓았다.

만에 하나, 나쓰나기 도카라는 지인이 존재한다면.

그녀와 관련된 실마리 같은 게 만약에 존재한다면 그것은 역시나 본가 내 방일 수밖에 없으리라.

그런 생각에 여기까지 온 건 좋은데, 한 가지 중대한 걱정거리가 있었다. 내 기억이 맞다면 본가를 나올 때 내 물건들 대부분을 처분해버렸다. 고등학교를 졸업하고 이사할 때까지 눈이 핑핑 돌아갈 만큼 정신없어서 뭘 버리고 뭘 남겼는지 기억하지 못한다. 어쩌면 과거의 인간관계를 파악할 만한 물건까지 남김없이 버렸을지도 모를 일이다.

일단 방 안을 한차례 둘러봤지만, 예상했던 대로 졸업 앨범은 전멸 상태였다. 초, 중, 고 세 권 모두 보이지 않았다. 그야 그렇겠지. 과거를 잊고픈 인간에게 그만큼 눈엣가시인 것도 없을 테니. 당연히 졸업 문집이라든가 단체 사진 같은 것도 처분되고 없었다. 남아 있는 것은 영어 사전과 책상 스탠드, 연필꽂이 같은 것들이었다.

나쓰나기 도카에 대한 실마리는커녕 나 자신에 대한 실마리조차 이 방에서 사라지고 없었다. 이 철두철미한 뒤처리를 보건대 머리카락 한 올조차 남아 있지 않아도 이상하지 않았다.

중학교에 얘기해서 내가 졸업한 연도의 앨범이나 학생 명부를 보여달라고 할까. 아마 개인 정보 보호를 이유로 거절하겠지. 그 당시 동급생에게 앨범을 빌릴 수 있다면 더할 나위 없겠지만, 중학교 시절 친구가 없던 내게는 그것도 불가능했다. 연락처는커녕 이름조차 변변히 기억 못했다.

눈 깜짝할 사이에 탐색이 종료되고 말았다. 더는 할 게 없었다. 나는 먼지가 사뿐 내려앉은 바닥에 대자로 누워 매미 울음소리에 귀를 기울였다. 저녁 해가 창으로 드리우며 벽에 오렌지빛의 일그러진 사각형을 그렸다. 열어놓은 옷장에서는 방충제 특유의 냄새가 풍겨오며 계절이 바뀌는 듯한 착각을 불러일으켰다.

하지만 실제로 지금은 한여름이었다. 8월 12일. 장마는 이미 그쳤을 터인데 애매한 날씨가 이어지고 있다.

"치히로, 돌아왔냐?"

아래층에서 내 이름이 불렸다. 아버지 목소리였다.

어느샌가 잠이 든 모양이었다. 바닥에서 잠든 바람에 몸 마디마디가 욱신거렸다. 일어나서 이마의 땀을 닦는데 문이 열리며 아버지가 얼굴을 비쳤다.

"여기서 뭐 하는 거냐."

일 년 반 만에 재회하는 아들 얼굴을 보고 아버지는 무뚝뚝하게 말했다.

"챙길 물건이 있어서 왔어. 금방 돌아갈 거야."

"이 방에서 챙길 물건 같은 건 없어 보이는데."

"그러네. 아무것도 없었어."

어깨를 으쓱거리고는 더는 어울려줄 이유가 없다는 얼굴로 자리를 피하려는 아버지를 불러 세웠다.

"혹시나 해서 말인데."

아버지가 천천히 돌아섰다.

"뭔데?"

"내게 '레테'를 쓴 적이 있어?"

몇 초의 침묵이 흘렀다.

"없다."

아버지는 딱 잘라 말했다.

"그게 우리 교육 방침이었다."

즉, 아버지의 머릿속에서 의억 이식과 기억 삭제는 모두 같은 카테고리 안에 있다는 뜻이다.

"그럼 나쓰나기 도카라는 이름을 들어본 적 있어?"

"나, 쓰, 나, 기, 도, 카?"

특이한 꽃 이름 같은 걸 입에 담는다는 듯이 아버지는 그 이름을 따라 말했다.

"모르겠군. 네 친구냐?"

"아니, 안 들어봤다면 됐어."

"질문에 대답을 했으면 무슨 사정인지는 설명해줘야지."

"그런 이름으로 편지가 하나 왔어. 예전에 같은 반 친구였다고 사칭하는 편지. 악랄한 사기의 한 종류라고 생각하긴 했는데, 기억력에는 자신이 없어서 혹시나 하는 마음에 물어본 거야."

미리 준비해둔 거짓말이었다. 에모리 선배에게 들은 얘기에다 살짝 가미를 했다.

"혹시나 해서라."

아버지가 오른손으로 수염을 쓰다듬었다.

"네가 그렇게 꼼꼼한 타입이었냐?"

"그렇다니까. 아빠 닮아서."

아버지는 웃음을 터뜨리고는 계단을 내려갔다. 아마 이제부터 술을 홀짝이겠지. 위스키를 마시며 의억을 회상하는 게 그의 인생에 유일한 즐거움이었다.

가공의 추억에 침잠해 있을 때 아버지는 무척이나 상냥한 표정을 짓는다. 아내나 자식에게 단 한 번도 보여준 적이 없는, 자애로 충만한 얼굴이다. 현실만 충족된다면 아버지는 꽤나 괜찮은 사람이 됐을지도 모른다. 나는 그렇게 추측한다.

현관에서 신발을 신고 있는데 어느샌가 등 뒤로 아버지가 서 있었다. 한손에는 위스키와 얼음이 든 글라스를 들었고, 또 한손에는 두 번 접힌 종이가 있었다.

"편지라는 말을 듣고 생각이 났다."

아버지가 말했다. 이미 취기가 돌기 시작했는지 얼굴 전체가 벌겋게 달아올랐다.

"네 앞으로 편지가 왔어."

"나한테?"

"그렇긴 한데, 꽤 오래전 일이긴 해."

아버지는 그 종이를 내게 툭 건넸다. 나는 종이를 받아 펼쳐 봤다.

그러고는 혼란의 도가니 속으로 내던져졌다.

역시 여기에 온 게 정답이었다.

"작년 겨울에 코트를 더럽혀서 한동안 네 코트를 빌려 입었는데,

안주머니에 그게 있더라. 넌 어차피 필요 없다고 했겠지만, 그냥 버리면 그걸 쓴 사람한테 못할 짓 하는 것 같아서 일단 챙겨놨다."

"아니야."

나는 편지를 접으며 말했다.

"도움이 됐어. 일부러 챙겨줘서 고마워."

아버지는 위스키를 한 모금 마시고는 작별 인사도 않고 거실로 돌아갔다.

집에서 나온 후 나는 보낸 이도 적혀 있지 않은 그 편지를 다시 펼쳐 봤다.

편지에는 이렇게 쓰여 있었다.

"치히로와 만나서 행복했습니다. 안녕."

◇◇◇◇◇

돌아가는 전철 안에서 나는 의억을 구입한 클리닉에 대해 휴대폰으로 조사했다.

클리닉 이름을 검색해보자, 3개월 전에 조사했을 때만 해도 분명 존재했던 홈페이지가 검색 결과에서 사라져 있었다. 이름을 착각했나 싶어, 지갑에서 진찰권을 꺼내 확인해봤지만 잘못된 곳은 없었다.

진찰권에는 전화번호가 게재되어 있었다. 진료 시간이 곧 종료

될 즈음이라 나는 전화를 걸려고 바로 서는 역에서 내렸다. 플랫폼 벤치에 앉아서 번호를 잘못 누르는 일이 없도록 조심하며 눌렀다.

호출음이 울리지 않았다.

"지금 거신 번호는 없는 번호입니다. 확인 후 다시 걸어주시기 바랍니다."

검색 키워드를 바꿔서 몇 번이나 조사해본 결과, 2개월 전에 클리닉이 폐원했다는 것을 알았다. 하지만 아무리 알아봐도 '폐원했다.'는 사실 외에는 더 이상 정보가 나오지 않았다. 클리닉이 위치한 지역 커뮤니티 게시판에 폐원했다는 사실을 알리는 게시물이 딱 하나 있을 뿐이었다.

나는 포기하고 다음 전철을 타고 아파트로 돌아갔다.

그녀는 이불에서 자고 있었다. 물론 그녀의 이불이 아니라 내 이불이다. 예의 민무늬 하얀 파마자를 입고 몸을 웅크린 채 쌔근쌔근 숨소리를 내고 있었다.

말을 걸어도 일어날 기미가 안 보여서 나는 쭈뼛쭈뼛 그녀의 어깨를 흔들었다. 어째서 이 공간의 주인인 내가 침입자인 그녀의 눈치를 봐야 하는지, 또 이런 식으로 신경 쓰는 게 그녀로 하여금 내 눈치 같은 건 보지 않고 더 서슴없이 행동하게 만드는 꼴이 되지 않을까 하는 생각이 들었지만, 때려서 깨울 만한 배짱은 없었다.

세 번쯤 흔들자 그녀가 눈을 떴다.

내 얼굴을 보자 "아, 왔어?"라며 환한 얼굴로 말했다. 그러고는 상체를 일으켜 살짝 기지개를 켰다.

"역시 잘 말린 이불은 기분이 좋아."

나는 한참 동안 말없이 그녀를 내려다봤다.

그 편지는, 대체 누가 쓴 걸까.

내가 본가에 남겨놓은 코트는 단 한 벌, 중학교 등하굣길에 입고 다녔던 더플코트뿐이다. 그 코트 소매에 팔을 넣었던 것은 중학교 3학년 졸업식 때가 마지막이었으니, 편지가 안주머니에 들어간 시점은 열다섯 살 겨울이라 봐도 무방할 것이다.

그러나 중학교 시절의 나에게 그런 편지를 써줄 만큼 가까운 상대는 없었다. 누군가의 장난일까? 하지만 그렇다고 하기엔 문장이 지나치게 자기 완결적이다. 장난이라면 좀 더 이쪽의 반응을 이끌어낼 법한 내용을 썼을 것이다. 학교 뒤편으로 나오라고 했든가, 보낸 사람의 이름을 썼든가.

편지의 필적과 냉장고 안에 있던 메모의 필적을 비교해봤다. 비슷하다고 하자면 비슷하고, 안 비슷하다고 하자면 안 비슷했다. 무엇보다 필적 같은 건 열다섯에서 스물이 되는 사이에 꽤나 변하기 마련이었다.

"왜 그래?"

아무 말도 하지 않는 나를 보고 그녀가 고개를 갸웃거렸다.

그 몸짓도 역시나 의억 속 나쓰나기 도카와 꼭 닮았다.

"……넌, 지금도 본인이 내 소꿉친구라고 우기는 거지?"

"응. 진짜 소꿉친구니까."

"내 아버지는 나쓰나기 도카라는 이름은 들어본 적이 없다고 했어. 이건 어떻게 설명할 거야?"

"나든 치히로의 아버지든 둘 중 한 사람이 거짓말을 하고 있다는 거 아니겠어?"

그녀는 일말의 망설임도 없이 바로 대답했다.

"치히로의 아버지는 정직한 분이야?"

나도 모르게 말문이 막혔다.

그러고 보면 아버지가 내 질문에 정직하게 대답했다는 보증은 어디에도 없었다. 자발적으로 픽션을 수집해온 아버지는, 그와 마찬가지로 자발적으로 픽션을 유포하는 인간이었다. 무의미한 거짓말을 할 때가 있는가 하면, 유의미한 거짓말을 할 때도 있었다. 자기를 변호하기 위해 거짓말을 하는 경우가 있는가 하면, 타인을 부정하기 위해 거짓말을 하는 경우도 있었다.

우리 가족은 거짓의 덩어리였다. 그 필두라 할 만한 아버지의 말을 얼마만큼 신뢰할 수 있을까.

"넌 많은 걸 잊고 있어."

소꿉친구라 자칭하는 여자가 천천히 몸을 일으키고는 나와의 거리를 좁혀왔다.

“그치만, 그건 아마 그래야 할 필요가 있었기 때문일 거야.”

이렇게 마주 보게 된 우리는 열다섯 때보다 키 차이가 더 벌어져 있었다. 나를 올려다보는 고개 각도의 미묘한 변화에서 알 수 있었다. 그때와 비교하면 그녀의 몸도 훨씬 여성스러워졌고, 그럼에도 여전히 쓸데없는 살은 거의 붙지 않았다. 지금의 체격 차이라면 아마 그때보다 훨씬 간단히 들어 올릴 수 있겠다는 상상이 순간,

아냐. **그건 내 과거가 아니야.**

“말해봐. 내가 뭘 잊고 있지?”

그녀의 표정이 살짝 어두워졌다.

“지금의 치히로에게는 말해줄 수 없어. 아직 준비가 안 된 것처럼 보이니까.”

“그런 식으로 얼버무리겠다고? 내가 뭔가 잊고 있다면 하나라도 증거를…….”

더 이상 말을 이을 수 없었다.

“치히로.”

내 품에 얼굴을 묻으며 그녀가 속삭였다.

가냘픈 손가락이 자비를 베풀 듯이 내 등을 쓸어내렸다.

“천천히 해도 상관없어. 조금씩, 조금씩 기억을 되찾아가자.”

귓구멍으로 뜨거운 액체를 들이부은 것처럼 뇌수가 찌릿찌릿했다.

나는 반사적으로 그녀를 뿌리쳤다. 자세가 무너진 그녀가 이불에 엉덩방아를 찧고는 살짝 놀란 얼굴로 나를 올려다봤다.

무엇보다도 먼저 그녀가 넘어진 자리에 이불이 있어 다행이라며 안도하고 말았다.

목구멍까지 치솟아 오른 "미안해, 괜찮아?"라는 말을 집어삼키고 나서 나는 말했다.

"……나가줘."

죄책감 때문에 더 모진 말이 나오지 않았다.

"응. 알았어."

그녀가 순순히 수긍하고 난폭하게 밀쳐진 것에 대해서는 아무렇지도 않다는 모습으로 천진난만하게 웃었다.

"또 올게. 잘 자."

그녀가 옆집으로 건너가자, 깊은 침묵이 찾아들었다.

집 안에 남은 그녀의 흔적을 지우기 위해 담배를 물었다. 라이터가 안 보여서 가스레인지로 불을 붙이려고 부엌에 갔을 때, 조리대 위에 랩을 씌운 그릇이 있다는 걸 알아차렸다. 그릇 안에는 데미그라스 소스를 얹은 오므라이스가 있었고, 아직 따뜻했다.

나는 잠깐 망설이다가 요리를 쓰레기통에 버렸다. 독이라도 탔을까 봐 경계한 것은 아니다.

그것은 어디까지나 하나의 의사 표시였다.

담배를 다 피우고 서랍을 뒤져서 사기꾼의 뒤통수를 치기 위한 소소한 트릭을 장치해 놓았다. 그러고는 냉동실에서 진을 꺼내 반 잔을 따라 단숨에 비웠다. 양치질을 하고 세수를 한 뒤 불을 끄고 이불에 누웠다. 눈을 감자 미세하게 그녀의 향이 났다. 몸을 일으켜 베개를 뒤집고 다시 누웠다. 물론 그 정도로는 그녀가 남긴 향을 지울 수 없었다.

그날 밤 나는 나쓰나기 도카와 함께 낮잠에 드는 꿈을 꿨다. 에어컨이 틀어져 있어 시원한 그녀의 방에서 어린 우리는 쌍둥이 남매처럼 사이좋게 서로 기대 잠이 들었다. 커튼을 친 방은 어두침침했고, 밤의 암흑과는 또 다른 종류의 고즈넉한 분위기가 감돌았다. 평일의 주택가는 적막했고, 아래층에서 나는 바람에 흔들리는 풍경 소리 외에는 아무 소리도 들리지 않았다. 우리 둘 이외에 모든 인류는 이미 오래전에 없어진 게 아닐까 착각이 들 만큼 평화롭고 고요한 여름 오후였다.

04

새하얀 페이지

책 읽는 습관이 없는 내게 도서관이라고 하면 학교 도서관을 의미했고, 학교 도서관이라 하면 피난처를 의미했다. 초등학교부터 고등학교에 이르기까지 도서관은 일종의 피난처였고, 또한 일종의 유치장이기도 했다.

학급에 적응하지 못해 못하고 교실에 머물 곳이 없어진 학생은, 우선 도서관으로 도망친다. 도서관에서도 머물 곳이 없어진 학생은 양호실로 도망친다. 양호실에서마저 머물 곳이 없어진 학생은 집에 틀어박힌다. 유치장에서 구치소로, 구치소에서 형무소로. 그런 수순처럼 말이다. 느닷없이 등교를 거부하는 학생도 있겠지만, 부적응자들은 대부분 그런 과정을 거치며 학교생활에서 나가떨어지게 된다. 그리고 그중 대부분은 두 번 다시 교실로 돌아오지 못한다.

'도서관 도피'를 선택한 학생의 대부분은 몇 주 후 교실로 복귀했다. 도서관에서도 적응하지 못한 극히 일부가 '양호실 도피'를 선택했고, 거기서 기어 올라오는 학생은 좀처럼 드물었다. 도서관에서 몇 개월이나 머무르는 학생은 지금은 멸종 위기에 처한 진짜 독서가이거나, 나처럼 도서관에 너무 적응을 잘해버린 기묘한 인간 외에는 거의 없다시피 했다.

중학교와 고등학교 시절, 나는 긴 점심시간의 대부분을 도서관에서 보냈다. 그렇다고 도서관에 있는 책을 꺼내서 펼쳐본 적은, 내 기억 속에서는 단 한 번도 없다. 공부를 하거나, 낮잠을 자거나. 둘 중 하나였다.

단순히 책이란 것에 흥미가 없었다고도 할 수 있지만, 그 이상으로 자신이 도서관 정규 이용자가 아니라는 사실을 항상 자각하고 싶었다. "나는 책이 읽고 싶어서 여기에 온 거지, 너희들처럼 교실에서 도망쳐 나온 게 아냐."라는 얼굴로 뭔가 골치 아파 보이는 책을 읽고 있는 무리들과 어울리고 싶지 않았던 것이다(지금 생각해보면 그들이 하는 짓이나 내가 하는 짓이나 본질적으로는 동일했다).

그런 형태로밖에 도서관과 관계를 맺지 않았던 나였지만, 오늘만은 정당한 동기로 현립 도서관에 방문했다. 물론 책을 대출하러 온 것은 아니다. 최종적으로는 그렇게 될지도 모르지만, 먼저 시험해보고 싶은 일이 있었다.

접수처에서 카드를 제시하고 데이터베이스 이용 수속을 밟았다. 여기서 단말기를 빌리면 의학 관련 상업용 데이터베이스에 접속할 수 있다. 근처 시립 도서관이 아닌 멀리 떨어진 현립 도서관까지 원정 온 이유다. 의억 관련 연구는 지난 수년간 급속히 발전한 케이스가 많으므로 전문지에 게재되어 있는 최첨단 정보를 확인하고 싶었다.

전에 여기에 왔을 때는 '레테'의 안정성에 대해 조사했다. 이번 목적은 의억 이식으로 인한 기억 혼란에 대해 조사하는 것이다.

보다 구체적으로 말하자면 인간이 사실과 의억을 오인하는 경우가 있는가, 실재했던 청춘 시절을 '그린그린'의 산물이라고 믿는 경우가 일어날 수 있는가이다.

그 여자가 하는 말을 믿어서가 아니다. 하지만 어젯밤 나라는 인간의 우유부단함을 반성하면서도, 마음속 어딘가에서는 아직도 '실재설'을 믿고 싶어 하는 부분이 있다는 걸 부정하기 어려웠다. 그 여자가 진짜 사기꾼이라 믿고 있다면 그런 식으로 흔들릴 이유가 없다.

명확한 증거가 필요했다. 의억은 어찌 됐건 의억이며, 현실과는 관계없다는 확신이 필요했다. 그렇지 않으면 언젠가 나는 그녀에게 농락당하고 말 것이다.

아니다. 나를 농락하는 것은 다름 아닌 나 자신이다. 그녀의 말이 사실이기를 바라는 마음이, 나쓰나기 도카가 실재하기를 바라는 마음이, 자발적으로 기억의 혼란을 야기하는 것이다.

달콤한 기대는 뿌리까지 뽑아내지 않으면 안 된다.

적당한 단어를 검색창에 입력해 조금이라도 읽을 가치가 있을 만한 자료라 판단되면 닥치는 대로 프린트했다. 한 시간가량 아무 생각 없이 작업에 집중해 대부분의 타이틀을 훑어보고 난 뒤, 프린트한 자료를 챙겨서 열람실로 향했다. 그곳에서 반나절에 걸쳐 모든 자료를 통독했다.

반대 사례는 어렵지 않게 찾을 수 있었다. 의억 속에서 벌어진 일을 현실에서 일어난 것이라 오인하는 경우는 그리 드물지 않은 모양이었다. 결국 인간은 믿고 싶은 걸 믿게끔 되는 것이다. 진실을 견디지 못할 때 인간은 인식을 왜곡한다. 현실을 바꾸는 것보다 그쪽이 편하니까.

한편 현실에서 일어난 일을 의억 속 일이라 오인하는 사례는, 아무리 찾아도 전혀 나오지 않았다. 나는 가슴을 쓸어내렸다. 일단 불안의 싹 하나를 잘라낼 수 있었다. 어쩌면 조사 방법이 잘못됐을 수도 있지만, 최소한 그런 증상이 그리 보편적이지 않다는 걸 알았다는 것만으로도 큰 수확이다.

크게 한숨을 내쉬고, 의자 등받이에 몸을 기댔다. 정신을 차리고 보니 창밖은 이미 컴컴했다. 도서관 내 이용객은 낮에 비해 반절로 줄었다. 나는 자료를 가방에 챙기고 눈을 가볍게 문지르고 나서 자리에서 일어났다.

정문 현관의 자동문을 나와서 두 걸음 내디뎠을 때 불현듯 농밀한 여름밤의 냄새가 났다. 순간 현기증이 난 것은 그 냄새가 불러

일으킨 기억의 정보량을 처리 속도가 쫓아가지 못해서였을 것이다. 19년치의 여름에 대한 기억이 일거에 몰려왔다가 내 옆을 스쳐 지나갔다.

여름밤의 냄새는, 기억의 냄새다. 이 계절이 찾아올 때마다 그런 생각이 든다.

마침 퇴근하는 직장인과 하교하는 학생으로 차 안이 붐빌 시간대였다. 교외의 러시아워라는 게 그리 대단하지 않다는 걸 안다 해도, 하루치 땀이 밴 셔츠를 입은 승객들로 가득한 폐쇄 공간은 내 숨통을 막기에 충분했다.

나는 손잡이를 꽉 쥐고 차창으로 흐르는 불빛을 멍하니 바라봤다. 5분쯤 지나자 나른한 졸음의 파도가 너울대기 시작했다. 혹사한 눈이 밤을 샜을 때처럼 뿌옇게 번졌다. 하지만 그만한 노력을 들일 만한 가치가 있었다. 오늘 밤만은 그 사기꾼과 마주하더라도 의연할 수 있을 것 같았다.

전차가 커브를 돌며 크게 흔들렸다. 옆에 서 있던 중년 남성이 자세가 무너지며 내 어깨와 부딪쳤다. 나도 모르게 비난의 눈길로 쳐다봤지만 남자는 사과할 기색도 없이 한눈에도 싸구려 가십을 다루는 듯 보이는 잡지를 탐독했다. 나는 반대편 승객한테 떠밀리는 척하며 남자가 읽고 있는 기사를 훔쳐봤다. 어차피 시시껄렁한 기사임에 틀림없다. 그렇게 이미 단정 짓고 있었다.

검정 박스에 흰 글씨로 크게 뽑은 제목이 가장 먼저 눈에 들어왔다.

〈아내를 의자義者로 착각한 남자〉

졸음이 순식간에 날아갔다.

그 자리에서 말을 걸고픈 마음을 꾹 참고, 남자가 하차하기를 기다렸다. 남자는 내가 내릴 역 바로 전 역에서 내렸다. 나는 그 뒤를 따라가다가 개찰구를 빠져나왔을 때 남자를 불러 세웠다.

"저기요."

남자가 돌아봤다. 몇 초 지나, 내가 차 안에서 옆에 서 있던 승객이라는 걸 깨달은 눈치다.

"왜 그러시죠?"

전철 안에서의 그 오만방자했던 태도는 온데간데없고 겁먹은 듯한 말투로 남자가 말했다.

"저 아까 읽고 계시던 잡지 말인데요……."

잡지명을 물어보려고 했는데, 남자가 "아아, 관심 있는 기사라도 있던가요?"라며 옆구리에 끼고 있던 잡지를 내게 내밀었다.

"어차피 버리려고 했던 거라, 드릴게요."

나는 고맙다는 인사를 하고 잡지를 받았다. 남자는 빈손에 가방을 바꿔 들고는 유유히 떠나갔다.

다시 개찰구를 지나, 플랫폼에 색 바랜 벤치에 앉아서 잡지를 펼쳤다. 기사는 금방 찾을 수 있었다. 반 페이지도 안 되는 짧은 기사였지만, 거기에는 오늘 도서관에서 읽은 수십 장의 자료보다 내게 유익한 기사가 실려 있었다.

이른 나이에 아내를 잃은 남자의 이야기였다.

남자는 눈앞에서 아내를 잃었다. 대단히 처참한 죽음이었다. 인간으로서의 존엄을 짓밟히는 것과 같은, 그 죽음을 목격한 이에게는 그녀를 제대로 떠올리기조차 어려워지는, 그런 끔찍한 마지막이었다. 아내가 숨을 거둔 순간, 남자는 '레테' 구입을 굳게 결심했다. 아내도 자신이 그런 형태로 기억되기를 바라지 않았을 것이었기에.

슬픈 기억만 따로 분리해낼 수는 없는 노릇이었다. 아내의 마지막 순간만 떠올릴 수 없다는 부자연스러운 상태에 위화감이들 수밖에 없을 것이었다. 결국 그 기억을 되돌리려 할 것이었다. 잊기로 했다면 철저하게 잊어야만 했다. 아내와의 만남에서부터 이별까지 모든 것을.

그리고 그는 실제로 그렇게 했다. '레테'는 효과적으로 작용하여 남자는 아내와 관련된 기억을 모두 잃었다. 그럼에도 재혼(본인은 초혼이라 여겼지만)할 마음은 들지 않았다. 상실감과 함께, 배우자를 잃은 공포 또한 그의 뇌에 깊이 각인됐기 때문이다.

그래서 남자가 취한 선택은 '허니문' 사용, 즉 가공의 결혼 생활 의억을 입수하기로 한 것이다. 클리닉에서 카운슬링을 받고 나서 1개월 후, 그의 잠재적 열망에 기초하여 작성된 '허니문'이 도착했다. 그 의억은 그의 마음에 뚫린 구멍을 완벽하게 메웠다. 의억기공사의 솜씨에 감탄을 금치 못했다. 이것이야말로 내가 원했던 추억이다. 그는 만들어진 아내에 대한 기억을 사랑했고, 거기에서 마음의 안녕을 찾았다.

그런데 그로부터 얼마 지나지 않아, 그는 악몽에 시달리게 되었다. 꿈에서 깨고 나면 그 내용은 생각나지 않았지만, 어쨌든 같은 꿈을 계속해서 꾸고 있다는 자각만은 분명했다. 온 세계의 악의를 모두 집약한 듯한 꿈으로, 잠에서 깬 후면 언제나 베개가 눈물로 젖어 있었다.

의억이라 믿고 있던 기억이 사실은 진짜 과거였다는 걸 알게 된 것은 그로부터 2년 후의 이야기였다. 그날 그가 복용한 것은 '허니문'이 아니라 '메멘토'였다. 의억을 이식하기 위한 나노로봇이 아니라, 삭제한 기억을 되살리기 위한 나노로봇이 잘못 처방된 것이다. 비슷한 이름의 다른 이용자와 바뀐 것이다. 가공의 아내라고 믿고 있던 상대는, 지금은 세상을 떠난 진짜 아내였다.

모든 것을 다 기억하고 만 그가, 그 뒤 다시 '레테'를 사용했는지에 대해서는 안타깝게도 기사에서는 다루고 있지 않았다.

기사를 세 차례 되풀이해 읽고 나서 나는 잡지에서 고개를 들었다. 10분 후에 온 전철은 한산했고, 승객은 하나같이 피곤에 찌든 얼굴이었다. 나는 끄트머리 좌석에 앉아 눈을 감고 생각을 정리했다.

기사 내용이 사실이라는 보증은 없다. 어쩌면 기자가 아무렇게나 꾸며낸 근거 없는 이야기일지도 모른다.

하지만 그런 일이 일어날 수 있다는 것은 부정할 수 없다. '메멘토'에 의한 기억의 복구는 완전하지 않다. 기억을 지웠다는 기억 그 자체를 망각한 상태에서 핵심만 떠올렸을 때, 그것을 의억이라 오인하는 편이 오히려 자연스러우리라.

출발점으로 되돌아와버렸다. 아니 처음보다 더 나빠졌을지도 모른다. 나는 새로 부상한 이 꿈같은 가설에 확 끌렸다. '그린그린'의 산물이라 믿고 있었던 의억의 정체는 '메멘토'에 의해 복구된 진짜 과거이며, '레테'에 의해 일시적으로 지워졌던 것이다. 그 근사했던 나날이 거짓이 아니었고, 나쓰나기 도카라는 소꿉친구는 실재했다. 그런 가능성에 가슴이 한없이 두근거렸다.

◇◇◇◇◇

독서 습관이 없는 나라는 인간은, 그렇다고 해서 딱히 음악을 듣는 습관이 있는 것도 아니었다. 기껏해야 잠이 안 오는 밤에 라디오 음악 프로그램을 트는 게 다다. 음악과 관련해 돈을 쓴 적은 한 번도 없다. 그런 만큼 유행하는 노래도, 클래식이라 할 곡도 전혀 모른다. 하지만 그 노래의 제목만은 금방 기억이 났다.

그녀는 오늘도 내 집 안에서 진을 치고 있었다. 부엌에 서서 요리를 그릇에 담으며 콧노래를 부르고 있었다.

옛날 노래다. 나쓰나기 도카가 자주 흥얼거리던 노래. 그녀의 아버지에게는 레코드판을 수집하는 취미가 있었고, 그 영향으로 그녀도 오래된 음악에 꽤나 밝았다.

그리운 멜로디가 의억을 자극한다.

오래된 책 냄새가 느껴졌다.

"어릴 때는 가사의 의미 같은 건 전혀 몰랐어."

레코드판에 바늘을 올리고는 도카가 말했다.

"멜로디가 밝아서 가사도 분명 밝은 내용일 거라 상상했어. 그런데 영어를 어느 정도 해석할 수 있게 된 다음 가사를 읽어봤는데 깜짝 놀랐다니까. 나, 이렇게 어두침침한 노래를 흥얼거리고 있었던 거야? 이러면서 말이야."

그곳은 도카 아버지의 서재였다. 시간이 남아돌아 주체 못할 때라든가, 공부에 지쳤을 때, 그녀는 나를 데리고 곧잘 아버지 서재에 들어갔다. 그러고는 엄숙한 의식을 거행하는 듯한 손놀림으로 레코드판을 턴테이블에 올리고는 뿌듯해하는 얼굴로 내게 들려줬다.

나는 음악에는 관심이 없었지만 도카와 서재에서 보내는 시간은 좋아했다. 매우 좁은 공간이었고 더더군다나 의자가 하나밖에 없어서, 우리는 몸을 밀착하듯이 바닥에 앉아야만 했다. 사춘기에 들어서서 서로 일정한 거리를 두게 된 후로는 예외적으로 둘이 붙어 있을 수 있는 특별하고도 유일한 시간이었다. 그녀에게도 사실 음악 그 자체는 부차적인 차원이었는지, 이틀 연속 같은 음악을 틀면서도 눈치 못 채는 경우도 더러 있었다.

그 때문에 "음악을 듣자."는 그녀의 말은, 나에게 단순한 제안 이상의 의미를 지녔다. "좀 더 네 곁에 있어도 돼?"라든가 "둘만 있고 싶다."와 같은 애처로운 호의가 응축된 문장이 "음악을 듣자."였던 것이다.

필연적으로 나는 서재에 속해 있는 여러 물건들을 좋아하게 됐다. 오래된 책, 레코드판, 지구본, 모래시계, 탁상시계, 문진, 사진첩, 보드카 병. 그 물건들은 서재를 매개로 하여 도카의 체온, 그리고 피부의 감촉과 연결되었다.

그녀가 흥얼거리는 노래는 나도 대충 따라 흥얼거리게 되었다. 둘이 있다가 화제가 끊기면, 누가 먼저랄 것 없이 같이 그 노래를 흥얼거리곤 했다.

"대체 어떤 가사였길래 그래?"

나는 물었다. 사실 가사 같은 건 아무 상관없었지만, 조금이라도 서재에 오래 머물기 위해 대화를 끌 필요가 있었다.

도카는 커닝 페이퍼라도 보는 것처럼 공간의 한 점을 몇 초간 응시하더니 대답했다.

"곁에 있을 때는 거추장스럽기만 했던 여자가, 다른 남자한테 뺏긴 순간 사랑스럽게 보이기 시작해서 '제발 돌아와줘.' '한 번만 기회를 줘.'라고 한탄하는, 그런 노래야."

"놓친 물고기가 크다, 그런 건가?"

"그런 셈이지."

그녀가 고개를 끄덕였다. 그러고는 잠깐 사이를 두고는 한마디 덧붙였다.

"그러니까 치히로도 조심해."

"나?"

"아무리 거추장스러워도 그냥 내팽개치면 안 된다, 이거야."

"딱히 거추장스럽다고 생각한 적은 없는데."

"흐음……."

종잡을 수 없는 침묵이 이어졌다. 내가 다음 화제를 찾고 있는데, 아무런 전조도 없이 도카가 내 품에 몸을 기댔다. 그녀는 내게 몸을 맡긴 채 나사 빠진 사람처럼 키득키득 웃기 시작했다.

"이건 좀 거추장스럽다고 할 수 있을지도 모르겠네."

나는 쑥스러워하며 말했다.

"잔소리 금지."

도카가 경고했다.

"안 그러면 딴 남자한테 뺏겨."

나는 얌전히 그녀의 말에 따랐다.

콧노래가 멈추자, 그와 거의 동시에 내 의식은 현재로 돌아왔다.

"어서 와."

그녀가 돌아보며 말했다.

"있잖아, 오늘 요리는 진짜 좀 자신 있거든? 한입이라도 좋으니까 먹어보면 안 될까."

눈의 초점이 잘 안 맞아, 그녀의 모습이 흐릿했다.

머릿속에서 뭔가 단단한 부품이 어긋나는 소리가 났다.

"치히로?"

뻗은 손이 그녀의 가냘픈 어깨를 붙들었다.

곧이어 그녀를 밀어 쓰러뜨렸다. 바닥에 등이 부딪쳐서 그녀가 작게 신음을 토했다. 나는 그 위에 올라타서 재빨리 목적을 수행했다.

열쇠는 반바지 주머니에 들어 있었다. 열쇠가 그녀 집 것이 아니라 내 집 것인 걸 확인하고 나서 그녀를 풀어줬다.

그녀는 몸을 일으키고는 "깜짝 놀랐어……."라고 나지막이 중얼거렸다. 그러고는 흐트러진 옷차림을 정리도 않고 망연자실한 표정으로 나를 올려다봤다.

나는 현관을 가리켰다.

"나가."

그녀는 비틀거리며 일어나, 신발을 신고 현관문 앞에 섰다. 손잡이를 잡았다가, 생각을 바꿨다는 듯이 나를 보며 돌아섰다.

"……왜 내 말을 믿으려고 하지 않는 거야?"

아니, 그 반대다.

조금이라도 긴장을 늦추면 믿어버릴 것 같기에 더더욱 이렇게 싸늘히 대하는 것이다.

내가 아무 대꾸를 않자 그녀는 쓸쓸한 미소를 지었다. 다시 내게서 돌아서서 문을 열고 나가려고 했다.

"기다려."

내 말에 돌아선 그녀가 보는 앞에서, 나는 요리를 담은 그릇을 들었다. 다채로운 빛깔의 여름 채소를 찐 요리가 신경질적이라 해도 무방할 정도로 하나하나 정성스레 담겨 있었다.

아, 하며 그녀가 작게 소리를 냈다.

내가 그릇을 기울이자, 그녀의 요리는 쓰레기통으로 빨려 들어갔다.

빈 그릇을 내밀며 나는 말했다.

"이것도 가져가."

그녀는 아무런 표정의 변화 없이 쓰레기통을 뚫어져라 바라봤다. 그러고는 아무 말 없이 그릇을 받아들고 조용히 문을 닫고 나갔다.

첫 승리다. 그런 생각이 들었다. 나는 그녀의 유혹을 떨쳐내고 나쓰나기 도카라는 환상을 이미 극복했다는 걸 증명해 보였다.

그러나 드디어 반격에 성공했는데도 내 마음은 편해지지 않았다.

편해지기는커녕 시간이 흐를수록 무거워지기만 했다. 나는 냉동실에서 진을 꺼내, 글라스에 따르고 두 모금에 다 비웠다. 바닥에 드러누워서 천장을 바라보며 형용하기 힘든 이 불쾌감을 알코올이 씻어 내려주기를 기다렸다.

복잡하게 얽힌 사고의 가닥들을 풀어 헤치다가 순간 어떤 생각이 번득였다. 나는 벌떡 일어나서 책상 위의 노트북을 켰다.

어째서 그런 기본적인 것을 놓치고 있었을까.

세상과 너무 동떨어진 생활을 보낸 나머지 그 존재를 잊었지만, 이 세상에는 SNS라는 것이 있어서 전화번호나 이메일 주소를 몰라도 이름이나 출신지로도 지인을 찾을 수 있다.

그걸 이용하면 중학교 시절 동창에게 연락을 취하는 것도 어렵지 않으리라. 그 당시 이야기를 듣는 것뿐만 아니라 졸업 앨범을 볼 수 있을지도 모른다. 교류라고는 전무할 정도로 없었던 동창에게 내가 먼저 말을 걸어야 한다니, 상상만 해도 주눅이 들었지만, 나쓰나기 도카가 실재하지 않았다는 확증을 얻을 수 있다면 실행하지 않을 수 없었다.

가장 많이 이용하는 SNS에 계정을 만들고, 모교 이름으로 검색해봤다. 다시 년도를 좁히자 눈에 익은 이름들이 차례차례 나타났다.

나도 모르게 숨이 턱 막혔다. 중학교 시절 교실에 감돌고 있던 공기가 모니터를 통해 집 안으로 흘러 들어오는 것 같았다. 하지만 그건 순간적인 환각일 뿐 동요했던 마음은 금세 진정되어갔다. 나는 이제 중학생이 아니고, 앞으로의 인생에서 그들과 얽힐 일은 두 번 다시 없다—이제 말을 걸 한 사람만 빼고.

여덟 명의 동급생을 찾았다. 여자가 여섯, 남자가 둘. 나는 한 사람 한 사람, 그들이 올린 글을 살펴봤다. 그들의 인생을 꼼꼼히 훔쳐봤다. 그런 짓을 해봐야 아무 의미가 없다는 걸 알면서도 그러지 않을 수 없었다.

다양한 인생이 있었다. 해외 유학 중인 사람. 벌써 취직하여 열심히 일하는 사람. 명문대에 장학금을 받으며 다니는 사람. 고아를 지원하는 NPO에서 활동 중인 사람. 동급생끼리 학생 결혼을 한 사람.

다양한 사진이 있었다. 수많은 친구들과 바비큐 파티를 하는 사진. 유카타를 입은 연인과 어깨를 맞댄 사진. 동아리 친구들과 바다에서 노는 사진. 막 태어난 갓난아이를 안고 있는 사진. 내가 가지 않은 동창회 단체 사진.

새삼 내 인생이 얼마나 공허한지 꼬집힌 듯한 느낌이 들었다. 하지만 질투와 같은 감정은 일지 않았다. 땅바닥에 납작 엎드려 기어가는 인간의 눈으로 보면, 구름 위의 인간이 무엇을 하는지 알 바 아니다. 이 정도로 벌어져 있으면 외려 비교할 마음마저 사그라든다.

마지막 한 사람의 계정을 클릭했다. 화려한 꽃들 사이에 길가의 들꽃 한 송이가 뒤섞여 있었다. 업로드한 사진은 모두 초라하기 그지없었고, 인물이 찍혀 있는 사진은 한 장도 없었다. 근황도 지극히 담담해 '주변 사람들이 하도 옆구리를 찔러서 계정을 만들긴 했지만, 딱히 쓸 게 없다.'는 느낌을 마구 내뿜고 있었다. 그렇게 올린 글들을 거슬러 올라가다가 그녀가 이웃 동네에 살고 있다는 걸 알았다.

나는 다시 한번 계정 등록명을 확인했다. 기리모토 노조미. 아아, 그 기리모토 노조미구나. 이해가 됐다. 얼굴이나 목소리는 잘 떠오르지 않았지만 그래도 그녀의 이름은 다른 동급생에 비해 확실히 기억에 남아 있었다. 3년 내내 같은 반이었던 이유도 있지만, 내가 지금까지 만난 사람들 중에 동지 의식을 가질 수 있었던 극히 몇 안 되는 상대 중 하나가 기리모토 노조미였다.

그녀는 도서관의 주민이었다. 나 같은 '도서관 도피'에 이른 비자발적 입관자가 아니라, 순수한 독서가였다. 1학년 봄부터 3학년 겨울까지 그녀는 시종일관 도서관에 다녔다. 도서관 내의 모든 책을 다 읽어 해치우겠다는 기세로 활자를 탐했고, 점심시간만으로는 충분하지 않았는지 수업 사이든 방과 후든, 틈만 나면 책을 펼쳤다.

얼굴의 윤곽이 일그러져 보일 정도로 도수 높은 안경과, 한 다발로 대충 묶은 촌스러운 머리스타일이 인상적이었다. 공부는 말할 나위 없었고 외모도 꽤 단정한 편이었다. 겉으로 드러난 걸로만 따지면 성실한 반장 같은 타입이었지만, 그런 자리를 맡기에 그녀는 사교성이 지나치게 낮았다. 그녀는 늘 혼자였다. 항상 눈을 내리깔았고 그늘진 곳과 구석 자리만 찾아 다녔다.

3년간의 중학교 생활 동안 서너 번, 수업 때문에 그녀와 짝을 이룬 적이 있었다. 음악 시간, 미술 시간, 그리고 무슨 교내 행사였던 걸로 기억한다. 남은 사람끼리 소거법에 따라 짝 지어졌다. 평소에는 말이 없지만, 한번 입을 열면 다른 사람만큼 말을 한다는 걸 그때 알았다.

아니, 다른 사람만큼이라니. 기리모토 노조미는 다른 사람만큼을 넘어서 동년배 아이들과 비교할 수 없을 정도로 유창한 일본어를 구사했다. 활자의 바다에서 한껏 헤엄치고 다닌 만큼 언어의 효과적인 구사 방식을 체득하고 있었다. 그녀는 그런 능력을 주체하지 못하고 있다가, 극히 드물게 대화할 기회가 찾아오면 기꺼워하며 그 재주를 펼쳐 보였다. 그리고 한바탕 대화의 문을 열고 나면 깊은 자기혐오에 빠지며 한층 과묵해졌다.

기리모토 노조미는 그런 인간이었다. 이 세계의 존재 방식에 적응하지 못해, 그런 자신의 존재 방식에 적응하려고 더더욱 이 세계의 존재 방식으로부터 벗어나버린 것 같은, 서툰 삶의 방식밖에 취할 수 없는 인간이었다.

이 사람으로 하자. 결심했다.

처음에는 원래 목적은 꺼내지 않고 무탈한 메시지를 보내기로 했다. 학창 시절 교류라고는 거의 없었던 동급생이 느닷없이 "졸업 앨범을 보고 싶다."와 같은 요구를 했다가는, 개인 정보 유출을 노린 범죄자로 의심받기 딱 좋다.

20분에 걸쳐서 쓴 문장은 지독히 어색했다. 아무리 잘 봐줘도 일본어를 할 줄 아는 외국인이 쓴 스팸 메일 같았다. 뭐, 지인에게 개인적인 메시지를 보내는 게 처음이라 어쩔 수 없다. 실제로 나는 외국인과 같은 존재다. 어디에 있든, 누구와 있든.

문장의 완성도는 불만투성이였지만, 시간이 지체되면 내 결의가 사그라질 걸 알고 있기에, 술기운이 깨기 전에 퇴고도 하지 않고 보냈다. 그러고는 노트북을 닫고 이불에 들어갔다.

그날 밤도 예의 악몽으로 깼다. 나는 이불에서 기어 나와 부엌에서 컵에 물을 따르고 세 컵 연달아 마셨다. 악몽을 꿀 때마다 항상 이렇게 한다. 차가운 물을 마시면 온몸에 현실감이 차오르며, 악몽이 머물 곳을 잃고 어딘가로 쫓겨나는 게 느껴진다. 몇 분 후에는 꿈을 꿨다는 사실조차 잊는다. 공포의 여운이 사라지지 않을 때는 진을 조금 마신다. 그러면 대개는 잊힌다. 투명한 액체에는 그런 힘이 있다. '레테'의 어원이 된 망각의 물은 틀림없이 명징한 아름다운 액체일 것이다. 나는 그렇게 상상한다.

하루가 지나도 기리모토 노조미로부터 답장이 오지 않았다. 뭔가 물건을 팔려는 인간이나 업자 부류로 의심하는 걸까, 아니면 내가 동창인 걸 알면서도 무시하는 걸까. 전자라면 그나마 희망이 있지만, 반응이 전혀 없는 상황에서 뭐라 판단할 근거가 없었다. 아니 어쩌면 SNS를 체크하는 습관이 없을지도 모른다.

한 번 더 메시지를 보내야 하는 걸까. 고민이 됐다. 지금은 모든 걸 다 제쳐두고 나쓰나기 도카의 정체를 밝히는 게 우선이었다. 그러기 위해서는 수단과 방법을 가릴 여유가 없다. 원래 기리모토 노조미는 내게 아무 의미 없는 존재다. 그녀를 이용했다고 나중에 미움을 사거나 경멸을 당하더라도 나로서는 상관없었다.

문제는 다음 메시지의 내용이다. 뭐라고 써야 상대방이 나를 신뢰할까. 내게 흥미를 가질까.

태어나서 처음으로, 러브레터를 쓰는 소년이 된 것처럼 나는 문장을 몇 번이고 고쳐 썼다. 나 자신도 무슨 말을 쓰고 있는지 알 수 없게 됐을 즈음, 문득 최악의 아이디어가 생각났다.

나는 그 아이디어를 실행에 옮겼다. 구체적인 내용은 묻어두겠다. 에모리 선배에게 들은 이야기 속 사기꾼을 참고했다고만 말해두자.

효과는 바로 나타났다. 불과 한 시간 후, 기리모토 노조미로부터 답신이 왔다. 양심을 이용한다는 가책 같은 건 전혀 없었지만, 사기꾼의 거짓말을 폭로하기 위해 나 자신이 사기꾼이 된 상황에 기묘한 느낌이 들었다. 다음 날 오후 역 앞에서 만나기로 약속하고 그녀와 주고받은 메시지를 종료했다.

시계를 보자 밤 9시를 지나고 있었다. 지난 며칠간의 경향으로 봤을 때 슬슬 나쓰나기 도카라고 자칭하는 여자가 집에 올 시간대였다. 나는 무의식적으로 옆집이 위치한 벽을 봤다가 현관문으로 시선을 옮겼다. 하지만 무슨 이유에서인지 오늘 밤은 문이 열릴 기미가 안 보였다.

결국 그날 밤, 그녀는 아무런 행동을 취하지 않았다. 내가 마음먹은 대로 움직이지 않는다는 걸 알고 계획을 새로 짜고 있는 걸지도 모른다. 요리 건으로 상처받은 척하고 내 반응을 지켜보고 있는 걸지도 모른다. 어쩌면 아무런 행동을 취하지 않는 것 자체가 어떤 행동의 일부일지도 모른다. 그렇다면 분하지만 그녀의 의도는 적중한 셈이다. 나는 밤새도록 옆집에서 무슨 소리라도 나지 않는지 귀를 쫑긋 세운 채 그녀가 오지 않은 이유에 대해 고민했으니까. 간신히 졸음이 찾아들었을 무렵에는 커튼 틈새로 아침 햇살이 들이비치고 있었다.

실로 5년 만의 재회였다.

기리모토 노조미는 약속 장소인 석상 앞에 시간 맞춰 서서, 파란 우산을 어깨에 걸치고 못마땅한 얼굴로 비를 노려보고 있었다. 촌스럽게 한 다발로 묶었던 머리는 풀어 늘어뜨렸고, 두꺼운 렌즈의 안경은 콘택트렌즈로 바뀌었고, 옷차림도 나름 세련됐지만, 전체적인 인상은 예전 그대로였다. 앞머리 밑으로 비치는, 모든 부정적 감정을 뒤섞고는 물을 탄 듯한 눈동자 색도 여전했다. 마치 기리모토 노조미라는 개념의 핵은 남겨놓고, 그 외의 모든 것들은 양질의 부품으로 바꿔놓은 듯한 느낌이었다.

내 얼굴을 확인하더니 그녀가 꾸벅 인사를 건넸다. 그러고는 말없이 길 맞은편에 위치한 커피숍을 가리키고는 대답도 듣지 않고 발걸음을 내디뎠다. 일단 비를 피하자, 라는 얘기겠지.

가게 안은 비를 피하러 온 손님들로 바글거렸지만 앉지 못할 정도는 아니었다. 창가의 2인용 테이블에 앉아 점원이 가져다준 얼음물로 가볍게 입술을 적시고 난 뒤 기리모토 노조미가 무거운 입을 열었다.

"목적이 뭐야?"

"목적?"

나는 되물었다.

"뭔가 속셈이 있어서 날 불러낸 거 아니야?"

그녀가 음울한 시선을 테이블 모서리에 내리깐 채 말을 이었다.

"포교? 다단계? 인터넷 판매? 그런 거라면 미안하지만 지금 바로 돌아갈게. 딱히 구원받고픈 맘도 없고, 돈에 쪼들리는 상황도 아니라서."

나는 어안이 벙벙해서 그녀의 얼굴을 빤히 쳐다봤다.

그녀는 나를 힐끗 훔쳐보고는 방황하는 시선을 주체하지 못했다.

"오해한 거라면 미안. 하지만 나 같은 사람한테 연락했다면 그런 일 말고는 없을 것 같아서……."

마지막 말은 목소리가 잠겨서 거의 알아들을 수 없었다.

나는 테이블 중앙에 놓인 컵을 내 앞으로 가져와서 잠깐 망설이고 난 뒤 한 모금 마셨다.

어떻게 설명해야 하나. "그런 게 아니다. 나는 너를 만나고 싶다는 순수한 마음으로 연락을 한 거다."라고 말해야 할 것 같은데, 그녀의 상상은 엉뚱한 데까지 뻗쳐 있다. 나는 신자도 아니거니와 다단계 판매원도 아니다. 하지만 그녀를 만나는 것 자체를 첫 번째 목적으로 삼고 이곳에 오지도 않았다. 목적은 딴 데 있다.

이 자리에서 얼버무리는 건 간단하다. 하지만 나라는 인간이 그런 연기를 오랫동안 지속할 수 있을 것 같지는 않았다. 누군가에게 호의를 갖고 있는 척을 자연스럽게 유지할 수 있는 인간이었다면, 이렇게 고독해졌을 리가 없다.

나는 점원을 부르고 커피를 두 잔 주문했다. 그러고는 기리모토 노조미의 의문에 긍정도 부정도 않는 대신 이렇게 물었다.

"혹시 실제로 그런 경험을 한 적이 있어?"

자리를 이어가기 위해 던진 무의미한 질문이었다.

하지만 그것이 결과적으로 최선의 대답이 되었다.

그녀의 눈이 휘둥그레지며 바르르 몸을 떨더니 눈을 다시 내리깔고는 돌처럼 침묵에 잠겼다. 언뜻 봐도 바로 느껴질 정도로 무척이나 당황한 빛을 드러내, 뭔가 나쁜 짓이라도 저질러버린 것 같은 죄책감에 휩싸였다.

그로부터 오랫동안 그녀는 침묵을 지켰다. 뭔가 말하기 불편한 게 있는지, 아니면 내가 무슨 말을 이어갈지 기다리는 건지, 그것도 아니면 화가 나서 말을 섞기 싫은 건지, 그녀의 표정으로는 파악하기 힘들었다.

뭘 알고 한 소리는 아니었어, 신경 쓰지 마, 라고 내가 사과를 하려고 한 순간, 기리모토 노조미가 불쑥 작은 목소리로 중얼거렸다.

나는 그녀의 목소리에 귀를 기울이기 위해 몸을 앞으로 내밀었다.

"고등학교에 입학하고 바로 친구가 생겼어."

그녀가 건조한 목소리로 말했다.

"낯가림이 심해서 외톨이였던 내게, 그 친구는 매일 다정하게 말을 걸어줬어. 태어나서 처음 생긴 친구였어. 마음 씀씀이가 정말 예쁜 친구라, 나랑은 달리 반 애들 모두에게 사랑을 받았지. 누구와도 가깝게 지낼 수 있었을 텐데 항상 날 최우선으로 대해줘서, 뭔가 뿌듯한 기분마저 들었어."

그녀의 입가에 순간 온화한 미소가 번졌지만, 그 미소는 2초도 유지되지 않았다.

"그런데 그렇게 가까워지고 한 달쯤 지났을 때, 그 친구가 날 이상한 곳에 데리고 갔어. 난생처음 듣는 수상한 신흥 종교 집회에 말이야. 그다음 주도, 또 다음 주도 그 친구는 나를 그곳에 데려갔어. 내게 친구가 없는 걸 보고 쉽게 구워삶을 수 있을 거라 생각했겠지. 나는 굳게 마음먹고 입교할 생각 없으니까 더는 권유하지 말아달라고 부탁하자 다음 날부터 그 친구는 내게 한마디도 하지 않게 됐어. 그뿐만이 아니라 나에 대한 악의적인 소문을 퍼뜨려서, 그로부터 3년 동안 나는 매일같이 싸늘한 눈길과 사나운 말들의 세례 속에서 학교를 다녀야 했어."

커피가 나왔다. 점원이 우리 사이에 놓인 숨 막힐 듯한 침묵의 의미를 헤아리려는 듯 애매한 미소를 짓더니 가볍게 목례를 하고 사라져갔다.

"……힘들었겠네."

그런 말밖에 할 수 없었다.

"응, 힘들었어."

그녀가 인정했다.

"그래서 난 거짓말이 싫어."

그런 이야기를 들은 뒤에 그녀에게 거짓말을 할 만한 배포가 내겐 없었다. 사실대로 말해야겠다고 결심했다.

달리 보자면, 기리모토 노조미는 내가 사기꾼일 가능성이 높다고 봤으면서도 나를 만나러 와준 것이다. 부탁을 거절하지 못하는 성격이겠지. 그렇다면 솔직하게 원래 목적을 털어놓는 편이 이야기가 빠를 것 같았다.

커피를 마시고 커피 잔을 받침에 내려놓고 나서 나는 말했다.

"기리모토의 예상은 50퍼센트는 맞아."

그녀는 반사적으로 고개를 들었다가, 다시 금세 내리깔았다.

"50퍼센트?"

"기리모토한테 연락을 한 거에 꿍꿍이속이 있다는 거. 그건 사실이야."

"……나머지는 50퍼센트는?"

"말을 걸 상대가 아무라도 상관없었던 건 아냐. 기리모토 외에도 후보가 몇 명 있었지만, 그중에서 누군가와 만나야 한다면 다른 사람은 절대 안 된다고 생각했어. 기리모토니까 연락할 마음이 든 거야. 그런 의미에서 나는 의도적으로 기리모토를 만나러 왔다고 말해도 된다고 생각해."

그녀는 다시 침묵에 잠겼다. 하지만 이번 침묵은 그리 오래 이어지지 않았다.

그녀가 무표정한 얼굴로 말했다.

"그럼 그 꿍꿍이속이란 건?"

아무래도 첫 번째 관문은 통과한 모양이었다.

나는 그녀에게 양해를 구하고 원래 목적을 꺼내들었다.

"나쓰나기 도카. 그런 이름을 들어본 적 있어?"

"나쓰나기 도카?"

"중학교 때 우리 반에 그런 이름의 여자애가 있었다는 기억, 없어?"

그녀가 두 손을 테이블 위에 모으며 생각에 잠겼다.

"잘 알겠지만, 나, 중학교 시절에도 친구들과 거의 교류가 없었어서 확실히 말하기는 어려워. 그렇지만……."

늘어뜨린 앞머리 밑에서 나를 훔쳐보는 듯한 눈길로 그녀가 말했다.

"최소한 내가 기억하는 바로는 우리 반에 그런 이름의 학생은 없었다고 생각해."

기리모토 노조미는 그러고는 동급생의 이름을 한 사람씩 거명하기 시작했다. 확실히 말할 수 없다니, 지나친 겸손이었다. 그녀는 1학년 때부터 3학년 때까지 같은 반 학생 전원의 이름을 외우고 있었다.

"이게 아마 전원일 거야."

그녀는 손가락으로 세는 걸 멈추고 그렇게 말했다.

"몇 년 전 일이라 자신은 없지만."

"아니, 기리모토 말이 맞을 거야. 기억력이 대단하네."

"얼굴은 전혀 기억 안 나지만. 이상하게 이름은 잊히지가 않네."

나는 팔짱을 끼고 생각해봤다. 아마도 기리모토 노조미의 기억력은 정확할 것이다. 이 정도로 기억력이 확실한 사람이 실재했던 동급생의 이름을 기억 못할 가능성은 없다. 역시 나쓰나기 도카라는 학생은 존재하지 않았던 것이다.

하지만 그럼에도 기억으로 인해 발생한 문제를 기억으로 해결한다는 것에 왠지 모를 저항감이 들었다. 애초에 일련의 의문들은 '기억이라는 것은 믿을 수 없다.'는 데서 출발했다. 그런데 그걸 기억으로 해결한다는 것은 어떤 의미에서 반복에 불과하지 않을까라는 생각이 내 안에 있었다.

"기리모토의 기억이 맞을 거야."

나는 신중하게 단어를 고르며 말했다.

"다만 스스로를 납득시키기 위해서는 한 가지쯤 더 명확한 증거를 갖고 싶어. 혹시, 졸업 앨범 아직도 갖고 있어?"

"으음, 아마 아파트 어딘가에 있을 거야."

"혹시 괜찮다면 보여줄 수 있을까?"

"지금?"

"가능하면 빠른 편이 좋긴 한데, 네가 안 내키면……."

"그럼 지금 일어나자."

내 말이 끝나기도 전에 그녀가 계산서를 들고 일어났다.

"내가 사는 아파트, 여기서 그리 멀지 않으니까."

비가 내리는 거리를 우리는 묵묵히 걸어갔다. 5년 만에 재회한 동급생이라고는 믿기지 않을 만큼 둘 사이에 대화가 없었다.

이럴 때 보통은 서로의 근황에 대해 주고받지 않을까. 공통의 지인에 대한 소문 같은 걸 이야기하면서 화제는 서서히 과거로 거슬러가서, 당시의 웃긴 일이라든가 인상 깊었던 사건 등을 꺼내며 추억으로 이야기꽃을 피우겠지.

하지만 우리에게는 추억 같은 게 없었다. 현재까지 교류가 있는 지인도 없거니와 근황을 주고받아봐야 비참할 뿐이었다. 우리는 서로 교실 구석 자리에서 희박한 공기를 호흡하며 남몰래 살아갔고, 도서관에서 한순간의 안식을 구하던, 그런 잿빛 나날을 보냈다는 걸 알고 있다. 그 과거를 굳이 파헤쳐서 확인할 마음은 들지 않았다.

역 앞에서 버스로 20분 정도 이동한 뒤 거기서 5분쯤 걸어간 곳에 기리모토 노조미의 아파트가 있었다. 내가 사는 낡은 아파트에 비하면 꽤나 세련된 스타일의 아파트로, 외벽에는 얼룩 하나 없었고, 주차장에는 젊은 여성 취향의 세련된 경차들이 늘어서 있었다.

문 앞에서 쭈뼛거리는 내게 기리모토 노조미가 안에서 손짓했다.

“급한 거 아니야? 안에 들어와서 봐도 상관없는데.”

가깝지도 않은 여성의 집에 들어간다는 게 그리 내키지는 않았지만, 조금이라도 빨리 앨범을 확인하고 싶었다. 지금은 순순히 그녀의 호의를 받아들이자. 나는 젖은 우산을 복도 벽에 기대어 세우고, 기리모토 노조미의 집으로 들어갔다.

어지럽혀져 있다는 표현은 그리 적당하지 않은 것 같았다. 엄청난 책이 있다는 표현이 적절하리라. 큼직한 책장이 셋 있었고, 모든 책장이 책으로 꽉 채워져 있었으며, 거기에도 꽂히지 못한 책들이 바닥과 테이블 곳곳에서 탑을 이루고 있었다. 잘 보면 그 배치도 그녀 나름의 규칙에 따른 듯해서, 묘한 표현이지만 어지럽혀져 있으면서도 정돈되어 있다는 인상을 주었다.

"방이 지저분해서 미안."

뭔가를 알아챈 그녀가 겸연쩍어하며 말했다.

"아니, 물건이 많은 거지, 지저분하다고는 생각 안 했어."

일반적인 여성의 방이 어떤지 나로서는 짐작할 수도 없지만, 기리모토 노조미의 방이 평균에서 크게 벗어났다는 점만은 확실했다. 대단히 개성적인 공간이지만, 한편 그 인상을 결정짓고 있는 책 탑을 차치하고 보면, 분위기가 일변하여 익명적인 공간으로 바뀐다. 테이블, 침대, 소파, 어느 것 하나 할 것 없이 무개성으로 일관한 기호記號적인 디자인이었다. 마치 '테이블' '침대' '소파'라고 써서 거기에 붙여놓은 것처럼.

그녀는 서재 앞에 웅크려 앉았다. 큰 판형의 책이나 앨범과 같은 것은 맨 아래 칸에 정리해놓은 모양이었다.

졸업 앨범을 찾으며 기리모토 노조미가 내게 물었다.

"그런데 왜 졸업 앨범을 안 갖고 있는 거야? 안 샀어?"

"버렸어. 집에서 나올 때 가벼워지고 싶어서."

"치히로답네."

그녀가 작게 웃음을 터뜨렸다.

"나도 버릴까 생각한 적이 있는데, 보시다시피 책의 형태를 한 물건을 버리지 못하는 성격이라."

"그런 모양이네. 하지만 덕분에 살았어."

"다행이네."

졸업 앨범은 두 번째 책장에서 찾았다. 그녀가 졸업 앨범을 꺼내서 먼지를 털어낸 후 "여기."라며 내게 건넸다.

우선 졸업생의 개인 사진이 실린 페이지를 펼쳤다. 우리 반을 훑어본 뒤 만약을 위해 다른 반까지 살펴봤다.

"없네."

옆에서 지켜보던 기리모토 노조미가 말했다.

세 번을 다시 봤지만 그녀 말대로 나쓰나기 도카라는 학생은 보이지 않았다.

그 후 우리는 각 위원회와 부 활동 멤버들의 단체 사진, 수업 풍경과 학교 행사를 촬영한 사진 등을 한 장, 한 장 확인해나갔다. 기리모토 노조미는 그 한 명, 한 명의 이름을 호명했다.

"치히로."

갑자기 내 이름이 불려서 깜짝 놀랐지만, 그녀는 내가 거기 찍혀 있다고 말하고 싶었던 모양이다. 그녀가 가리키는 사진에는 칠판을 보며 뭔가를 쓰는 내 모습이 찍혀 있었다.

사진 속의 나는 수업에 집중하고 있는 기특한 학생으로 보일 수도 있었다. 하지만 전혀 그렇지 않다는 걸 나는 알고 있다. 그 무렵에는 시계만 보고 있었다. 칠판 위에 걸린 시계만 내내 노려보며 수업이 끝나기만을 기다렸다. 1초라도 빨리 학교에서 빠져나와 혼자 있고 싶었다. 내가 그렇게 기도하면 기도할수록 시곗바늘은 더 느려지는 것처럼 보였다.

그다음 눈에 들어온 사진에는 내가 SNS에서 동급생을 검색했을 때 처음 발견한 여자애가 찍혀 있었다. 문화제 연극의 한 장면을 포착한, 졸업 앨범에 실리는 전형적인 사진이었다. 눈에 띄는 여자애였다. 미인이었지만 얄밉지 않게 누구와도 살갑게 잘 지내서 모두에게 사랑받았다.

문득 그녀의 계정에 업로드되어 있던 동창회 사진이 생각났다.

"그러고 보니 기리모토는 동창회에 나갔었어?"

나는 아무 일도 아니라는 듯 물어봤다.

"아니."

그녀가 고개를 가로저었다.

"그렇다는 건 치히로도?"

"응. 딱히 보고 싶은 사람이 있는 것도 아니고, 날 보고 싶어 하는 사람도 없을 테니까."

"나도 그랬어. 누굴 만나더라도 괜히 슬퍼지기만 할 테니까. 게다가……."

그렇게 말하다가 순간 그녀가 얼어붙고 말았다. 갑자기 새하얀 백지가 튀어나왔기 때문이다.

순간 나는 그게 의미하는 바가 뭔지 이해하지 못했다. 인쇄가 잘못된 건가, 하는 생각이 먼저 들었다. 하지만 곧이어 그 페이지가 친구들끼리 추억을 나눠 적는 공간이라는 걸 깨달았다.

나는 아무것도 모른다는 얼굴로 페이지를 넘겼지만, 그녀는 "새

하얗네."라고 말하며 자조의 빛이 묻어나는 미소를 지었다.

나도 그렇다고 말하려다 말았다. 아마 그녀도 충분히 짐작하고 있을 테니.

얼마 지나지 않아 모든 페이지를 다 확인했다. 졸업 앨범은, 내 동창 중에 나쓰나기 도카라는 여자는 존재하지 않는다는 사실을 증명하고 있었다.

현관문을 열고 나가려는데 기리모토 노조미가 "저." 하며 조심스레 말을 걸었다.

"나쓰나기 도카라는 사람이 대체 누군데? 왜 찾는 건데?"

"미안해. 그 얘긴 하고 싶지 않아."

나는 그녀를 돌아보지도 않은 채로 그렇게 대답했다. 무슨 영문인지 알 수 없지만, 더는 이곳에 있고 싶지 않았다. 얼른 아파트로 돌아가서 혼자 진을 마시고 싶었다.

"그렇구나."

그녀는 순순히 물러섰다.

나는 한숨을 내쉰 뒤 돌아서서 말했다.

"가공의 인물이야."

그 한마디로 기리모토 노조미는 모두 이해한 듯했다.

"의자야?"

나는 고개를 끄덕였다.

"해프닝 같은 일로 내 머릿속에서 기억과 의억이 뒤섞여버렸어.

예전에 날 좋아해준 여자애가 있었다는 착각에 사로잡힌 거지. 멍청하게 말이야."

그녀가 살가운 미소를 지었다.

"무슨 말인지 알아. 나도 비슷한 경험이 있어서."

그녀가 뭔가 말을 하려고 했다. 아마도 '비슷한 경험'이 어떤 건지 말하려고 했겠지. 하지만 그 말은 공기를 진동시키기 직전 목 안으로 빨려 들어가버렸다. 대신에 그녀는 의미 없는 말로 오늘의 대화에 마침표를 찍었다.

"얼른 꿈에서 깼으면 좋겠네."

나는 아주 살짝 웃었다. 그러고 나서 "오늘 고마웠어."라고 인사했다.

"나도 옛날 지인과 만나서 좋았어. 그럼."

문이 닫히기 직전, 손을 살며시 흔드는 그녀가 보였다.

그게 기리모토 노조미와의 마지막 만남이었다.

밖은 비가 계속 내리고 있었다. 아스팔트 팬 곳에 물이 고였고, 떨어지는 빗방울이 기하학적 무늬를 그리고 있었다. "비는 인생의 보도에서 추억을 씻어 내린다."라고 누군가가 말했다.◆ 오늘 파헤치고 만 일련의 기억을 어서 빨리 잊고 싶어서, 나는 우산을 접고 적시는 비에 한참 동안 몸을 내맡겼다.

◆ 우디 앨런의 희곡 〈카사블랑카여, 다시 한 번(Play It Again, Sam)〉에 나오는 대사.
"I love the rain–it washes memories off the sidewalk of life."

05

히어로

디지털카메라가 보급된 이후 현저히 감소한 유령이지만, 그중 일부는 수십 년에 걸쳐 인터넷 공간으로 이주했는지, 어느 시기를 경계로 인터넷 여기저기서 디지털 유령 목격담이 종종 눈에 띄기 시작했다. 대부분은 지어낸 이야기이거나 공들인 장난이었지만, 뉴스에 대대적으로 보도됐음에도 아직까지 진상이 밝혀지지 않은 사건도 몇 건 있다.

가장 널리 알려진 인터넷 괴담이라면 '가야노 자매' 사건일 것이다. 5년간 매일같이 통화를 해온 친구가 사실은 2년 전에 세상을 떠났다는 어느 여성의 체험담이다. 또한 이 이야기에는 어엿한 반전이 있다. 제목의 '자매'에서 알 수 있듯, 그 여성의 친구에게는 꼭 닮은 여동생이 있었다. 그런데 그 여동생이 죽은 언니로 바꿔치기 했다는 게 사건의 진상이다.

사교적인 언니와는 대조적으로 음울한 성격의 소유자인 동생은, 언니 외에는 가까운 사람이 없었다. 단 한 명밖에 없던 말동무를 잃고 대화에 굶주려 있던 동생 가야노는, 언니의 친구로부터 걸려온 전화에 언니인 척하고 받았다. 그로부터 계속 죽은 이의 대역을 연기했다. 언니인 척 통화하고 언니인 척 만나고, 언니인 척 SNS를 했다. 가야노 자매는 얼굴과 체격이 꼭 닮은 데다가, 동생은 언니에 대해서라면 뭐든 알고 있어서 그 여성은 두 사람이 바뀌었다는 사실을 전혀 눈치채지 못했다. 2년에 걸친 거짓말은 어느 날, 아주 사소한 사건을 계기로 드러나게 됐지만, 그 뒤로 두 사람은 다시 친구 관계를 맺었다고 한다.

이렇게 끝났다면 별다를 바 없는 마음 따뜻한 이야기였겠지만, 소름 끼치는 후일담이 있다. 생전, 언니 가야노가 썼던 SNS 계정에 본인이 마지막으로 올린 것으로 추정되는 글이 있는데, 거기에 남겨진 문장이 파문을 일으켰다. 언뜻 보면 횡설수설 같은 문장이었지만, 보기에 따라서는 '가까운 사람이 목숨을 위협하고 있다.'는 의미로 받아들여질 수 있는 내용이었다. 글은 제삼자에 의해 아카이브에서 발굴되었고, 원래 글이 동생 가야노에 의해 삭제되었다는 점도 논란을 확산시켰다. 언니의 친구를 자신의 것으로 삼고 싶었던 동생이 언니를 살해했다는 소문이 그럴듯하게 포장돼서 퍼져나갔다.

결국 그와 관련해서 동생 가야노의 설명은 일절 없었고, 언니의 계정은 방치된 채 지금은 디지털 흉가로 명성이 자자하여, 공포 체험을 하려는 이들의 발길이 이어지고 있다.

◇◇◇◇◇

비가 사흘 이어졌다가, 눈치라도 보듯 흐린 하늘을 하루 끼어놓고는 다시 사흘간 비가 이어졌다. 이런 식으로 악천후가 계속되다 보니 푸르른 하늘이 어떤 빛깔이었는지 까먹을 지경이었다. 일기예보에 따르면 대규모의 태풍이 다가오는 모양인지, 그나마 태풍이 지나가고 나면 한동안 맑은 날이 이어진다고 했다.

되돌아보면 기이할 정도로 비가 잦은 여름이었다. 폭우가 쏟아지는 날은 많지 않았지만, 대신에 안개처럼 가는 빗줄기가 끊이지 않고 내내 내렸다. 그 덕분에 나는 코인 세탁소와 아파트를 계속 왕복해야 하는 신세에 놓였다. 다행히 세탁소 안은 에어컨이 잘 가동되어, 빨래 건조기가 돌아가는 사이 철 지난 잡지나 신문 등을 읽으며 느긋하게 시간을 보낼 수 있었다.

그 일주일 동안 우산 하나는 잃어버렸고, 하나는 비바람에 부러졌고, 접이 우산 하나는 도둑맞았다. 누더기가 된 샌들을 버리고 새 샌들을 샀다. 제습제를 옷장 안에 넣었다. 비가 내 인생에 끼친 영향은, 그러니까 기껏 그 정도였다. 본래 아르바이트 말고는 아무 일도 없는 매일이었다. 비 오는 날의 비디오 대여점은 평상시보다 더 손님의 발길이 뜸해져서 마치 산속에 위치한 토산품점에서 일하는 것 같았다. 가게 안은 음습한 곰팡이 냄새가 감돌았지만, 주인은 전혀 신경 쓰지 않는 눈치였다.

에모리 선배한테서는 한 번도 연락이 없었다. 에모리 선배 말고는 만나는 사람이 없는 나는 필연적으로 혼자 시간을 보내게 됐다. 늘 있는 일이다. 이것이 내 일상인 것이다.

아르바이트를 쉬는 날에는 현립 도서관에 가서 의억과 관련된 자료를 섭렵했다. 특별히 알고 싶은 게 있는 건 아니었지만, 흥미 없는 잡지를 읽는 것보다 흥미 없는 학술 논문을 읽는 편이 조금이나마 재밌다는 걸 깨달았다.

문자를 쫓아가는 작업에 피곤해지면 잠깐 눈을 붙였다가, 휴게실로 가서 자판기 커피를 마시고, 담배를 두 대 피운 뒤 열람실로 돌아갔다. 5시를 알리는 〈저녁놀〉(일본을 대표하는 서정 동요로 일본의 많은 지자체에서 시보時報 음악으로 활용되고 있다.-옮긴이)이 울려 퍼지면 마무리를 짓고 도서관을 나와, 캔 맥주를 사서 홀짝이며 역에서 아파트까지 이어진 시골길을 천천히 걸었다. 집에 와서는 텔레비전을 보든가 라디오를 듣든가 하면서 컵라면 하나로 저녁을 때우고, 샤워로 하루의 땀을 씻어 내린 후 밤새도록 찔끔찔끔 진을 비우다가 하늘이 밝아올 때쯤 잠자리에 들었다.

꽁초, 빈 캔, 빈 병, 그런 걸 통해서 나는 가까스로 시간의 흐름을 실감하고 있었다. 그것들이 없었다면 어제와 오늘을 구분조차 못 했을 것이다. 그 정도로 나의 하루하루는 틀에 박힌 듯했다. 일 년 전 이즈음에 뭘 했는지도 통 기억이 안 났다.

증거는 모두 갖추었다. 아버지와 기리모토 노조미의 증언. 졸업 앨범 사진.

나쓰나기 도카라고 하는 소꿉친구는, 역시 존재하지 않았다. 내 기억은 잘못되지 않았다. 그녀는 의자이며, 의억기공사에 의해 만들어진 가공의 인물에 불과하다.

남은 것은 그 사기꾼에게 증거물을 내밀어서 패배를 스스로 인정하게 하는 것뿐이다. 그러면 모든 것이 끝난다. 서랍 안에 넣어둔 '레테'를 복용하고 일련의 한심한 사태에 종지부를 찍는다.

그럴 생각이었다.

그런데 "잘 자."라는 말도 없이 이곳을 떠나간 그날로부터 나쓰나기 도카라 자칭하는 그 여자가 전혀 모습을 드러내지 않았다. 밤이 되면 옆집에 불이 들어오는 걸로 봐서 집에 있는 건 분명했지만, 이렇다 할 움직임이 없었다.

날 속이려는 계획을 포기한 것일까. 아니면 뭔가 복잡한 작전이라도 세우고 있는 걸까. 신경 쓰이지 않았다고 하면 거짓말이겠지만, 그렇다고 내가 먼저 말을 걸 생각은 없었다. 이대로 유야무야 덮어버릴 생각이라면 그걸로 됐다. 새로운 작전을 짜고 있는 거라면 다음에 나타났을 때 되갚아주면 된다. 어떤 형태로든 마무리 지어졌을 때가 '레테'를 복용할 바로 그 타이밍일 것이다.

그날도 새벽까지 진을 마시다가 기절하듯 잠이 들었고, 여덟 시간 후 바람 소리에 잠이 깼다. 태풍이었다. 창틈으로 피리 같은 소리가 났다. 라디오를 켜자 마침 태풍 경보를 알리고 있었다.

머리와 목이 아팠다. 숙취에 과한 흡연 때문이다. 나는 어젯밤의 진 냄새가 남아 있는 잔 위에다 물을 들이붓고, 내려놓은 커피를 따뜻하게 데워 마신 후 환기구 아래에서 담배를 피웠다. 담배 두 대를 재로 만들고 나서 이불에 쓰러져 라디오와 빗소리에 귀를 기울였다.

나는 비를 좋아한다. 모든 사람이 똑같이 곤혹스러워한다는 느낌이 들어 평등해서 좋다. 맑은 날에 대한 선호는 꽤 개인차가 있겠지만, 호우 앞에서는 다들 그럭저럭 즐기는 수밖에 없다. 방에서 따뜻한 차라도 마시며 비바람이 가져다준 비일상감을 안전한 공간에서 향유하는 것이 고작이다.

라디오가 질리면 창가에 방석을 깔고 앉아, 어제 도서관에서 빌려온 책을 펼쳤다. 들어본 적도 없는 분야에서 들어본 적도 없는 업적을 남긴 들어본 적도 없는 위인의 전기다. 내게 책은 나 자신과 관계가 멀면 멀수록 바람직하다. 그래야 지금 여기에 있는 나라는 존재를 잊을 수 있다. 갑자기 책을 읽을 마음이 든 것은 얼마 전 만난 기리모토 노조미의 영향이겠지.

30분마다 짧은 휴식을 취하며 찬찬히 책을 읽어나갔다. 이따금 강한 바람이 불어 빗방울이 창문을 때리는 소리가 났다. 시간은 놀랄 만큼 완만히 흘렀다.

오후 3시를 지날 무렵이었을까. 느닷없이 엄청난 허기가 몰려왔다. 인간성을 뿌리째 뽑아낼 만큼 극심한 공복감이었다. 생각해보면 일어나서 아직 아무것도 입에 넣지 않았다. 그런 생각이 든 순간 마취가 풀린 것처럼 위가 찌릿찌릿 아파왔다.

책을 내려놓고 싱크대 밑을 열어봤지만 컵라면은 하나도 남아 있지 않았다. 당연히 냉장고도 텅 비어 있었다. 포기하고 담배를 피우려고 했지만, 아까 피웠던 게 마지막 한 대였다. 아무래도 장을 보러 나갈 수밖에 없을 듯했다.

우산은 제구실을 못할 것 같아서 요트파카의 후드를 눈가까지 뒤집어쓰고 샌들을 신고 태풍 속으로 발걸음을 내디뎠다. 오후 3시 대라고는 믿기지 않을 만큼 밖은 컴컴했고 길가에는 바람에 날리는 쓰레기와 나뭇가지, 부러진 우산 같은 게 휘날리고 있었다. 옆으로 세차게 내리치는 빗줄기로 눈을 뜰 수가 없었고, 돌풍이 몰아칠 때마다 몸이 휘청거렸다.

슈퍼마켓은 평소와 달리 한산했다. 가장 싼 컵라면과 담배를 사서, 비닐봉지 입구를 단단히 틀어막고 슈퍼에서 나왔다. 비는 한층 격해져 있었다.

강풍으로부터 몸을 가리듯이 벽을 따라 걷다가 문득 발걸음을 멈췄다. 도로에 인접한 돌출창에서 누군가가 이쪽을 쳐다보고 있었다.

사람이 아니었다. 고양이다. 근처에서 몇 번 본 적 있는 얼룩고양이였다. 틀림없이 길고양이일 거라 생각했는데 주인이 있는 모양으로, "이런 빗속에 돌아다니다니 별 희한한 놈을 다 봤네."라는 듯한 표정으로 이쪽을 응시하고 있었다. 나는 돌출창 쪽으로 다가가서 얼굴을 찡그려봤지만, 고양이는 전혀 미동도 않고 장식품처럼 가만히 나를 쳐다만 봤다.

아파트에 돌아와서 젖은 옷을 세탁기에 쑤셔 넣고 샤워를 했다. 욕실에서 나와 주전자에 물을 끓이려는데, 아까 그렇게 들끓었던 허기가 거짓말처럼 잦아든 걸 깨달았다.

다다미 바닥에 드러누워 아까 사 온 담배를 천천히 음미하며 피웠다. 집 안은 선선했고 다다미 특유의 까끌까끌한 감촉이 기분 좋았다. 비는 쉴 새 없이 동네를 적시며, 온갖 것들로부터 의미와 의의와 같은 걸 씻겨 내렸다. 나는 돌출창의 고양이를 떠올렸다가 돌출창의 유령에 대한 기억을 떠올렸다.

◇◇◇◇◇

일곱 살의 여름, 유령을 본 적이 있다.

지금부터 하려는 이야기는 정말 시답잖은 허튼소리다. 우선 첫 번째로 이 이야기에 등장하는 유령은 진짜 유령이 아니다. 두 번째, 이것은 애초에 의억 속 이야기다. 이 시점에서 괴담으로서의 가치는 거의 상실된 셈이다.

유령은 근처 오래된 전통식 저택에 살며 1층 돌출창에서 늘 거리를 지켜보고 있었다. 머리가 긴 소녀 유령으로, 선이 가늘고 색은 하얗고, 언제 봐도 음울한 분위기가 감돌고 있었다. 내가 근처를 지날 때마다 유령은 창에 들러붙듯이 몸을 내밀고는 눈을 떼지 않았다.

아마 그 집에서 과거에 목숨을 잃은 아이일 것이다. 나는 그 아이를 동정하면서도 동시에 두려워했다. 혹시라도 그 아이가 동시대에 태어난 아이에 대한 질투로, 나를 길동무로 삼으려 들지도 모른다. 아무 표정 없이 나를 바라보고는 있지만, 그 색깔 없는 눈동자 속에서는 살아 숨 쉬는 자에 대한 증오의 불꽃이 휘몰아치고 있을지도 모른다. 소녀 유령과 눈을 마주치기가 무서워서, 나는 그 길을 빠른 걸음으로 빠져나가려고 했다.

하필이면 그때 텔레비전에서 여름 납량 특집을 봐버린 점. 몇 년 전 근처에서 아이가 행방불명됐다는 소문을 우연히 듣게 된 점. 소녀가 부자연스러울 정도로 새하얀 원피스를 입고 있었던 점. 그런 몇 가지 요인이 중첩돼 나는 창문에 서서 거리를 바라보고 있었을 뿐인 병약한 소녀를 유령이라고 굳게 믿게 되었다. 감성이 풍부했다기보다 지성이 결핍된 거라고 말해야 마땅하리라.

그해 여름, 나는 수영 교실을 다니고 있었다. 다녔다기보다 다녀야만 했다. 여름방학이 시작된 초등학생 아들이 하루 종일 집에 있는 꼴이 못마땅했던 어머니가 나를 집에서 쫓아내기 위한 그럴싸한 핑계로 단기 수영 교실에 넣은 것이다. 집에서 걸어서 10분쯤 떨어진 수영장으로, 수강생은 나 외에 다섯 명밖에 되지 않았다. 그 다섯 명은 서로 친구였는지 나만 겉돌았다. 사실 그런 소외감은 태어나 지금껏 집에서 체감하고 있었기에 새삼 문제될 것도 없었다. 내 관심은 오로지 유령에만 쏠려 있었다.

수영장은 외진 건물에 있었고, 그곳에 가려면 어쩔 수 없이 지나야 하는 길이 있었는데, 유령 저택의 창이 하필이면 그 길과 맞닿아 있었다. 데려다줄 부모도, 함께 다닐 친구도 없었던 나는, 항상 그 앞을 혼자 걸어가야 했다. 갈 때는 그나마 밝아서 괜찮았지만 돌아오는 길에는 어둑해질 때가 잦아서, 암흑 속에서 소녀와 눈이 마주치면 얼어붙을 듯한 공포에 휩싸였다. 그럼에도 눈을 떼면 그 틈에 뭔가 말도 안 되는 일이 일어날 것 같은 기분이 들어서, 나는 창 앞을 지난 뒤에도 몇 번이고 돌아보며 소녀가 그 자리에 있는 걸 확인하려고 했다(소녀가 그걸 호의의 증표라고 받아들이리라고는 상상도 못했다).

날이 거듭될수록 유령과 마주치는 빈도가 늘어갔다. 내막을 따져보면 내가 그 길을 이용하는 시간대를 소녀가 파악했을 따름이겠지만, 나는 그 변화를 불길한 징조로 받아들였다. 그 유령 안에서 뭔가가 진행되고 있는 것이라고 생각했다.

그 예상은 어떤 의미에서 틀리지 않아서, 얼마 지나지 않아 유령은 내 얼굴을 보면 창 너머로 방긋 웃음을 건네기 시작했다. 천진난만한 미소였지만 공포로 흐려진 내 눈에는 그 표정이 포식자의 냉혹한 미소로 비쳐졌다. 게다가 그 미소는 나에게만 보내는 것이었는지, 다른 아이가 지나갈 때는 소녀의 표정이 바뀌는 일이 없었다. 어느새 내 불안은 확신으로 바뀌었다.

저건 악령이다. 귀여워 보이는 소녀의 모습을 빌렸지만 그 정체는 인간의 영혼을 잡아먹기 위해 간을 보고 있는 굶주린 짐승이다. 나는—이유는 전혀 알 수 없었지만—그 악령의 눈에 들고 만 것이었다.

공포는 조금씩 내 생활을 조여왔다. 어떻게 하면 저 유령에게서 도망칠 수 있을까, 그 생각만 했다. 자나 깨나 소녀의 얼굴이 떠올랐다. 이렇게 말하고 나니 마치 짝사랑에 몸이 애단 소년처럼 들리겠지만, 당사자는 가슴 깊은 곳에서 공포로 떨고 있었다. 언젠가 그 소녀가 내 앞에 나타나는 건 아닐까, 저 창이 열릴 때 뭔가 돌이킬 수 없는 사태가 벌어지는 건 아닐까 하며 매일 밤 악몽에 시달렸다.

누군가에게 털어놓을까 하고 몇 번이나 고민했지만, 그 소녀의 존재에 대해 언급하는 것 자체가 화를 불러일으킬 것만 같아서 좀처럼 마음을 굳히지 못했다. 게다가 친구도 없고 부모도 상대해주지 않는 내게 애초에 고민을 털어놓을 만한 상대가 있을 리 만무했다.

아찔할 만큼 긴 한 달이었다. 그럼에도 마침내 끝이 다가왔다.

마지막 수업이 끝나고, 나는 강사 선생님 두 분에게 인사를 하고 수영장을 뒤로 했다. 오랜 시간 수영으로 몸은 녹초가 되었지만 발걸음은 가벼웠다. 이제 드디어 해방된다. 두 번 다시 그 창문 앞을 지날 일이 없다. 소녀와 얼굴을 마주칠 일도 없다. 그런 생각이 들자 마음이 들떴다.

유령 저택이 시야에 들어왔다. 심장의 고동이 빨라진다. 저녁노을 때문에 창 너머의 상황이 멀리서는 잘 보이지 않았다. 그렇지만 나는 알고 있었다. 오늘도 그 소녀는 거기에 있을 것이다. 돌출창 창가에 턱을 괴고 먼 곳을 바라보다가 내 모습을 발견하면 몸을 내밀고는 그 얼굴에 미소를 머금겠지.

그리고 내 예상대로 유령은 거기에 있었다.

그런데 오늘 유령은 뭔가 달랐다. 나를 봤는데도 미동이 없었고, 미소도 짓지 않았다. 내가 처음 여기를 지날 때처럼 그저 기계적으로 시선만 따라갔다. 나는 유령의 표정을 읽어보려고 실눈을 뜨고 바라봤다.

유령이 울고 있다는 걸 깨달았을 때, 내가 한 달 동안 쌓아온 인식이 완전히 뒤바뀌고 말았다. 그 전환은 한순간이었다. 이제는 나를 위협하던 유령은 존재하지 않고, 거기에는 피눈물이 흐르는 한 소녀가 존재하고 있었다.

유령이라니 말도 안 됐다. 창 너머에서 흐느끼고 있는 그녀는, 어떤 이유로 집 밖으로 나올 수 없게 되어 바깥 세계에 대한 한없는 동경으로 창가에 붙어 지내는 측은한, 감금된 소녀에 불과했다. 소녀의 가냘픈 체구가 한층 작아진 것처럼 보였다. 이렇게 연약해 보이는 여자애에게 겁을 먹고 있었다니, 스스로가 너무 한심했다.

동시에 소녀가 왜 울고 있는 것인지 소박한 의문도 들었다. 위협이 제거된 지금, 남아 있는 것은 내 멋대로 만들어낸 공포에 대한 부끄러움, 그리고 소녀에 대한 순수한 호기심뿐이었다.

돌출창과 길을 가로막고 있는 담의 높이는 기껏해야 1미터 정도라, 침입은 용이했다. 수영장 특유의 염소 냄새가 미세하게 나는 가방을 먼저 던져 넘기고, 담을 타고 넘어서 부지 안에 들어섰다. 그러고는 지금까지는 멀찌감치 떨어져서 바라만 봤던 창 앞에 섰다.

소녀는 내 일련의 행동을 멍한 얼굴로 보고 있었다. 내가 창유리를 살짝 노크하자, 전기에 감전된 것처럼 등줄기를 펴더니 다급히 잠금장치를 풀고 창을 열었다. 그렇게 처음으로 우리는 아주 가까운 거리에서 마주 보게 됐다.

쓰르라미 울음소리가 울려 퍼지는 8월의 저녁이었다.

소녀는 물기 어린 눈으로 미소를 지으며 "에헤헤"와 "후후후"의 중간쯤 되는 소리를 냈다.

이미 소녀에 대한 의심은 풀렸음에도 나도 모르게 이 질문을 안 할 수가 없었다.

"너, 유령 아니지?"

소녀는 두세 번 눈을 끔벅이더니 작게 웃음보를 터뜨렸다. 그러고는 심장 박동을 확인하려는 듯 왼손을 가슴에 대고는 고개를 살짝 기울이며 말했다.

"살아 있어. 지금은 말이야."

그렇게 나쓰나기 도카와의 만남이 시작되었다. 이후 10년에 걸쳐, 나는 그 얼빠진 질문으로 인해 숱하게 놀림을 사게 된다. 그녀가 그날 울고 있었던 이유는, 결국 알지 못하고 끝났다.

일곱 살인 내 귀에 '천식'이나 '발작'은 어딘지 모를 다른 나라의 말처럼 들렸다. 그렇지만 소녀가 만성적인 질환으로 인해 부모로부터 외출 금지를 당한 상황이라는 걸 막연하게나마 이해할 수 있었다.

"언제 발작이 일어날지 알 수 없으니까 되도록 집에 있어야 한대."

본인의 병에 대해 설명하는 데 익숙한 건지, 아니면 부모나 의사로부터 몇 번이나 듣는 새 자연스럽게 익힌 건지, 천식에 대해 설명하는 그녀의 말투는 묘하게 능숙했고 일곱 살 아이에게는 어울리지 않는 어휘가 차례차례 등장했다.

"다른 사람한테 폐를 끼치면 안 되니까."

그 말은 아무리 생각해도 그녀에게서 나온 것 같지 않았다. 부모에게 그런 가르침을 주입당했겠지.

"밖에 나가면 발작이 일어나?"

나는 방금 외운 단어를 시험해보듯이 물어봤다.

"어떨 때는. 심한 운동을 하거나 안 좋은 공기를 마시거나, 불안해지거나 하면 발작이 일어나기 쉽대. 집에 있다고 괜찮은 건 아니지만 말이야." 그러고는 다시 "어쨌든 밖에서 발작이 일어나면 다른 사람한테 폐를 끼치니까." 하고 남의 표현을 빌려다 쓰듯이 말했다.

그녀의 설명을 곰곰이 생각하면서 나는 물었다.

"근데 왜 항상 창밖을 보고 있었던 거야?"

순간 그녀가 눈을 내리깔며 입을 다물었다. 억지로 눈물을 참으려는 듯 입술을 악물었다. 건드려서는 안 되는 화제를 건드려버린 모양이었다.

나는 느닷없이 그녀에게 제안을 했다.

"우리, 지금 어디 안 갈래?"

소녀가 천천히 고개를 들었다. '이 남자애가 내 이야기를 제대로 듣기는 한 걸까.'라고 생각했는지 고개를 갸웃거린다.

"넌 걸으면 안 되니까, 내가 데리고 가줄게."

잠깐 기다리라는 말을 남기고, 나는 서둘러 집으로 돌아갔다. 가방을 현관에 내던지고 자전거에 올라타 유령 저택으로 페달을 밟았다. 소녀는 내가 떠날 때와 변함없는 자세로 기다리고 있다가, 내가 돌아오는 걸 보고는 안도한 듯이 미소를 지었다.

나는 자전거를 세우고 뒷자리를 가리켰다.

"뒤에 타."

그녀는 주저했다.

"그치만 멋대로 나갔다가 엄마한테 혼나면……."

"얼른 돌아올 거니까 괜찮을 거야. 밖에 나가기 싫어?"

그녀가 절레절레 고개를 저었다.

"나가고 싶어."

소녀는 현관에서 신발을 가져와서 신고는 창에서 훌쩍 뛰어내려 위태롭게 착지했다. 담을 신중히 타고 넘어 자전거 뒷자리에 툭 올라탄 뒤 내 어깨를 잡았다.

"그럼 잘 부탁합니다."

나는 고개를 끄덕였다. 그러다 문득 그녀의 이름을 아직도 묻지 않았다는 걸 깨달았다.

"이름이 뭐야?"

"도카."

그녀가 말했다.

"나쓰나기 도카. 너는?"

"아마가이 치히로."

"치히로. 치히로."

그녀는 그 이름을 혀 짧은 발음으로 몇 번이고 되뇌었다. 이상한 이야기지만 그 순간 나는 태어나서 처음으로 내 이름을 제대로 불린 듯한 기분이 들었다.

그전까지 난 내 이름이 너무나 싫었다. 여자애 같아서 연약한 이름이라 생각했다. 하지만 도카가 "치히로."라고 불러준 순간, 나는 내 이름이 치히로라서 다행이라고 마음 깊은 곳에서 감사할 수 있었다.

치히로. 뭔가 근사한 느낌이다.

지금 생각해보면 그녀가 불러준다면 어떤 이름이든 근사하게 들렸겠지만.

"준비, 다 됐어."

도카가 등 뒤에서 말했다.

나는 조심조심 페달을 밟는 발에 힘을 넣었다. 둘이 탄 자전거가 천천히 움직이기 시작한다. 도카가 비명인지 탄성인지 모를 소리를 내며 나를 꽉 붙들었다.

"괜찮아?"

나는 돌아보지 않은 채 물었다.

"으응. 너무 신나서 발작이 일어날 것 같아."

다급히 브레이크를 쥐자, 그녀가 "에헤헤"와 "후후후" 사이의 웃음소리를 냈다.

"농담이야. 완전 멀쩡해. 좀 더 속도를 내도 돼."

나는 살짝 빨이 나서 일부러 자전거를 좌우로 꺾으며 운전해봤다. 도카는 내 어깨에 몸을 밀착시키며 행복한 웃음을 터뜨렸다.

◇◇◇◇◇

의억은 의뢰자의 잠재적 열망에 기초하여 만들어지지만, 가공되지 않은 열망을 그대로 집어넣게 되면 기억과 의억 사이에 부조화가 발생한다. 명백하게 현실과 동떨어진 의억은 작성되더라도 기억에 정착되지 않는다. 타자의 이야기로 처리되고 마는 것이다.

그렇기에 의억이라는 것은 몽상보다 좀 더 현실적인 '최선의 가능성'이란 형태를 취한다. 일어나도 이상하지 않지만, 결코 일어나지 않았던 일. 일어났어야 하는 일. 일어났으면 하는 일.

내게 이식된 의억도 대부분은 진짜 과거를 교묘하게 바꿔치기한 것이다. 예를 들어 내가 일곱 살 때 수영 교실에 다닌 것은 사실이다. 수영 교실 다니는 길에 돌출창에서 지그시 날 바라보는 존재가 있었다는 것도 사실에 근거한다. 다른 점은 그게 동년배 소녀가 아니라 나이 먹은 검은 고양이였을 뿐.

중학교 3학년 체육 대회에서 반 대항 릴레이 최종 주자로 뽑힌 것도 사실이다. 나를 격려하며 스트레스를 덜어준 여학생은, 그러나 없었다. 바통을 건네받았을 때 우리 반은 최하위였고, 나는 거기서 단 한 명도 추월하지 못하고 최하위인 채로 골인했다. 응원도 없었고 노고에 대한 치하도 없었다. 애당초 우리 반 애들도 릴레이 결과에는 처음부터 기대를 갖고 있지 않았다. 나는 패전 처리용으로 떠밀린 것에 불과했다. ……이런 사례를 열거하기 시작하면 끝이 없다.

수많은 에피소드들은 '만약 나쓰라기 도카라는 소꿉친구가 실재했다면'이라는 전제하에 이루어진 치밀한 시뮬레이션이다. 그 안에 만들어진 내용은 아무렇게나 지어낸 것이 아니다. 거짓말은 최소한으로 삼갔기에, 의억 내의 내 행동이나 발언은 현실의 내가 봐도 전혀 위화감이 안 든다. 그런 상황에 놓인다면 분명 그런 반응을 보일 것이라고 자연스럽게 받아들이게 된 것이다. 충분히 일어날 만한 일이다—곁에 나쓰나기 도카만 있었다면.

굳이 말하자면 그것은 행복한 '패럴렐 월드Parallel World'(평행 우주 - 옮긴이)에 속한 내 기억이다. 혹은 조건은 동일함에도 나보다 풍요로운 인생을 영위하고 있는 쌍둥이 형제. 그렇기에 의억은 리얼하며 그만큼 잔혹하다. 처음부터 가질 수 없다고 여긴 것은 쉽게 포기할 수 있다. 그러나 딱 한 걸음만 더 가면 손에 넣을 수 있을 것만 같은 건, 한없이 미련이 남는다. 나는 의억을 통해 행복과 불행이 종이 한 장 차이라는 걸 처절하게 깨달았다. 만나느냐, 못 만나느냐. 그 차이 하나가 천국과 지옥을 가른다.

남들과 같은 행복 같은 건 이미 오래전에 포기했다. 그랬다고 생각했다. 그런데 이렇게 명료한 형태로 만들어진 '이랬다면 좋았을 텐데.'가 눈앞에 펼쳐지면, 하나도 포기하지 않았다는 걸 절감하게 된다. 나름 깔끔하게 정리했다고 믿었는데, 실제로는 그 열망에 뚜껑을 덮고 시야에 들어오지 않게 감춰놨을 뿐이었다.

지금은 안다. 나는 누군가에게 무조건적으로 애정을 쏟아붓고 싶었으며, 그 이상으로 누군가의 히어로가 되고 싶었다는 걸.

내가 여섯 살부터 열다섯 살까지의 기억을 지우려고 한 것은 이런 상실감에서 도망치기 위해서였다. '이랬으면 좋았을 텐데.'와 같은 것이 끼어들 틈도 없이 철저하게 무無에 가까워지고 싶었다. 그래서 분기점을 하나도 남김없이 부숴버리고 싶었다.

식욕은 없었지만 공복으로 위가 찌릿찌릿 아리기 시작했다. 나는 담배를 끄고 부엌에 서서 가스레인지에 주전자를 올리고, 물이 끓을 때까지 가스레인지의 불꽃을 아무 생각 없이 바라봤다. 주전자가 증기를 토해내기 시작한 걸 확인하고 불을 끈 뒤 싱크대 밑에서 컵라면을 꺼내려고 몸을 숙였을 때, 나는 바닥에 떨어져 있는 그것을 발견했다.

작은 종잇조각이었다. 처음에는 영수증인가 싶었는데, 주워 들어보자 손으로 쓴 글씨가 적혀 있다. 내 앞으로 남긴 메모였다. 누가 썼는지는 고민할 필요도 없었다.

그녀는 콧노래를 부르며 이걸 썼을 것이다. 내 귀가가 늦어지면 메시지를 남기고 자기 집으로 돌아갈 생각이었던 게 아닐까. 그런데 다 썼을 때 마침 내가 돌아왔다. 그리고 요리가 잘됐다고 자찬하는 그녀를 난폭하게 쓰러뜨리고 열쇠를 뺏고(아마 그때 이 메모가 바닥에 떨어졌겠지), 직접 만든 요리를 본인 눈앞에서 버리고 당장 여기서 나가라고 명령했다. 그래서 메모는 회수되지 않고 남았다.

이렇게 쓰여 있었다.

"치히로, 건강하길."

나는 종잇조각을 손에 쥔 채 미동도 않고 그 자리에 가만히 서 있었다.

문득 '그녀'가 아니라 '나쓰나기 도카'가 메모를 남기고 있는 광경을 상상해버렸다. 그 직후, 숨이 턱 막힐 정도로 깊은 슬픔이 엄습했다. 환희, 분노, 사랑, 허무, 죄책감, 상실감, 존재하는 모든 감정들이 순식간에 밀려왔다 빠져나갔다. 그 감정들은 내 심장을 격렬히 할퀴고 파헤치고 베어내서, 그 살점 하나하나를 꼼꼼하게 짓이겼다. 그렇게 뚫린 심장의 구멍에는 날 것인 채로 드러난 슬픔만이 남아 있었다.

복용하고 나면 아무 일도 아닌 것이다.

테이블에는 개봉된 약봉지 두 개와 글라스가 나란히 놓여 있다. 글라스 안은 이미 비어서, 나는 거기에 진을 따라 한 모금 마셨다. 나노로봇 복용 시에 알코올을 섭취해서는 안 된다는 주의사항은 보지 못했으니 별 문제 없겠지.

걱정했던 것만큼 회한도, 기대했던 것만큼 성취감도 없었다. 이로써 마침내 귀찮은 일이 일단락된다는 소소한 안도감만이 들 뿐이었다.

진을 다 비우고 바닥에 엎드려 '레테'가 뇌에 다다르기를 기다렸다. 기억이 빠져나간다는 공포가 극복될 리는 없지만, 이제 곧 이 고통을 잊을 수 있다는 마음이 근소한 차이로 이긴 것이다.

이윽고 수마睡魔가 내 몸을 덮쳐오며 바닥에 침잠하는 듯한 감각과 함께 나는 의식을 잃었다.

단단한 것이 바닥에 떨어지는 듯한 소리가 났다.

잠에서 깬 뒤, 그 소리가 꿈속에서 난 건지 현실에서 난 건지 잠깐 고민했다.

아마 현실이다, 그렇게 판단했다.

그렇다면 그 소리는 어디에서 들린 걸까.

옆집이다.

나는 귀를 기울였다. 태풍은 피크가 지난 것 같았지만 아직 창틈으로 사나운 바람 소리가 매섭게 들려왔다. 옆집에서는 아무 소리도 안 난다. 얇은 벽에 귀를 대고 눈을 감고 청각에 집중했다. 역시 들리는 것은 바람 소리뿐이다.

바람 소리가 점차 사람 숨소리처럼 들려온다. 나는 그 소리를 들은 적이 있다. 천식 발작을 일으킨 사람의 호흡음. 도카가 쓰러졌을 때의 천명. ……아무래도 나는 아직도 나쓰나기 도카를 잊지 않은 모양이다. 잠이 든 지 몇 분이나 지났을까. '레테'의 효과가 진즉에 나타났어도 이상하지 않을 시간일 텐데. 설마 또 뭔가의 착오로 다른 용도의 나노로봇이 발송됐을 리는 없다. 혹시 알코올을 함께 섭취한 것이 문제였을까.

시험 삼아 나쓰나기 도카에 대해 기억하고 있는 사실들을 떠올려봤다. 긴 머리, 하얀 피부, 애교 있는 미소, 가냘픈 체구, 다섯 번의 키스, 반딧불이의 빛, 반 대항 릴레이, 서재와 레코드판, 돌출창의 유령, 새파란 얼굴, 호흡에 맞춰서 기묘하게 수축되던 가슴, 쌕쌕거리던 숨소리, 바닥에 나뒹군 흡입기,

"의사 선생님이 그러더라고, 기압의 변화 때문이 아니냐고 말이야."라는 말,

민무늬 하얀 파자마, 옷깃 사이로 비치는 쇄골, 반소매에서 뻗어 나온 가느다란 팔,

"봐, 태풍이 오고 있다며. 그래서 기압이 급격하게 낮아지는 바람에 발작을 있으켰나 봐."

그녀가 발작을 일으키고 쓰러진 건 아닐까.

저기압의 영향으로 천식이 악화된 건 아닐까.

미동도 못하고 바닥에 뻗어 있는 건 아닐까.

나는 또 기억과 의억을 혼동하고 있다. 그런 자각은 있다. 나쓰나기 도카가 심한 천식을 앓고 있는 건 분명하지만, 옆집의 그녀는 나쓰나기 도카가 아닌 다른 사람이다. 아니 나쓰나기 도카라는 여

자는 실재하지 않는다. 기리모토 노조미를 만나서 확인하지 않았는가. 졸업 앨범에도 나쓰나기 도카라는 이름은 없었다.

하지만, 아무리 논리적 이유를 생각해도 내 몸은 설득에 응하지 않았다. 심장이 미친 듯이 뛰며 당장이라도 터질 것 같았다. 시야가 흔들리고 손끝이 마비되고 온몸의 근육이 움츠러든다. 순간 호흡을 어떻게 하는지 생각이 안 나, 당황했다가 다급히 깊게 숨을 들이마셨다.

한계였다. 나는 맨발인 채 비에 젖은 복도로 나왔다. 떨리는 손가락으로 옆집 초인종을 눌렀다. 반응이 없다. 몇 초 간격을 두고 계속 눌렀다. 반응이 없다. 주머니에서 휴대폰을 꺼내 그녀에게 걸었다. 반응이 없다. 현관문을 난폭하게 두드렸다. 계속 두드렸다.

반응이 없다.

"도카!"

나도 모르게 그녀의 이름을 큰 소리로 외쳐버렸다.

대답이 없었다.

문에 두 손을 짚고 한참 동안 고개를 숙이고 있었다. 불어닥치는 비에 의식하지 못하는 사이 온몸이 흠뻑 젖었다. 이윽고 바람 소리가 멈추자, 나도 조금은 냉정을 되찾았다. 갑자기 내 행동이 낯 뜨거워졌다.

대답이 없다는 것은 그녀가 외출했다는 뜻이다. 그뿐이다. 천명처럼 들렸던 소리는 바람이 창문 틈새로 새어 나온 소리였고, 사람이 쓰러지는 듯한 소리는 집 안으로 불어온 바람에 뭔가가 쓰러지는 소리였을 것이다. 창문을 연 채 집을 비웠는지도 모른다.

자조의 쓴웃음을 지으며 주머니에서 담배와 라이터를 꺼냈다. 빗물이 남아 있는 복도에 쭈그려 앉아 폐 속 깊이 담배를 들이마시고 5초 후 토해냈다. 그러고는 벽에 기대 눈을 감았다.

왜 '레테'는 효과를 보이지 않는가, 그런 건 아무래도 상관없었다. 지금은 그저 도카의 얼굴이 보고 싶었다. 얼마나 멍청한 생각인지 알고 있으면서도 그녀가 무사하다는 걸 확인하고 안심하고 싶었다.

눈꺼풀에 햇살이 느껴졌다.

처마 홈통에서 떨어지는 물소리가 발소리를 지웠겠지.

"에헤헤"와 "후후후"의 중간에 놓인 웃음소리가 바로 곁에서 들려왔다.

환청도 착각도 아니었다.

눈을 뜨자, 도카가 몸을 숙이고 내 얼굴을 빤히 보고 있다.

무슨 상황인지 머리가 따라가지를 못했다.

"내가 없어졌다고 생각했어?"

그렇게 말하고는 내 옆에 와서 앉았다.

"아니면 내가 천식 발작을 일으켜서 쓰러진 줄 알았어?"

대꾸할 기력도 일지 않았다.

안도한 기색을 감추는 데 급급할 따름이었다.

"……언제부터 있었어?"

"치히로가 문을 두드렸을 때부터, 쭉."

그녀가 내 곁에 바짝 붙어서 숨이 닿을 만큼 가까운 거리에서 말했다.

"또 도카라고 부르더라."

"잘못 들었겠지."

"흐음, 잘못 들은 걸까나."

그녀가 부러 그러는 듯 눈을 동그랗게 떴다.

"그럼, 뭐라고 말한 건데?"

내가 입 다물고 있자, 도카가 키득키득 웃었다.

"'레테'를 바꿔치기했지?"

내가 물었다.

"응."

그녀는 미안해하는 기색 따위 없이 순순히 인정했다.

"당연하잖아. 잊히기 싫고, 잊어주길 바라지도 않는걸."

너무 어이가 없어서 말도 나오지 않았다.

"치히로, 하나 물어봐도 돼?"

"뭔데."

"방금 급하게 담배를 끈 이유가 뭐야?"

나는 손끝을 힐끗 봤다. 어느샌가 담배 끝을 뭉개놓았다.

스스로도 인식하지 못한 뜻밖의 행동이었다.

그녀는 희색을 감추지 않으며 말했다.

"내가 담배에 약한 거, 기억하는 거지?"

"……우연이야."

옹색한 변명이었다.

지적당하고서야 깨달았지만, 나는 그녀 앞에서 한 번도 담배를 피운 적이 없다.

여자 앞이라 배려한 걸까?

설마.

아무리 부정한다고 한들, 내 잠재의식은 이미 그녀를 나쓰나기 도카로 받아들이고 있는 것이다.

"괜찮아. 이젠 다 나았어. 담배 냄새도 싫어하지 않아."

도카가 슬며시 내 어깨에 기댔다. 서재에서 서로 기대어 레코드를 들었을 때처럼.

그러고는 귓속말을 하듯 말했다.

"걱정하지 마. 난 갑자기 사라지지 않아."

◇◇◇◇◇

그날 밤, 나는 처음으로 도카의 요리를 먹었다.

맛있다고 할 수밖에 없었다.

테이블 위에 턱을 괴고 앉아서, 요리에 대한 감상을 기대하는 듯이 눈을 치켜뜨고 날 쳐다보는 도카에게 나는 물었다.

"왜 나 같은 놈한테 이렇게 하는 거지?"

그녀는 대답이 아닌 대답을 했다.

"하고 싶으니까 하는 거지."

나는 한숨을 쉬었다.

"그러니까, 아무리 생각해도 사기 칠 타깃으로, 나는 그럴 만한 가치가 있는 인간이라고 여겨지지 않거든."

으음, 하며 도카가 콧소리를 냈다.

"그러니까, 그렇게 약속했으니까."

"약속?"

"응, 약속."

그녀가 고개를 끄덕이며 자기 완결적인 미소를 지었다. 그리고 농담이라고도 진담이라고도 할 수 없는 뉘앙스로 말했다.

"그러니까, 나는 치히로한테 내 몸을 바칠 생각이야."

나는 의억을 더듬어봤지만 '약속'이란 단어는 마땅히 짚이는 데가 없었다. 지금까지 그녀의 발언은 내 의억과 깔끔하게 일치해왔는데, 이 첫 어긋남은 작은 응어리가 되어 내 가슴에 남았다.

06

히로인

악몽은 친절하다. 나는 악몽을 자주 꾼다. 거의 매번 비슷한 줄거리다.

예컨대 꿈속에서 내게는 소중한 사람이 있다. 동년배 여자애다. 그녀가 사라지는 데서 꿈이 시작된다. 나는 그녀를 찾아 헤맨다. 방금 전까지 내 앞에 있었는데. 내 손을 잡고 있었는데. 곁에서 환히 웃고 있었는데. 잠깐 눈을 뗀 사이, 손을 뗀 사이 안개가 스러지듯 모습이 사라지고 말았다.

대체 어디로 가버린 걸까?

나는 주변에 있는 누군가에게 묻는다. ○○ 어디 갔는지 몰라? (그 이름은 내 귀에도 들리지 않는다.) 그녀는 내게 소중한 사람이야. 그러자 누군가가 대답한다. ○○ 같은 애는 몰라. 넌 누구 얘기를 하는 거야? 너한테 소중한 사람 같은 게 있을 리 없잖아. 사라지고 말고 간에 그런 여자는 처음부터 존재하지 않았던 거 아냐?

그럴 리가 없어, 방금 전까지 그녀는 분명 여기에 있었어, 나는 반박한다. 하지만 그렇게 말해놓고도 그녀의 이름을 기억하지 못한다는 걸 깨닫는다. 이름만이 아니다. 그녀가 어떻게 생겼는지, 어떤 목소리였는지, 손을 어떻게 잡아줬는지, 무엇 하나 기억이 나지 않는다.

내가 지금 무언가 엄청 소중한 것을 잃고 있다는 자각만이 있다. 그러나 그 감각마저 얼마 지나지 않아 윤곽이 흐려지며 손가락 사이로 흘러 떨어지다가, 순간의 공백 후 상실감만을 남기고 모든 것이 지워진다.

반대의 경우도 있다. 그곳은 본가이거나 학교 교실일 때가 있다. 나는 주변 사람들로부터 의심의 눈길을 받고 있다. 이 녀석은 누구지? 왜 여기에 있는 거지? 저마다 한마디씩 한다. 나는 다급히 내 이름을 말하려고 한다. 그런데 좀처럼 말이 나오지 않는다. 내 이름이 생각이 안 나는 것이다. 한참 시간이 지난 후 가까스로 입 밖에 낸 그 이름은, 나 자신조차 너무나 낯설기 그지없는 타인의 이름처럼 들린다. 그들도 그런 이름은 모른다고 한다.

그때 누군가가 내 귓가에 속삭인다. ○○, 넌 실재하지 않는 인간이야. 네 어머니가 '엔젤'로 얻은 세 딸과 마찬가지로, 너도 기억 개조에 의해 누군가의 뇌 속에 만들어진 의자에 불과해.

모든 것의 근거가 사라진다. 발밑이 무너지며 한없이 추락한다. 아무리 아무렇지 않은 척해왔지만, 어머니로부터 기억과 함께 버려진 과거는, 여전히 내 마음에 어두운 그림자를 드리우고 있다는 뜻이겠지.

악몽에서 깨어났을 때 현실은 조금이나마 나은 곳이 되어 있다. 저쪽 세계에 비하면 이쪽 세계는 아직 구원의 여지가 있는 것 같다. 악몽은 내게 안전할 정도로만 고통을 가해 현실이 고맙게 느껴지는 듯한(불과 몇 분일 따름이지만) 착각에 들게 한다. 그런 의미에서 악몽은 친절하다.

진실로 두려운 건 행복한 꿈이다. 그 꿈은 현실의 가치를 뿌리째 뽑아버린다. 꿈이 선명하게 채색될 때 현실에서 같은 양의 물감이 빼겨 사라진다. 눈을 떴을 때 나는 인생의 잿빛을 절감하게 된다. 행복의 부재를 더없이 강렬히 실감하게 된다. 꿈속 행복은 착각조차 할 수 없을 만큼, 여기에 있는 나와는 처절할 정도로 관계없는 것이기에.

아주 드물게 행복한 꿈속에서, 이건 꿈이라고 자각할 때가 있다. 그럴 때 나는 눈을 감고 귀를 막아서, 1초라도 빨리 현실로 복귀할 수 있기를 기도한다. 그럴 마음이 든다면 꿈속 나라의 왕이 되어 제멋대로 굴 수 있겠지만, 그러지 않는다. 이 세계에서 달콤한 맛을 볼수록 저쪽 세계에서 비참해진다는 걸 나는 뼈저리게 알고 있다.

악몽 속에서 잃어버린 여자가 어느샌가 옆에 있다. 나를 정면에서 빤히 쳐다보며 "왜 그런 짓을 한 거야?"라며 고개를 갸웃거린다. "네가 바라기만 했다면, 난 널 위해 뭐든 다 바쳤을 텐데."

눈을 감고 귀를 막아도 그 모습과 목소리는 뚜렷이 감지된다. 꿈속에서는 눈을 감아도 볼 수 있고, 귀를 막아도 들을 수 있는 것이다.

'그건 내가 현실 세계의 주민이기 때문이야.' 나는 소리 내지 않고 답한다. 저편에서 살아가기 위해, 나는 조금이라도 많은 물감을 남겨둬야만 하는 것이다. 여기서 널 위해 쓸데없이 색을 낭비할 수는 없어.

그녀는 쓸쓸한 미소를 짓는다. 그 미소를 화면에 구현하는 것만으로도 이미 데이터를 과하게 쓰고 말았다. 눈을 떴을 때 세계는 잠이 들기 전보다 훨씬 빛바래 있다. 꿈속 여자의 목소리가 고막에 들러붙어 있다. 네가 바라기만 한다면 난 널 위해 뭐든 다 바쳤을 텐데.

이와 같은 연유로 나는 행복한 꿈을 두려워한다. 스무 살 여름에 강림한 나쓰나기 도카라는 행복한 꿈을, 나는 두려워했다. 불신과 비굴이라는 껍데기를 뒤집어쓰고 이 한 몸을 지켜야겠다는 생각밖에 없었다. 상대방의 사정 따위는 티끌만치도 배려하지 못했다.

그 탓에 나는 그 여름, 내가 저지른 행동을 평생 후회하게 된다. 왜 그녀의 말을 믿지 못했던가. 왜 나 자신에게 솔직해지지 못했던가. 왜 좀 더 그녀를 다정하게 대하지 못했던가.

그녀는 매일 밤 혼자 울고 있었다.

내게 내민 손은, 구원의 손이자 구원을 청하는 손이기도 했다.

지나간 것을 후회해봐야 소용없다고들 한다. 잃어버린 것을 아쉬워해봐야 소용없다고, 잊어버리라고. 그러나 그런 말은 내겐 지나간 것과 잃어버린 것에 대해 예의 없는 태도처럼 보인다. 어느 한 시기 다정하게 미소를 건네준 행복의 예감에, 뒷걸음질 치며 모래를 흩뿌리는 행위처럼 여겨진다.

◇◇◇◇◇

"그래, 넌 꽤 잘하고 있는 것 같아."

다음 날 아침, 당연하다는 듯이 천연덕스러운 얼굴로 내 집에 들어와서 텔레비전을 보기 시작한 도카에게 나는 말했다.

그녀는 졸음이 채 가시지 않은 얼굴로 고개를 갸웃거렸다.

"무슨 말이야?"

어젯밤, 필사적으로 도카의 이름을 부르며 울부짖었다는 추태를 보여버린 이상, 이미 그녀 앞에서 허세를 부릴 의미가 없었다. 그래서 솔직히 말했다.

"연기력이 대단하다는 말이야. 넌 내 잠재적 열망을 훌륭하게 구현하고 있어. 아무리 의억과 '이력서'의 내용을 알고 있다고 해도 그렇게까지 완벽하게 행동할 수 있다는 건 엄청난 재능이라고 생각해. 정말로 나쓰나기 도카라는 여자가 실재하는 게 아닐까 하고 착각할 정도로 말이야."

"그치? 정말 그렇지?"

그녀가 기쁜 표정을 감추지 않으며 몇 번이나 수긍했다. 그러고는 아무렇지도 않게,

"사실 엄청 연습했다고."

터무니없는 소리를 했다.

잠이 덜 깨서 하는 헛소리는 아닌 듯싶었다.

"거짓말을 인정하는 거야?"

나는 물었다.

"으응. 몇 번이나 말했듯이 난 치히로의 소꿉친구야. 그치만……."

손을 입가에 대며 잠깐 생각에 잠기더니 집게손가락을 세우며 말했다.

"있잖아, 해님과 바람 이야기, 뭔지 알지?"

그 정도는 아무리 나라도 안다.

"그게 왜?"

"차라리 내가 진짜로 거짓말하는 거라고 쳐버리면 치히로도 행동하기 편해지는 건 아닐까 하고 생각한 적이 있어. 그러니까 내가 거짓말쟁이이고, 치히로는 그 거짓말의 의미를 알아내기 위해 어쩔 수 없이 나랑 어울리게 되는 거지. 그리고 난 거짓말이 들통 났다는 걸 알면서도 계획을 달성하기 위해 빤히 보이는 연기를 계속

하는 거야. 그렇게 모든 것이 딱 떨어지는 관계라면, 안심하고 내 곁에 있을 수 있지 않을까?"

"뭔 소리야?"

"솔직해지지 못하는 치히로에게 나한테 어리광 피울 구실을 주는 거야."

나는 코웃음 쳤다.

"무슨 말도 안 되는 소리야."

말이 안 되는 소리가 아니었다. 결론부터 말하자면 정답이었다. '나는 그녀에게 속고 있는 게 아니라 거짓말이라는 걸 알면서도 정체를 밝히기 위해 그녀의 연기에 어울려주는 것이다.'라는 변명거리를 손에 넣은 나는, 헛웃음이 나올 만큼 어이없게 패배를 인정했다.

필요한 것은 면죄부였던 것이다. 순진무구한 소꿉친구 연기를 그만두고, 짐짓 사기꾼인 양 구는 태도로 나쓰나기 도카는 내 심리적 방벽을 완전히 무너뜨렸다.

생각해보면 내가 기리모토 노조미의 경계심을 풀기 위해 이용한 방법이기도 했다. 거짓말을 의심하는 상대를 안심시키려면 "나는 정직한 사람이다."라고 주장하기보다 차라리 무해한 거짓말을 보여주는 편이 낫다. 값이 싼 상품에다가 굳이 별 의미 없는 결점을 부기함으로써 구매자를 설득시키려는 방식과 마찬가지다.

"봐, 오늘 스타일, 왠지 더 소꿉친구스럽지 않아?"

어깨가 드러나는 순백의 원피스 옷자락을 휘날리며 그녀가 말한다. 그녀의 옷차림은 우리의 마음속 원풍경에서 살아 숨 쉬는 해바라기 소녀와 흡사하다.

"치히로처럼 미성숙하고 방어적인 심리의 소유자에게는 이런 순수한 옷차림에 사교성 넘치는 말투와 행동으로 경계심을 푸는 것이 좋다, 라고 책에 나와 있더라고."

"말이 너무 심하네."

"그치만 치히로, 실제로 이런 거 좋아하지 않아?"

"어, 좋아해."

나는 마지못해 인정했다. 이정도로 나의 내면을 간파하고 있는 인간 앞에서 허세를 떨어봐야 쓸데없는 짓이다.

"귀여워?"

"귀여워."

자포자기하며 따라 말했다.

"두근거려?"

"두근거려."

기계적으로 따라 말했다.

"그래도 순순히 인정하고 싶진 않지?"

"응."

안 참아도 되는데, 라며 도카가 도발적인 미소를 짓는다.

그녀는 오해하고 있다. 나는 참고 있는 게 아니다. 눈앞의 나쓰나기 도카는 분명 매력적이지만, 거기에는 동시에 일곱 살의 나쓰나기 도카와 아홉 살의 나쓰나기 도카와 열다섯 살의 나쓰나기 도카의 모습이 오버랩되어 보인다. 그 전체의 모습은 스무 살의 나쓰나기 도카와 완전히 동기화되지 않고 이따금 시간차 같은 것이 발생해 그녀의 몸에서 부분적으로 얼굴을 드러낸다. 그걸 보게 되면 그녀를 욕정의 대상으로 인식한다는 것이 대단히 부적절하다고 할까, 생뚱맞은 짓이라 느껴졌다.

내 입장에서 나쁘다고만은 할 수 없었다. 나쓰나기 도카의 거짓말이 알량한 실체를 드러냄으로써 우리의 커뮤니케이션은 원활해졌고 귀찮은 실랑이를 생략하고 단도직입적으로 핵심만을 파고들 수 있게 되었다.

"나는 과거의 일부를 잊고 있지만, 아직 준비가 안 된 듯 보이니까 사실을 알려줄 수 없다."

나는 보름 전 그녀의 발언을 인용했다.

"그런 설정인 거지?"

"그런 설정이야."

도카가 순순히 수긍했다.

"어떻게 하면 '준비가 됐다.'고 인정받는 거지?"

"글쎄, 음."

그녀가 고민하는 표정을 보였지만 아마 그 답은 훨씬 오래전에 결정해뒀을 것이다. 아마도 나와 만난 시점에 이미.

"날, 안심시켜줘."

그녀가 왼손을 가슴팍에 대며 말했다. 문득 '폐의 상태를 확인해 보는 것처럼.' 같은 문장이 떠오르는 이유는 의억의 영향일 수밖에 없다.

"뭘 알게 되더라도 자포자기하지 않고 다부지게 살아갈 수 있다는 걸 증명할 수 있다면, 치히로가 알고 싶다는 거 전부 가르쳐줄게."

그 증명 수단을 그녀는 다음과 같이 정했다.

"그런 이유로 치히로는 내가 정한 룰에 따라 생활해줬으면 해."

"룰?"

"응, 생활 규칙이라고 할까."

그녀는 다시 설명했다.

"치히로, 학교 여름방학이 언제까지야?"

"9월 20일쯤일걸."

"그날까지 룰을 어기지 않으면 합격으로 쳐줄게."

그녀가 어딘가에서 메모지를 가져오더니, 사인펜으로 규칙의 항목들을 쓰기 시작했다.

'여름방학 보내는 법'이 첫 번째 줄에 적혀 있다.

초등학교 시절, 여름방학이 시작되기 전에 딱 이런 느낌의 프린트물을 나눠줬었는데. 실제로 그녀가 쓴 항목의 대부분은 '규칙적인 생활을 합시다.' '균형 잡힌 식사에 신경 씁시다.' '밖에 나가서 적당한 운동을 합시다.' '부상이나 병에 조심합시다.' '집안일을 도웁시다.' 등 초등학교에서 나눠주는 프린트물을 그대로 갖고 온 것 같은 내용이었다. 그런 목가적인 항목 가운데 '술을 마시면 안 됩니다.' '담배를 피우면 안 됩니다.'라는 두 가지 항목이 이채로운 빛을 발산하고 있었다.

"한 방울도 마시면 안 돼?"

"응, 안 돼."

"한 모금도 피우면 안 돼?"

"응, 안 돼."

"까칠하네."

"내가 감시할 거야. 치히로가 속이는지 안 속이는지."

도카는 그렇게 말하고는 하품을 살짝 했다. 밤 10시였지만, 그녀는 이미 파자마로 갈아입고 잘 준비를 했다. 초등학생처럼 건전한 생활을 영위하고 있는 것일 테지.

또 하품을 하고는 "슬슬 잘게."라며 자리에서 일어났다.

"내일 깨우러 올게. 잘 자."

어깨너머로 손을 흔들며 그녀는 자기 집으로 돌아갔다.

'잘 자.'

생각해보면 내 부모님은 "잘 잤어."도 "잘 자."도 말하지 않는 인간이었다. "다녀오겠습니다." "다녀왔습니다." "잘 다녀와." "어서와." "잘 먹겠습니다." "잘 먹었습니다." 이 모든 것이 내게는 일종의 픽션이었다. 대부분의 가정에서 일상적으로 이런 인사를 주고받는다는 사실이, 소년 시절의 내게는 좀처럼 받아들여지지 않았다.

시험 삼아 "잘 자."라고 나지막이 중얼거려봤다.

부드러운 울림이 담긴 말이라는 생각이 들었다.

그렇게 그녀와 나의 여름방학이 시작됐다.

◇◇◇◇◇

6시 00분

매일 아침, 도카가 깨우러 온다. 어깨를 흔들지도 손을 때리지도 않고, 머리맡으로 와서 "안 일어나면 장난칠 거야." 하며 귓가에 속삭인다. 의억 속 한 장면의 재현이겠지.

5일째, 너무 졸려서 안 들리는 척해봤다. 그런데 어떻게 '장난'을 칠지 구체적으로 정하지는 않았는지, 그녀는 몇 분간 망설이다가 고민 끝에 쭈뼛쭈뼛 이불 속으로 기어 들어왔다. 내가 계속 자는 척을 하자, 긴장을 견디다 못해 이불에서 빠져나와 한숨을 내쉬었다. 의외로 순진한 건가, 아니면 연기인 건가. 이제 막 깬 듯한 얼굴로 내가 일어나자, "잘 잤어?"라며 방긋 웃는다.

7시 00분

도카가 만든 아침식사를 둘이 함께 먹는다. 요리가 특기인 그녀지만, 아침에는 대부분 간단한 메뉴다. 그런데도 신기하게 잘 넘어간다. 매일 운동한(뒤에 다시 설명하겠다.) 덕도 있겠지. 굳이 따지자면 일식이 더 잦았고 특히 된장국에 묘한 집착 같은 게 보였다. "컵라면은 한동안 압수."라며 못을 박는다. 나도 딱히 좋아서 먹었던 건 아닌지라 얌전히 그녀의 말에 따른다.

8시 00분

내가 세수와 양치질을 하는 사이 도카는 빨래를 갠다. 딱히 할 일도 없어서 다시 자고 싶지만, 그녀가 옆에서 감시하며 자려고 하면 귀를 잡아당긴다. 어쩔 수 없이 공부를 하거나 도서관에서 빌려온 책을 읽거나 한다. 오전 중에는 시간이 천천히 흘러서 슬슬 점심시간이 됐겠지 싶었는데 아직 10시도 안 된 경우가 드물지 않다. 시간은 태양의 열기로 팽창하는 걸지도 모른다. 시계를 볼 때마다 하루가 어찌나 긴지 아찔해진다.

10시 30분

청소와 빨래의 시간. 집 안이 깨끗하고 빨랫감도 쌓이지 않았을 때는 도카가 들고 온 턴테이블로 음악을 듣는다. 턴테이블 역시 의억에 쓰였던 것과 동일한 기종으로 레코드판도 같은 걸 갖고 있다. 오래전 한 시절의 음악을 듣다 보면 평온한 초원 한가운데 있는 듯해서 나도 모르게 꾸벅꾸벅 졸음이 온다. 그럴 땐 잠들어도 도카는 나를 깨우지 않는다. 아니 깨우지 않는다기보다 그녀도 이따금 잠이 든다. 그리고 여지없이 내 어깨에 기대어온다. 그 호흡의 리듬을 통해 나는 거기에 있는 타인의 존재를 실감한다.

12시 00분

도카가 만든 점심식사를 둘이 함께 먹는다. 늘 양이 과하게 많다. 왜 이렇게 양이 많냐고 물어보니 "치히로를 살찌우기 위해 만든 거야."라고 말하며 혼자 웃었다. 정작 본인은 내 반 정도밖에 먹지 않는다. 식후에 호지차를 마시며 잠시 느긋하게 지낸다. 열어놓은 창에서 근처 공원에서 노는 아이들의 목소리가 들려온다.

13시 00분

아르바이트가 있는 날에는 이 시간에 아파트에서 나온다. 도카도 본인 집으로 돌아간다. 그때부터 내가 돌아올 때까지 그녀가 뭘 하는지 전혀 짐작이 안 간다. 사기 계획을 다듬고 있는지도 모르고, 베란다에 있는 나팔꽃에 물을 주고 있는지도 모르고, '나쓰나기 도카'라는 가면을 벗어 그늘에서 말려놓고 부채로 땀을 식히고 있는지도 모른다. 뭘 하든 이상할 건 없다.

아르바이트가 없는 날에는 운동을 한다. 구체적으로는 뒷자리에 도카를 태운 자전거를 타고 시골길을 달리거나 옆 동네까지 간다(뒷자리에는 그녀가 직접 쿠션을 달아놨다. 준비성이 훌륭하다). 이것 또한 의억 속 한 장면의 재현이리라.

그녀가 쓴 '여름방학 보내는 법'에서는 '적당한 운동'이라고 표현되어 있었지만, 아무리 생각해도 이 운동은 과도했다. 자전거에 둘이 탔다고 눈총을 받지 않기 위해 사람들 눈에 띄지 않는 길을 고르다 보니 거친 길이 많았고, 뒤에 도카를 태운 이상 내리막길에서 속도를 낼 수도 없거니와, 중심이 흔들지 않게 신경을 쓰다 보니 체력 소모가 쓸데없이 컸다. 게다가 조금이라도 균형을 잃을 때마다 도카가 찰싹 달라붙어서 정신을 차릴 수가 없다. 땀에 젖은 몸에 밀착하는 감각에 매번 마음이 흐트러진다. 그런 내 마음고생을 아는지 모르는지, 그녀는 내게 매달릴 때마다 키득키득 웃는다.

반환점인 공원에 다다를 무렵에는 이미 다리가 풀려 있다. 자전거에서 내려도 한동안 제대로 걷지를 못한다. 물통에 담아온 차가운 보리차를 마시고, 강가 벤치에서 20분 정도 휴식을 취한다. 강 너머로 오래된 병원이 있었고, 이따금 창문으로 사람 그림자가 어른거렸다. 병원이 신경 쓰이는지 도카는 거기에 올 때마다 난간에서 몸을 내미는 자세로 병원을 바라본다.

휴식을 마치면 다시 자전거를 타고 마음을 비운 채 페달을 밟는다. 아파트에 가까워질 무렵에는 해가 지고 있다. 귀갓길에는 저녁 해에 까맣게 뭉개진 전봇대와 전선이 그려내는 단조로운 경치가 이어져서, 세계의 해상도가 몇 단계 떨어진 듯 느껴진다. 가끔씩 불어오는 저녁 바람이 기분 좋다.

19시 00분

샤워로 땀을 씻어 내린 뒤 근처 슈퍼로 발걸음을 옮겨 장을 본다. 일방적으로 빚을 지는 건 성미에 안 맞기에 여기서는 내가 계산을 한다. 도카는 잠깐 머뭇거렸지만 "치히로가 그러고 싶으면 그렇게 해."라며 순순히 물러섰다. 내가 든 장바구니에 식재료들을 툭툭 집어넣으며 "이러니까 우리 신혼부부 같네."라며 천진난만한 척 웃는다.

슈퍼에서 나올 때면 배가 고파서 저녁식사 외에는 아무 생각도 들지 않는다. 이전의 나라면 상상도 못했던 일이다. 수명이 다 되어가는 가로등이 신경질적으로 깜박이는 밭길에는 몇 종류인지 모를 여름 벌레들 울음소리가 울려 퍼졌다. 도카는 자기 마음대로 내 손에서 쇼핑 비닐을 뺏고는 그 팔에다 자기 팔을 감아온다. 그 팔은 깜짝 놀랄 정도로 가늘고 부드럽고 차가웠다.

한번은 그런 상황에서 에모리 선배와 맞닥뜨린 적이 있다. 에모리 선배는 내 손을 잡고 있는 도카를 보고 말문을 잃고 넋 나간 얼굴로 나를 쳐다봤다가, 다시 도카의 얼굴로 시선을 옮겼다. 그러고는 뭔가 알아차렸다는 듯이 눈이 휘둥그레졌다가 도카에게 다가가서는 노골적으로 빤히 쳐다봤다.

도카는 당황해하며 "저기, 왜 그러세요?"라고 물었지만 에모리 선배는 아무 대답도 하지 않았다. 구멍 뚫릴 것처럼 그녀의 얼굴을 응시하고 난 뒤, 그는 "음, 당신, 어디에서……."라고 말하다가는 뭔가 생각이 바뀌었는지 입을 다물었다. 그러다가 평소의 고고한 에모리 선배로 돌아와서는 내 어깨를 세게 치며 "뭐, 잘해봐."라고 말한 뒤 사라졌다. 그 말이 사기꾼의 정체를 잘 밝혀보라는 의미인지, 그녀와 잘해보라는 의미인지 알 수 없었다. 내가 어쩔 줄 몰라하고 있자, 도카가 내 어깨를 가볍게 치며 "거봐. 잘 좀 해봐."라며 귓가에 속삭였다.

20시 00분

도카가 만든 저녁식사를 둘이 함께 먹는다. 밤에는 공을 들인 요리가 많다. 맥주와 너무 잘 어울릴 법한 요리만 내와서, 가끔은 술 한잔하게 해달라고 밑져야 본전이다 싶어 애원하면, 시원한 감주를 마시게 해줬다. 그것도 그 나름대로 맛있었다.

21시 00분

이전의 나라면 가장 컨디션이 좋을 시간대였지만, 지금은 못 견디게 졸리다. 하루를 마무리하며 도카의 강평이 이어졌다. 요일과 날씨, 그날 일어난 일들을 적는 칸이 마련된 달력—초등학교 여름방학 때 숙제로 나눠주던 '한 줄 일기'를 그대로 베낀 것—을 벽에 붙여서 그 날짜에다 도장을 찍는다. 그녀가 정한 스케줄을 지켰다는 도장이다. 라디오 체조의 스탬프 카드 같은 것이다.

그러고는 그녀는 '일어난 일' 칸에 그날의 일을 적는다. '치히로가 햇볕에 탔다.'든가 '치히로가 두 그릇이나 먹었다.'든가, 그런 시답잖은 내용이다. 초등학생이 쓰는 한 줄 일기 쪽이 훨씬 읽는 보람이 있을 것 같다.

그런 뒤 그녀가 "잘 자."라는 인사를 남기고 떠난다. 나는 간단히 샤워를 하고 이부자리에 쓰러져 10분도 지나지 않아 잠이 든다. 마치 열 살 아이와 같은 건전한 생활. 스무 살인 내가 그러고 있으니 오히려 불건전하다는 느낌마저 든다.

즐겁지 않았다고 하면 거짓말이겠지.

'한 줄 일기'는 20일간 이어졌다.

8월 23일 흐림. 치히로가 안절부절못했다.

8월 24일 흐림. 치히로가 안절부절못하면서도 안 그런 척했다.

8월 25일 맑음. 치히로가 술을 마시고 싶어 하는 것 같았다.

8월 26일 맑음. 치히로가 두 그릇이나 먹었다.

8월 27 비. 치히로가 일어나지 않아서 장난쳤다.

8월 28일 흐림. 어린애가 자전거에 둘이 탄 걸 놀렸다.

8월 29일 맑음. 엄청 피곤했다.

8월 30일 흐림. 오늘은 아무 일도 없는 멋진 날이었다.

8월 31일 맑음. 치히로 주제에.

9월 1일 맑음. 치히로가 햇볕에 탔다.

9월 2일 흐림. 치히로에게도 친구가 있는 모양이다.

9월 3일 맑음. 치히로가 부끄러워했다. 도카한테 빠졌다.

9월 4일 맑음. 얼마 안 남았네.

9월 5일 맑음. 세상에나, 치히로가 요리를 만들어줬다.

9월 6일 맑음. 불꽃놀이가 예뻤다.

9월 7일 맑음. 치히로가 짜증냈다.

9월 8일 흐림. 치히로가 사과했다.

9월 9일 흐림. 치히로가 상냥했다.

9월 10일 비. 행복했다.

9월 11일 쾌청. 도카가 사라졌다.

◇◇◇◇◇

"있잖아, 키스해볼까."

9월 10일. 일기예보에서는 저녁부터 비가 올 거라고 했지만 축제는 예정대로 개최되었다. 근처 신사에서 주최하는 소규모 축제다.

그날 우리는 자전거 원정을 중지하고 오후에는 집 안에서 뒹굴뒹굴하며 시간을 보냈다. 그러다 해 질 무렵 아파트를 나와 신사로 향했다. 다행히 비는 아직 내릴 기미가 안 보였다.

도카는 짙은 남색 유카타를 입었다. 의억 속 열다섯 살의 그녀가 입고 있던 것과 꼭 닮은 불꽃놀이 무늬 유카타다. 붉은 국화꽃 머리핀도 당연히 달았다. 그날과 다른 점은 나도 그녀가 준비해놓은 시지라 천(잔주름이 많은 직물의 일종.-옮긴이) 유카타를 입고 있다는 점이다. 유카타를 입고 걷는 것 자체가 난생처음이라 걸음새가 마냥 어색하기만 했다.

도카는 상점가 사진관에 들러 중고 필름 카메라를 사고는 게다 소리를 부산하게 울리며 다양한 거리와 각도에서 나를 촬영했다. 왜 스마트폰 카메라를 쓰지 않느냐고 물으니 "증거 사진이니까."라며 영문을 알 수 없는 대답이 돌아왔다. 딱히 깊은 뜻은 없고 그러고 싶으니 그러는 거겠지.

석양에 익숙해진 눈에 스트로보 빛이 눈부셨다.

축제장에 도착하고 우선은 포장마차를 한 바퀴 쭉 둘러봤다. 그러면서 서로 먹고 싶은 음식을 사서 앉을 만한 장소를 찾았다. 축제 규모에 비해 의외로 사람이 많아, 우리는 본전 뒤편으로 돌아가서 초등학교와 신사가 이어지는 계단 중턱에 나란히 앉았다. 불빛이라고는 계단 정상에 방범등이 하나 있었고, 그 빛은 우리 쪽으로는 거의 닿지 않았다.

어둠 속에서 보이는 도카의 옆얼굴은 뭔가 잘못됐다 싶을 만큼 아름다웠다. 그래 진짜 뭔가 잘못된 거겠지. 그녀의 이목구비가 평균 이상으로 단정하기는 하지만, 길을 걷다가 모든 사람들이 돌아보는 수준의 화사함과는 거리가 먼 미모다. 창고 외진 곳에 처박혀 있는 손풍금과 같은, 이제는 마땅한 용도가 없는 종류의 아름다움이라고 할까. 그런데도 내 마음을 이렇게나 뒤흔드는 건, 의억이 내 눈에 몇 겹의 필터를 씌워놓은 게 틀림없다.

나는 내 의지와 상관없이 떠올리고 말았다. 도카가 처음부터 **그걸** 노리고 이곳을 골랐다는 건 확실하다. 그녀가 말문을 열 때 어떤 대사를 꺼낼지 너무도 잘 알 것 같았다.

"있잖아, 키스해볼까."

열다섯의 도카와 스물의 도카가 오버랩됐다.

"그니까, 내가 진짜 사기꾼인지 아닌지 확인해보는 거야."

그때처럼 별일 아니라는 듯이 도카가 말했다.

"그러다 잃어버린 기억이 되살아날지 누가 알아."

"그 정도로 되살아날 거면 진즉 되살아났겠지."

나도 가벼운 말투로 대꾸했다.

"괜찮다니까, 진짜. 속는 척 안 하면 상황이 진전되지 않는 거, 치히로도 알잖아."

도카가 나를 향해 고개를 돌리고 눈을 감았다.

이것은 어디까지나 연기. 진실을 파헤치기 위한 필요 경비. 원래 키스 따위 별거 아니다. 그런 식으로 안전장치를 마구 걸어놓은 다음, 나는 비굴하게 그녀와 입술을 포갰다.

입술을 뗀 뒤 우리는 아무 일도 없었다는 듯이 행동할 수는 없었다.

"어땠어?"

이번에는 그녀가 물었다.

"뭔가 느꼈어?"

"그야 뭐."

나는 어물쩍 대답했다.

"오오."

도카가 양손을 모으며 눈을 반짝였다.

"치히로, 솔직해졌네."

"거짓말해봐야 소용없으니까."

"나도 엄청 두근거렸어. 5년 만의 키스니까."

"그런 설정인 거야?"

"그런 설정인 거지. 열다섯 때 치히로와 헤어진 후 쭉 혼자 살아왔어."

"기특한 소꿉친구네."

"그치?"

그러고는 한동안 침묵이 흘렀다. 우리는 포장마차에서 산 음식을 묵묵히 먹었다.

쓰레기를 버리려고 일어났을 때, 그녀가 갑자기 침묵을 깼다.

"있잖아, 치히로."

"왜 그래?"

"안심해도 돼. 이 여름이 끝나면, 나, 치히로 앞에서 사라질 거니까."

느닷없는 선언이었다.

도카 특유의 배배 꼬인 농담인가 싶었다.

하지만 그녀의 표정과 음색은 너무나 진지했다.

"우리에겐 이 여름밖에 남아 있지 않아. 그러니까 그때까지는, 이 거짓말에 어울려주면 정말 행복할 것 같아."

그렇게 말하고는 평소 그녀와는 다르게 조심스레 내 어깨에 기댔다.

"네 목적이 진짜 뭐야?"

어차피 대충 얼버무리고 말 거라 생각했다.

그런데 그녀의 대답은 평소와 달리 진지했다.

"언젠가 알게 될 거야. 꽤 복잡한 목적이지만, 치히로라면 그 뜻을 이해해줄 거라 믿어."

일기예보보다 두 시간 늦게 비가 내리기 시작했다. 호쾌하다 싶을 정도로 쏟아져 내리는 폭우였다. 유카타 차림으로는 뛰어 돌아갈 수 없어서 우리는 중간에 버스 정류장에서 비를 피하기로 했다. 마치 누군가가 짠 상황 같지만, 아무리 그녀라고 해도 날씨까지 조종할 수는 없겠지. 버스 정류장에는 누군가가 버린 우산이 있었지만, 지난달 태풍에 유린당해 버려진 잔해였다.

9월의 비는 8월의 비와 달리 명확한 악의를 품고 있었다. 지붕 밑으로 피난을 오는 동안 온몸이 젖어버린 우리는 빗물에 체온을 스멀스멀 뺏기고 있었다.

가냘픈 체구의 도카는 온몸을 끌어안는 듯한 자세로 추위를 견디고 있었다. 내 안의 '아마가이 치히로'는 그녀를 껴안아서 따뜻하게 해주고 싶다고 바랐다.

그러나 나는 그 바람을 눌러 죽였다. 만약 여기서 그 목소리에 따라버리면 의억의 나와 현실의 내가 뒤바뀌며 다시는 돌아오지 못할 것 같은 예감이 들었다.

대신에 나는 물었다.

"추워?"

도카가 몇 초 나를 바라보더니 다시 고개를 숙였다.

"응. 그치만 치히로가 따뜻하게 해줄 것 같아."

달콤하게 유혹하는 듯한 목소리였다 .

비가 머리를 차갑게 해주지 않았다면 나는 그 목소리에 저항하지 못했으리라.

"……미안하지만 그 정도로 아무렇지 않은 척할 자신이 없네."

그러자 그녀는 씁쓸한 미소를 지었다.

비가 새는 버스 정류장 안에서 그 웃음만이 말라비틀어지고 있었다.

도발하듯이 그녀가 말했다.

"왜? 진심이 될까 봐 무서워서?"

"그래, 무서워."

침묵이 흘렀다.

천장에서 떨어지는 빗물을 열까지 셌다.

그녀가 살짝 한숨을 내쉬었다.

그러고는 가면 뒤로 맨얼굴을 아주 잠깐 내비치며,

"어른스럽게 속아주면 될 텐데."

그렇게 말했다.

"치히로가 바라기만 한다면, 난 치히로한테 뭐든 다 줄 수 있는데."

목소리가 미세하게 갈라졌다.

"치히로가 뭘 원하는지, 난 다 알아."

'정말 그렇겠지.' 나는 생각했다.

나도, 그럴 수 있다면 그녀의 거짓말에 속고 싶었다. 의억과 그녀가 씨줄과 날줄을 엮는 달콤한 이야기에 몸을 내맡기고 싶었다. 꿈이든 의억이든 착각이든 상관없으니 그녀를 맹목적으로 사랑하고 그녀에게 맹목적으로 사랑받고 싶었다.

그녀는 내가 바라는 걸 다 주리라.

그러나.

그렇기에.

치밀어 오르는 수많은 말들을 집어삼키고, 나는 단 한마디로 잘라 말했다.

"난, 거짓말이 싫어."

그녀를 정면에서 응시하며 그렇게 말했다.

그녀의 표정에서는 아무런 변화도 보이지 않았다.

그 눈은 나를 보는 것 같으면서도 아무것도 보고 있지 않았다.

그녀는 평소와 같이 천진난만한 웃음을 지으려고 애쓰다가,

순간 그녀 안에서 무언가가 무너졌다.

그녀의 뺨을 따라 흐른 한 줄기 그것은, 아마도 빗물은 아니었을 것이다.

"난, 거짓말이 좋아."

그렇게 말하고는 눈물을 감추려는 듯 내게서 얼굴을 돌렸다.

비는 그로부터 한 시간 가까이 멈추지 않았다. 그사이 우리는 등을 맞대고 어슴푸레한 온기를 나누고 있었다.

그것이 나의, 현실의 아마가이 치히로의 한계였다.

비가 갠 뒤 우리는 말없이 아파트로 돌아갔다. 그러고는 각자의 집에서 각자의 아침을 기다렸다.

다음 날, 그녀는 모습을 감췄다. 보조 열쇠가 머리맡에 놓여 있었다. 내가 잠든 사이 갖다놓은 모양이었다.

9월 10일 '한 줄 일기'에 그녀 나름의 작별인사가 남겨져 있었다.

9월 10일 비. 행복했다.

나는 그 옆에 이렇게 썼다.

9월 11일 쾌청. 도카가 사라졌다.

그렇게 그녀와 나의 짧은 여름방학은 마지막을 고했다.

◇◇◇◇◇

"지금도 치히로는 내 히어로야."

이사 전날, 도카가 그렇게 고백했다.

텅 빈 서재 안에서, 그럼에도 우리는 방 한구석에 서로 기대어 앉았다.

"치히로는 날 어두운 곳에서 데리고 나가줬어."

그녀는 말을 이었다.

"친구가 없던 내 곁에 항상 함께 있어줬고, 내가 발작을 일으켰을 때 몇 번이나 구해줬어. 치히로가 없었으면 나, 오래전에 절망에 빠져 죽었을지도 몰라."

오버하지 마. 나는 웃었다.

진짜라니까. 그녀도 웃었다.

"그러니까 있잖아, 언젠가 치히로한테 무슨 일이 생기면, 그땐 내가 치히로의 히어로가 되어줄게."

"여자는 히로인 아냐?"

"앗, 그런가?"

그녀는 잠깐 생각에 잠겼다가, 풋 하고 웃음을 터뜨렸다.

"그럼 내가 치히로의 히로인이 되어줄게."

그렇게 들으니, 평소와는 다른 느낌이 들었다.

기도

폭우를 경계로 저녁 바람에서 늦여름의 정취가 느껴지기 시작했다. 죽음을 목전에 둔 매미가 둔중한 날갯소리를 내며 땅바닥을 기어 다녔고, 길가의 해바라기는 비에 젖은 들개처럼 꺾였다가 다시는 고개를 하늘로 쳐들지 못했다.

여름이 끝나려 하고 있었다.

도카로부터 해방된 나는 혼자 진을 마시고, 혼자 담배를 피우고, 혼자 식사를 하고, 다시 혼자 진을 마셨다. 20일 정도 걸쳐서 쌓아 올린 생활 사이클은 단 하루 만에 붕괴됐다. 흔해빠진 일이다. 쌓는 건 어려워도 무너지는 건 놀랄 만큼 쉽다.

그럼에도 식생활만은 조금 나아졌다. 나는 매일 저녁 슈퍼에 가서 장을 보고 시간을 들여 요리를 했다. 컵라면이 싫어진 건 아니다. 넘쳐나는 권태를 때우기에 딱 알맞았을 뿐이다. 부엌에 서서 신경을 집중하는 작업을 하는 동안에는 쓸데없는 생각을 안 할 수 있었다.

자취를 하면서도 손수 밥을 해먹어본 적은 없었지만, 도카가 요리하는 모습을 곁에서 보고 있는 동안 자연스럽게 그 순서를 익힐 수 있었다. 기억에 의존해가며 그녀가 만들었던 메뉴를 하나씩 재현해봤다. 식사를 마치고 설거지를 하고 다시 진을 마셨다. 그러고도 할 일이 없으면 그녀가 남기고 간 턴테이블로 음악을 들었다. 둘이 들을 때는 지루하게만 느껴졌던 옛날 음악이 혼자 들으니 의외로 나쁘지 않았다. 지금의 나에게는 단조롭고 느릿한 음악이 잘 스미는 모양이었다.

그녀가 사라지고 나흘째, 에모리 선배에게 연락이 왔다. 낮잠에서 깨어 휴대폰을 보자 부재중 메시지가 남겨져 있었다.

나는 아무 생각 없이 들어봤다.

"나쓰나기 도카의 정체를 알아냈어. 나중에 다시 연락하지."

휴대폰을 머리맡에 두고 다시 눈을 감았다.

두 시간 후 전화가 걸려왔다.

나는 이틀 만에 샤워를 하고 새 옷으로 갈아입고, 어린이 공원으로 향했다.

◇◇◇◇◇

"긴 설명과 짧은 설명, 어느 쪽을 원해?"

에모리 선배는 그렇게 말을 꺼냈다. 나는 5초쯤 고민하고 나서 긴 쪽으로 부탁드린다고 말했다. 짧은 설명부터 먼저 듣고 진실을 알고 싶다는 마음도 들었지만, 결국에는 듣고 나서 세세한 부분을 묻게 되리라. 판단 재료가 될 정보를 조금이라도 많이 확보해서, 에모리 선배의 결론과는 별도로 내 나름의 결론을 내리고자 할 것이다. 그렇다면 처음부터 긴 설명을 듣는 편이 낫다. 그렇게 생각했다.

"그렇다면 이야기는 상당히 예전으로 거슬러 올라가야 해."

그렇게 말하고는 에모리 선배는 살짝 망설이는 것처럼 뜸을 들였다.

"왜 당사자인 너를 제쳐두고 제삼자인 내가 나쓰나기 도카의 정체를 간파하는 데 이르렀는가. 이를 합리적으로 설명하기 위해서는 내가 한때 진지하게 의억 구입을 검토했다는 사실을 언급하지 않으면 안 되고, 왜 의억 구입을 검토했는지 설명하기 위해서는 소소한 내 개인적인 사정을 언급하지 않으면 안 돼. 그닥 유쾌한 얘기도 아니고, 남 앞에 나서서 할 얘기도 아니지만……."

그가 뒷덜미를 긁으며 휴 하고 숨을 내쉬었다.

"뭐 이쯤에서 아마가이한테 털어놓는 것도 나쁘지 않겠지."

나는 계속 말하라는 뜻으로 고개를 끄덕여 보였다.

"이걸 봐봐."

그렇게 말하며 내게 건넨 것은 때 묻은 학생 수첩이었다.

"내 중학교 시절 학생 수첩이야."

그가 설명했다.

"안을 봐봐."

학생 수첩을 펼치자 안에 학생증이 있었고, 거기에는 중학교 시절의 에모리 선배 사진이 붙어 있었다.

만약 아무것도 모르는 상태에서 사진만 봤다면 그 인물이 에모리 선배라는 걸 결코 몰랐을 것이다.

그만큼 사진의 그와 현재의 그는 동떨어져 있었다.

단적으로 말해서, **그는 못생겼다.**

"끔찍하지?"

에모리 선배가 말했다. 그 말투에서는 자조보다 욕지기에 가까운 뉘앙스가 느껴졌다.

"처참한 청춘 시절이었어. 동성이든 이성이든 상대를 안 해줬어. 선배한테 툭하면 괴롭힘을 당했고 후배한테도 무시당했어. 선생님한테도 눈 밖의 존재였지. 교실 한구석에서 오로지 시간이 빨리 지나가기만을 기도하는 매일이었어."

나는 사진의 그와 눈앞의 그를 다시 비교해보았다. 확실히 거기에는 미세한 옛 흔적이 보였다. 그것은 두부와 낫토가 같은 재료로 만들어졌다고 하는 것과 마찬가지 정도의 흔적으로, 굳이 찾아내겠노라 마음먹으면 전혀 상관없는 사람 사이에서도 찾을 수 있는 수준의 유사성이었다.

"나 자신을 바꿔야겠다고 결심한 건 열여덟의 봄이었어. 4년 전 3월 9일."

그가 말을 이었다.

"졸업식을 마치고 혼자 집으로 돌아가는데 내 앞에 한 쌍의 커플이 걸어가고 있었어. 두 사람은 나랑 같은 교복을 입고 졸업장이 든 통을 들고 있어서 같은 학교 졸업생이라는 걸 알 수 있었어. 잘 보니 여자 쪽은 나랑 같은 반이었어. 우리 반에서 유일하게 매일 아침 나에게 인사를 건네준 여학생이었지. 나는 남몰래 그 여자애에게 아련한 연심이라 부를 수도 있는 감정을 품고 있었어. 내가 그녀와 어울릴 만한 남자가 아니라는 걸 아니까 어떤 행동을 취한 적은 없었지만 수업 중에도 점심시간에도 틈만 나면 그녀의 옆얼굴을 훔쳐봤어."

에모리 선배는 내 손에서 학생 수첩을 가져가 주머니에 다시 넣었다. 아마도 저 학생 수첩을 정기적으로 다시 보면서 예전의 자신을 되새기곤 하지 않을까. 와신상담하듯.

"커플 중 한 사람이 그녀라는 걸 바로 알아차리지 못했던 건 연인과 나란히 걸어가는 그녀가 교실에서 봤던 그녀와 전혀 다른 종류의 표정을 짓고 있었기 때문이야. 아, 그렇구나. 정말 행복할 땐 저런 식으로 웃는구나. 그렇게 생각했어. 외모가 뛰어났으니까 남자 친구가 있다고 해서 딱히 놀라지 않았어. 그 애가 내 것이 되리라는 기대 따위는 애초에 없었으니까 새삼 질투와 같은 감정도 일지 않았어. 본래 자기 평가는 바닥을 찍고 있었으니 더 이상 비참해질 이유도 없었어. 다만, '행복해 보이네'라고만 생각했어."

'너라면 이런 기분 알 것 같은데.'라고 말하는 듯한 눈빛을 에모리 선배가 내게 보냈다.

당연히 알죠. 나도 눈빛으로 대답했다.

"그런데 무슨 이유에서인지, 새로운 생활을 준비하는 동안 난 몇 번이나 그때의 광경을 떠올리고는 격렬하게 마음의 동요를 느꼈어. 짐을 꾸리면서, 쓰레기장과 집을 왕복하면서, 생활용품을 쇼핑하면서, 나는 졸업식을 마치고 집에 가는 길에 목격했던 광경을 머릿속에서 계속 반추했어. 이사 준비를 끝낸 뒤 나는 텅 빈 내 방에 대자로 드러누워 내가 나 자신에게 원하는 게 뭔지에 대해 한참을 생각했어. 그리고 그날 밤, 나는 결심한 거야. 하나부터 열까지 모두 바꾸자고."

그 말의 의미가 내게 스며들기를 기다린다는 듯이, 그는 잠깐 침묵을 지켰다.

"다행히 입학하게 될 학교에 아는 사람은 한 명도 없었어. 나는 이사 날짜를 앞당겨서 자취를 시작했어. 다시 태어나기 위해 내 머리로 쥐어짜낼 수 있는 모든 행동들을 다 시도해봤어. 첫 학기가 시작되고도 한동안은 거의 얼굴을 비치지 않고 피를 토하는 심정으로 금욕적인 육체 개조에 돌입한 거야. 다른 사람에게 호감을 사기 위해서는 어떤 스타일이어야 하고 어떤 식으로 행동해야 하는지 매일 밤 연구했고, 대학과는 무관한 장소에서 매일 실천에 옮겼어. 칼을 대지 않는 범위 안에서 얼굴도 고쳤어. 그렇게 해서 어느 정도 자신감이 생겼을 즈음에야 강의에 착실하게 나가기 시작했어. 곧바로 많은 친구들에, 아름다운 여자 친구가 생겼지만 그래도 난 자기 개선의 노력을 멈추지 않았어. 오히려 노력한 성과가 너무 확실하게 나타나서 내 야심은 점점 불타올랐지. 뭔가에 홀린 것처럼 나는 미용이든 뭐든 열을 쏟았어. 이듬해에는 내가 수작을 걸지 않아도 여자들이 먼저 유혹해오더군."

그 시점에 그는 나를 향해 시험 발사라도 하듯 미소를 지어 보였다. 장밋빛 꿈을 꾸며 대학에 입학한 여학생이 봤더라면 그 자리에서 바로 사랑에 빠질 법한 미소였다.

"마치 세상이 나를 중심에 두고 돌아가는 것 같은 기분이었어. 그다음부터 난 잃어버린 청춘을 되찾는 데 온힘을 다 쏟았지. 그 시절의 나에게, 또 그 시절의 나를 상대해주지 않았던 무리에게 복수한다는 심정으로 어리고 예쁜 여자들을 닥치는 대로 안았어. 영원한 젊음을 위해 어린 여자의 생피를 뒤집어썼다는 중세의 귀족처럼 말이야. 그렇게 하면 내 안의 '나'가 구원되리라 생각했어. 교실 한구석에서 손가락을 깨물며 반짝반짝 빛나는 청춘을 영위하는 동급생을 먼눈으로 바라볼 수밖에 없었던 나를 구원할 수 있으리라 믿었어."

거기까지 이야기하고 나서야 에모리 선배는 맥주를 입에 가져갔다. 이미 맥주는 미지근해진 모양인지 그는 얼굴을 찡그리며 맥주 캔 라벨을 쳐다봤다. 그러더니 맥주를 바닥에 비우고 빈 캔을 재떨이 삼아 담배를 피우기 시작했다. 나도 그를 따라 담배에 불을 붙였다.

"대학교 4학년 여름에 문득 정신이 들었어. 그리고 깨달았지. 아무리 발버둥 쳐봐야 잃어버린 청춘을 되돌리기란 불가능하다는 것을. 결국 열다섯에 해야 할 경험은 열다섯에밖에 할 수 없으며, 만약 그때 그것을 경험하지 못하면 나중에 얼마나 풍부한 경험을 한들, 열다섯의 내 영혼은 영원히 구원받을 수 없다는 것을. 그렇게 당연한 사실을 그제야 간신히 깨달은 거야. 모든 것이 허무해져서 나는 여자관계를 다 끊었어. 여자 친구들의 연락처를 남김없이 삭제했지. 아마가이와 친해진 건 그러고 얼마 뒤의 일이야. 당시의 나는 같은 종류의 허무를 품은 동료를 찾고 있었을 테니까."

그 말을 듣고 나니 생각이 났다. 거의 매일 에모리 선배 집에 오던 여자들이 나와 친해졌을 무렵부터 보이지 않았다.

설마 그 두 현상에 인과관계가 있었다니 상상도 못했다.

"'그린그린'의 존재를 알게 된 건 그 여름의 끝물, 딱 지금과 같은 시점이었지."

마침내 그가 그 말을 꺼내들었다. 이야기는 서서히 본론으로 접어들고 있었다.

"그건 마치 나 같은 청춘 좀비를 위해 맞춤 제작한 것 같은 물건이었어. 아름다운 청춘 시절의 기억을 사용자에게 제공하는 청춘 콤플렉스의 특효약. 나는 당장 그것에 손을 내밀었어. 아니 손을 내밀려고 했어. 카운슬링 예약 접수까지 했어. 이걸로 열두 살의 나와 열다섯 살의 나를 구원할 수 있다. 그렇게 생각했어. 그런데 직전에 생각을 바꾸고 취소했지."

그 순간 나는 처음으로 끼어들었다.

"왜 그랬죠?"

에모리 선배가 씁쓸하다는 듯 입가가 일그러뜨렸다.

"내 머릿속 가장 아름다운 기억이 타인의 작품이라니, 너무 허무하지 않아?"

나는 고개를 끄덕였다.

이 사람이 나와 친해진 이유를 이제야 완전히 이해할 수 있을 것 같았다.

"'그린그린'의 구입을 중지했지만, 의억 그 자체에 대한 관심은 그 뒤로도 사라지지 않더라고. 특히 의억에 대해 조사하면서 알게 된 의억기공사라는 직업에 강하게 끌렸어. 난 일반적인 사람들과 비교할 수 없을 정도로 나 자신의 기억과 끊임없이 마주하며 살았어. 과거에 대해 끊임없이 '이랬으면 좋았을 텐데.' 하고 생각하는 나 같은 사람한테는 의억기공사가 적성에 맞지 않을까 생각한 거야. 나는 그 직업에 대해 취합할 수 있는 모든 정보를 다 취합했지. 그 정보 취합 과정 속에서 **그녀**의 존재를 알게 됐을 거야. 근 일 년 전에 지나가며 본 기사라서 떠올리는 데 꽤나 시간이 걸렸지만, 보름 전 아마가이와 함께 걸어가던 여자를 봤을 때 내가 느낀 기시감의 정체가 바로 이거야."

에모리 선배는 내게 휴대폰으로 뉴스 기사를 보여줬다. 3년 전 날짜가 기사 첫머리에 적혀 있었다.

〈17세 천재 의억기공사〉

그렇게 쓰여 있었다.

"서론이 너무 길어져버렸는데, 결론을 말하지."

에모리 선배가 말했다.

"나쓰나기 도카는 의억기공사야. 아마가이의 머릿속에 있는 나쓰나기 도카의 의억은 아마도 그녀 본인이 만든 것일 테지."

그는 화면을 아래로 스크롤해 기사에 실린 사진을 확대했다. 낯이 익은 얼굴이 내 시야에 들어왔다.

나흘 만에 보는 나쓰나기 도카의 웃는 얼굴이었다.

◇◇◇◇◇

아파트로 돌아온 나는 기사를 몇 번이나 읽고 또 읽었다. 그 후 인터넷에서 그녀와 관련된 정보를 그러모았다.

나쓰나기 도카는 그녀의 본명은 아니었지만 가명과 본명 사이에 대단한 차이는 없었다. 이름의 자음 하나를 바꿔놓았을 뿐이었다. 날 상대하는 만큼 최소한의 위장으로도 충분하리라 생각했겠지. 혹은 자기도 모르게 본명이 입에서 튀어나왔을 때 대충 얼버무리기 쉽도록 보험을 걸어둔 걸지도 모른다.

당시 그녀는 사상 최연소 의억기공사였다. 16세라는 어린 나이에 모 대형 클리닉의 의억기공사로 채용되어, 고등학교를 다니면서 수많은 의억들을 직접 만들었다.

불과 3년 동안, 그녀는 50개가 넘는 의억을 만들어냈다. 이는 그녀의 나이를 감안하더라도 정상에서 벗어난 속도였다. 양뿐만 아니라 질도 상당했다. 당연하게도 그녀는 의억기공사계의 떠오르는 샛별로 주목을 받았지만, 20세 생일을 목전에 두고 갑자기 클리닉에 사표를 제출하고 그 이후로 종적을 감췄다.

그 일은 그 업계에서 나름 뉴스였다. 그녀의 작업에 기대를 품고 있었던 사람들은 실망을 표했다. 그녀가 만들어내는 의억은 다른 의억기공사가 만들어내는 의억과는 어떤 면에서 결정적인 차이가 있었고, 그 차이는 그녀 이외에 다른 누구도 흉내 낼 수 없었다. 그 탁월한 무언가를 본인은 '기도'라고 불렀다.

뉴스 사이트에 게재된 짧은 인터뷰 속에서 도카는 기본적으로 꼬투리 잡힐 일 없는 단어를 신중하게 선택해서 용의주도하게 기자의 질문에 답하고 있었다. 인터뷰어는 17세의 천재 의억기공사에게서 유치한 반응이나 야심 넘치는 발언을 끌어내려고 고군분투했지만, 찌르면 찌를수록 그녀는 자기만의 성에 틀어박혔다. 겸허하고 무난하며 지루한 대답이 돌아왔다.

그나마 그녀의 속내를 어느 정도 끌어낼 수 있었던 질문은 마지막 두 개가 다였다. 하나는 "당신이 만드는 의억은 다른 의억기공사가 만드는 의억과 무언가 결정적으로 다르다는 평가가 있습니다만, 그 '무언가'란 구체적으로 뭘까요?"라는 질문.

도카의 대답은 이러했다.

"'기도'가 아닐까요."

'기도'가 대체 뭔지 캐묻는 인터뷰어에게 도카는 "결국 절실함입니다."라고 간결하게 대답하고 있었다.

그런데 사실대로 말하자면 그것은 '기도' 말고 다른 말로는 치환할 수 없었을 것이다.

왠지 모르게 그런 생각이 들었다.

이어서 인터뷰어가 물은 질문은 의억기공사로서의 최종 목표였다. 도카는 그 질문에 다음과 같이 답했다.

"소지자所持者의 인생을 완전히 뒤바꿔놓을 만큼 강렬한 의억을 만들어보고 싶습니다."

나는 그 실험체였던 걸까.

의억으로 내 인생을 망가뜨리는 것이 그녀의 속셈이었던 걸까.

그 미소도, 그 눈물도 모든 것은 내 마음을 뒤흔들기 위한 연기에 불과했다는 걸까.

화를 내야 할 타이밍이다. 그녀의 자부심을 위해 이용된 것에 분노해야 할 타이밍이다. 한 달 전의 나였다면 그랬을 것이다.

그러나 지금의 나로서는 불가능했다. 이제 와서 진실을 알았다고 한들 이미 때는 늦었다. 그녀에게 나쁜 감정을 쏟아부으려고 해도, 이번 여름방학에 쌓은 일련의 기억이 자꾸만 방해한다. 미워할 수 없다, 정도의 이야기가 아니다. 나는 열일곱 살의 도카 사진을 수없이 다시 보며, 그때마다 그 사랑스러움에 가슴이 미어졌다.

신기하게도 열일곱 살의 도카는 내가 아는 스무 살의 도카보다 살짝 어른스럽게 보였다. 사진 속의 그녀는 눈가에 피곤이 깃들어 있어서 고등학교 교복을 입은 모습에서 위화감마저 들었다. 교복은 지금의 도카 쪽이 더 어울릴 것 같았다.

아니, 다시 생각해보면 스무 살의 도카가 너무 발랄한 것이다. 사진 속 그녀는 스물이라고 해도 통할 것 같았고, 현재의 그녀는 열일곱이라 해도 통할 것 같다.

이 착각은 무얼 의미하는 걸까? 긴장한 탓에 단지 사진이 이상하게 찍힌 것일 뿐일까. 일을 그만두고 스트레스로부터 해방되어 다시 젊어진 걸까. 나를 속이기 위해 의억 속 모습에 되도록 가까워지려고 한 걸까.

카메라를 향해 어색한 미소를 짓고 있는 열일곱 살의 도카는 근미래의 그녀의 모습인 것처럼도 보였다.

사고의 공전은 멈추지 않았다. 잠이 오지 않는 밤에 기댈 수 있는 것은 역시 알코올뿐이다. 나는 망각의 물을 글라스에 따르고 퇴폐적인 공기를 내뿜는 알코올에 찌든 골목에서 미아가 되었다.

내 아버지도 알코올에 탐닉한 인간이었다. 세상에는 현실을 즐기기 위한 주정뱅이와 현실을 잊기 위한 주정뱅이가 존재하는데, 아버지는 명백히 후자였다. 만약 의억 중독자가 안 됐더라면 좀 더 피곤한 알코올 중독자가 되는 길밖에 없을 터였다. 아버지는 그 누구도 칭찬하지 않을 섬세함을 지니고 늘 숨 막힌다는 듯이 지냈다.

절대로 아버지처럼만은 되지 않겠다는 게 내 인생의 유일한 목표였지만 표출된 형태만 다를 뿐 근본적으로 나는 아버지와 지극히 유사한 인간이 돼버렸는지도 모른다. 골치 아픈 일을 계속 외면하고, 사태는 점점 악화되고, 그럼에도 계속 외면하는 인생.

벽에 붙인 '한 줄 일기'를 무심하게 바라보는 사이 초점이 흐려지는 게 느껴졌다. 눈을 감자, 그곳은 거센 파도가 몰아치며 흔들리는 배 위였다. 비척거리는 발걸음으로 화장실까지 가서 위 속 내용물을 게워냈다.

술을 마시고 토하는 건 한 달 만이었다. 한 달 전 그날엔 '레테'를 복용하려다가, 복용하지 못하고, 사람을 착각하고, 자포자기해서 술을 퍼마시고, 가게에서 쫓겨나고, 걸어서 아파트까지 왔다가, 그녀를 만났다.

나쓰나기 도카.

마음에 걸리는 점이, 딱 하나 있다. 마지막 날, 도카는 소꿉친구를 연기하는 이유에 대해 내게 이렇게 말했다.

"언젠가 알게 될 거야. 꽤 복잡한 목적이지만, 치히로라면 그 뜻을 이해해줄 거라 믿어."

하지만 '이용자의 인생을 망가뜨린다.'는 게 복잡한 목적이라 할 수 있을까?

"치히로라면 그 뜻을 이해줄 거라 믿어."라는 말은 다른 사람은 그 목적을 이해하기 힘들다는 뜻일까.

뭔가 치명적으로 놓치고 있는 것만 같아 불안해 미칠 지경이었다.

진짜로 내 인생을 망가뜨리는 게 다라면 그 방법은 이런 것 말고도 얼마든지 있었다.

'그린그린'의 내용을 그대로 두고, 예컨대 '의억 속 소꿉친구의 외모를 지닌 여자'로 내 앞에 나타나서 운명의 만남과 같은 식으로 연출하면 쓸데없는 의심 따위 받지 않고 쉽사리 나를 농락할 수 있었을 것이다. 그 정도 상상력을 그녀가 갖추지 않았다고는 믿기 힘들다.

그런데도 그녀는 의억 속 소꿉친구 본인으로 내 앞에 나타났다. 굳이 성공 확률이 낮은 쪽을 택했다. 그만큼 본인이 만든 의억의 영향력에 확신을 품고 있었다, 그런 것인가?

결코 그럴 리는 없다. 그녀는 어디까지나 내가 사랑해 마지않는 소꿉친구 **본인**이어야만 했던 것이다. 그 이유를 알 때까지 난 그녀의 진의를 이해했다고 할 수 없으리라.

사고는 더더욱 공전을 계속했다.

◇◇◇◇◇

어느샌가 하늘이 밝아오기 시작했다. 결국 알코올의 힘을 빌리고도 한숨도 자지 못했거니와, 허용량 이상을 마신 탓에 온몸이 지독히 늘어졌다. 눈이 흐렸고 머리가 무겁고 목이 따가웠고, 게다가 배도 고팠다.

이불에서 기어 나왔다. 아마도 수면을 방해하고 있는 것은 공복인 듯한데 안타깝게도 나를 위해 아침을 차려줄 소꿉친구는 이제 없다. 냉장고를 들여다봤지만 양배추 쪼가리와 오렌지주스가 아주 조금 남아 있을 뿐이었다. 오렌지주스를 마지막 한 방울까지 다 비우자, 공복은 오히려 악화됐다. 나는 자는 걸 포기하고 잠옷 바람에 샌들을 신고 밖으로 나갔다.

현관문을 연 순간 시야 끄트머리에서 움직이는 무언가가 있었다. 나는 손을 뒤로 뻗어 문을 잠그면서 반사적으로 그쪽으로 돌아봤다.

여자였다. 나이는 열일곱에서 스물 남짓. 마치 어딘가 먼 곳에서 누군가의 장례식을 마치고 첫 기차를 타고 돌아온 듯한 모습을 하고 있다. 여명이 드리워진 손발은 투명할 정도로 하얗고, 산들거리는 길고 까만 머리는 복도로 불어오는 바람에 부풀어 오르며,

그 순간, 시간이 멈췄다.

그녀는 문을 열다 만 자세로, 나는 등 뒤로 문을 닫으려다 멈춘 자세로, 보이지 않는 못에 의해 그렇게 그 공간에 고정되었다.

언어라는 개념이 한순간 상실된 것처럼 나는 한참을 아무 말도 않고 그녀를 뚫어져라 바라보았다.

최초로 움직임을 되찾은 것은 내 입술이었다.

"……도카?"

나는 여자의 이름을 불렀고,

"……누구시죠?"

여자는 내 이름을 잊었다.

일곱 번째 곡이 끝나자, 서재에는 침묵이 내려앉았다.

"끝난 거야?"

내가 작은 목소리로 물었다.

"반은."

도카도 작은 목소리로 대답했다.

그녀가 일어나서 턴테이블의 톤 암을 조심스레 들어 올려 바늘을 뗐다. 그리고 회전을 멈춘 레코드판을 양손으로 신중히 뒤집고 바늘을 올렸다. 얼마 지나지 않아 잠시 멈춰 있던 플레이어는 연주를 재개했다. 마치 뒤집혀서 꼼짝할 수 없었던 거북이를 원래대로 돌려놓은 것 같았다.

도카는 제자리로 돌아와 앉아 내 귓가에 비밀 이야기라도 하듯 속삭였다.

"레코드판은 A면이 끝나면 뒤집어서 B면으로 바꿔줘야 해."

◇◇◇◇◇

이야기는 여기서부터 B면으로 바뀐다.

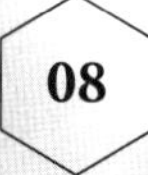

Reprise

한 번도 만난 적이 없는 소꿉친구가 있다. 나는 그의 얼굴을 본 적이 없다. 목소리를 들은 적이 없다. 몸에 닿은 적이 없다. 그런데도, 그를 가까이 여긴다. 그를 사랑스럽다 여긴다. 그에게 구원받고 있다.

그는 실재하지 않는다. 보다 정확하게 말하자면 그는 내 공상 속에만 존재한다. 잠들지 못하는 기나긴 밤에 산소 부족으로 흐릿해진 뇌가 만들어낸, 그럴싸한 환상이다. 하지만 그 환상은 점점 내 안에서 명료한 형태를 띠기 시작하다가 이윽고 내게 누구와도 바꿀 수 없는 소중한 친구가 되었다.

그에게 이름은 없다. 이름 같은 걸 붙였다가는 오히려 그가 실재하지 않는다는 사실만이 명백해지기 때문이다. 나는 그를 그저 '그'라고 부른다. '그'는 내게 단 하나뿐인 소꿉친구이자, 이해자이자, 히어로였다.

'그'가 있는 허구의 세계에서 나는 행복했다.

'그'가 없는 현실의 세계에서 나는 행복하지 않았다.

어린 시절, 내게 세계는 숨 막히는 장소였다. 이것은 메타포가 아니다. 물론 정신적으로도 숨 막히는 장소이긴 했지만, 그 이전에 육체적으로 숨이 막혔다. 말 그대로, 호흡이 되지 않았다. 정신적으로도 가슴이 아픈 장소이긴 했지만, 그 이전에 육체적으로 가슴이 아팠다. 글자 그대로, 가슴이 찢어발겨질 것 같았다.

숨이 가쁘다, 숨이 막힌다, 숨이 끊기기 직전. 다들 이런 관용어를 아무렇지 않게 쓰지만 실제로 호흡이 정지될 듯한 경험을 해본 인간이 얼마나 될까? 누구나 무의식적으로 호흡을 한다. 잠을 잘 때도 가능하다. 평범하게 살아가고 있는 한 질식할 것 같은 순간은 애당초 찾아들지 않는다.

당시의 나는 호흡이 너무나 중요했다. 하루 중 대부분의 시간을 호흡에 대해 생각하며 보냈다. 베테랑 사진가가 공간의 광량을 측량하듯이, 나는 공간의 산소 밀도를 측량했다. 아무도 의식하지 않는 공기의 존재가 손에 쥘 듯이 느껴졌다. 사람들이 깊이 잠들 시각이 되면 호흡에 온 신경을 집중했다. 밤의 장막에 가는 관을 호흡기처럼 내밀어서 죽지 않기 위해 처절하게 공기를 들이마셨다.

극도로 미세한 기계를 통해 가공의 과거를 뇌에 이식할 수 있을 정도로 테크놀로지가 발전한 현대에 천식은 절망할 만큼 심각한 병이 아니라는 게 일반적인 인식이다. 사실 대단히 심한 중병이 아닌 이상 정상적인 지식을 갖고 대처하면 건강한 일반인과 별다를 바 없이 생활할 수 있는 경우가 대부분이다.

문제는 그 정상적인 지식이라는 걸 내 부모라는 사람들이 갖추고 있지 않았다는 점이다. 그들은 천식을 '이따금 기침이 멈추지 않는 병' 정도로 인식하고 있었다. 꽃가루 알레르기조차 걸려본 적 없는 두 사람에게, 기도 폐색으로 호흡이 제한되는 감각은 영원히 이해할 수 없는 것이었다.

아니, 본질적인 문제는 아마도 그게 아닐 것이다. 부족한 점은 병에 대한 이해도, 지식도 애정도 아닌, 애초에 초보적인 상상력이다. 내 부모님은 이해라는 개념을 근본적으로 오해하고 있었다. 그들은 하나의 대상을 자신의 세계에 끌어당길 수는 있어도, 자신의 세계를 그 대상에 다가가게 하는 것은 불가능한 인간이었다. 그 제한된 상상의 틀은 그들 안에서 비정상적인 형태로 완결되어 있었다.

더 끔찍한 사실은, 그들이 테크놀로지 전반에 대한 근거 없는 불신을 갖고 있다는 점이었다. 어느 시대에나 늘 존재하는 부류이다. '자연'이란 두 글자에 과도한 가치를 부여해버린 소박한 사고 회로의 소지자들. '병원 같은 데 데려갔다가 병에 걸리고 만다.' 같은 정체불명의 책에 적힌 농담만도 못한 속설을 진지하게 믿었다. 게다가 약이 건강을 해치고, 치료가 수명을 줄이며, 모든 병은 의사들이 조작해놓은 교묘한 사기극이라고 믿어 의심치 않았다. 아마 그런 병에 걸린 게 아니었을까 싶다.

그들에게는 본래 그곳에 존재했던 것만이 선이고, 그렇지 않은 모든 것은 악이었다. 그런 신조에 휘둘리며 내내 소모당해온 나는, 필연적으로 그들과 정반대의 신조를 갖게 되었다. 즉 거기에 있는 것을 증오하고, 거기에 없는 것을 사랑하게 되었다.

이러한 경위로 '그'는 태어났다.

기억나는 건 기나긴 어두컴컴한 밤의 일이다.

그 무렵 나는 밤을 두려워했다. 지금도 두려워하지만 원인은 당시와는 다르다. 어느 쪽이 낫냐고 묻는다면, 둘 다 최악이라고 대답할 수밖에 없다. 고통에 낫고 말고는 없다. 다만 괴로움의 양이 동일하다면 아무래도 어린 쪽이 심지가 약한 만큼 절망도 크지 않을까.

하루를 마치고 침대에 기어 들어갈 시점부터 내 호흡은 흐트러지기 시작한다. 우선 가벼운 기침이 터진다. 그것은 고통이 나를 노크하는 소리다. 이렇게 되면 이제 잠자기란 글렀다. 기침은 차근차근 악화돼가며, 새벽 2시를 전후로 정점에 올라 결국 밤새도록 계속된다. 마치 내 육체가 나를 재우지 않겠다고 작정하기라도 한 듯이.

가만히 누워 있으면 숨이 더욱 막히기에 이불을 둘러매고 앉는다. 시간이 지나며 그 자세는 점점 앞으로 고꾸라지고, 최종적으로는 고개를 처박은 자세가 된다. 옆에서 보면 무언가에 용서를 구하는 것처럼 보일지도 모르겠다. 고통 같은 것과 인연이 없는 태아로 돌아가고파 하는 것처럼 보일지도 모르겠다. 그러나 어느 쪽도 아니다. 그저 그 자세가 가장 편하기 때문이다.

가장 눈에 띄는 증상은 기침이지만, 기침은 고통의 본질이 아니다. 진짜로 나를 괴롭히는 것은 호흡 곤란이다. 숨을 들이마셨다가 내뱉는 단순한 행위가, 누구나 태어날 때부터 무의식적으로 행하고 있는 그 기본적인 동작이, 밤이 되면 내게 엄청난 과업이 된다. 자신의 목이 튜브의 공기 주입구가 됐다고 상상해봤으면 좋겠다. 또는 폐가 딱딱한 플라스틱이라고 상상해도 좋겠다. 숨을 들이마시는 게 제대로 이루어지지 않으면 뱉는 것도 마찬가지다.

호흡이 이루어지지 않는다는 감각은, 우회로 따위 없이 곧바로 죽음의 공포와 직결된다. 언제가 이 목이 완전히 막혀버리는 게 아닐까. 비닐봉지를 흡입해버린 청소기처럼 기능이 멈춰버리는 게 아닐까. 그때 나는 비명조차 지르지 못하리라. 도움을 요청하기 위해 필사적으로 아무 소리라도 내보려고 애쓰지만, 그 누구도 알아주지 못한 채 공포, 경악, 전율, 그리고 단말마의 비명과 저주가 목에 걸린 채 숨을 거둘 것이다. 그런 생각이 들면 두려움으로 눈물이 났다.

내 방은 부모님 침실에서 조금 떨어진 곳에 위치했고, 내가 자는 침대도 그곳에 있었다. 네 살까지는 부모님과 같은 침실에서 잤지만, 다섯 살이 되고 조금 지났을 무렵 침대를 옮겼다. "그쪽이 화장실도 가까워서 너한테 나을 거야."라고 어머니는 뻔뻔하게 변명했지만, 아무리 생각해도 그것은 격리 조치에 불과했다. 한밤중 기침으로 잠을 방해하는 내가 참을 수 없었겠지. 그 심정을 이해 못할 바도 아니었다.

무슨 일이 있으면 바로 부르라고는 했지만, 발작이 도졌는데 복도를 끼고 대각선 맞은편에 위치한 방에서 자고 있는 부모님을 깨울 만큼 큰 목소리를 낼 수도 없었기에, 그 격리 조치는 나에게 사형 선고와 다르지 않았다. 게다가 설령 죽을힘을 다해 기어가서 부모님 침실까지 갔다고 한들 그들은 딱히 해주는 게 없다. 나는 언제까지고 발작에 익숙해지지 않겠지만, 부모님은 언제부터인가 내 발작을 지켜보는 일에 익숙해져버렸다. 정말 극심한 발작이 아닌 이상 내버려둬도 아침 무렵이면 낫는다는 걸 알아버리자, 그 뒤로는 내가 아무리 고통을 호소해도 흘려듣게 됐다.

일곱 살 때까지는 큰 발작을 일으키면 응급실로 데리고 가줬다. 밖에서 자동차에 시동을 거는 소리가 들리고 병원에 간다는 걸 알게 되면 내 불안은 급속히 사그라들었다. 병원 냄새, 링거, 흡입기와 같은 것이 떠오르는 것만으로도 마음이 안정됐다(나는 병원이란 장소를 정말 좋아했다). 그 안도감 덕분인지, 병원에 도착하기까지 20~30분 남짓한 이동 시간에 발작이 진정돼버리는 경우도 종종 있었다. 그런 일을 몇 차례 반복하는 사이 부모님은 꾀병이라고 의심하기 시작했다. 이 아이는 부모로부터 보살핌을 받고 싶어서 과장되게 기침을 하는 게 아닐까, 하는.

병원과 가까워지는 것만으로 발작이 누그러지는 경우는 천식 환자에게 대단히 흔한 일일 뿐이지만, 그 당시 내게는 그런 지식도 없었을뿐더러 자신의 병세에 대해 논리 정연하게 설명할 수 있을 정도의 객관성도 아직 갖추고 있지 않았다.

부모님의 의심은 갈수록 심해졌다. 격렬하게 기침하는 나를 보고 아버지는 "네 기침은 과장됐어."라며 역겹다는 듯이 말했고, 어머니도 "정말 그렇게 괴로운 거 맞아?"라며 의혹에 찬 눈길을 보냈다. 그 후로 그들은 내가 발작을 일으켜도 본체만체하게 되었다.

한번은 정말 어쩔 수가 없어서 내가 직접 구급차를 부른 적이 있었다. 그때는 한동안 부모님이 내게 말을 붙이지 않았다. 일주일쯤 지나서야 마침내 말을 건다고 생각했더니 그 첫마디가 "너 때문에 창피당했다." "우리 집에 돈이 남아돈다고 생각하니?"라며 질책했다. 아마 이 사람들은 내가 죽어버리면 기뻐할 것 같다고, 어린 마음에 생각했다. 타인에게 무언가를 기대하는 능력은, 아마도 이즈음에 대부분 상실해버린 것 같다.

어쨌든 시간이 지나기를 기다릴 수밖에 없었다. 나는 이따금 동물들이 구덩이에서 얼굴을 내밀 듯이 머리맡에 둔 시계의 야광침을 바라보며 1초라도 빨리 밤이 지나기를 기도했다. 고통이 크면 클수록 시간의 발걸음은 더더욱 완만해지는 것 같아, 미치도록 답답한 마음에 시계 유리를 깨서 내 손으로 시곗바늘을 마구 돌리고 싶다는 충동에 휩싸인 적도 몇 번이나 있었다. 밤이 짧다는 그 한 가지 이유만으로 나는 여름이 좋았다.

동틀 녘이 되어 조금 호흡이 편해지며 잠깐 눈을 붙이는 짧은 순간 속에서 나는 '그'를 몽상했다. 그러나 그로부터 두 시간이 지나면 일어나서 학교에 가야만 했다. 이 병의 곤란한 점은 기침을 할 때 이외에는 전혀 상태가 나빠 보이지 않는다는 것이다. 몸이 나른해서 쉬고 싶다고 부모님에게 호소해도 당연히 들어주지 않았다. 체온계의 숫자나 피부의 발진처럼 눈에 보이는 증거가 없으면 믿어주질 않는 것이었다.

덕분에 나는 늘 수면 부족 상태로 하루 종일 몽롱했다. 머리가 미세하게 지끈거렸고, 눈앞은 뿌옜고 온갖 소리가 벽 한 장을 사이에 두고 들려왔다. 옅은 안개가 낀 세계 속에서 오로지 고통과 공상만이 사실적이었다.

나이를 먹어가며 내 병세는 조금씩 가벼워졌고, 천식은 서서히 심신증적인 측면이 강해져갔다. 환경의 영향은 덜 받기 시작한 반면, 불안이나 스트레스에 민감해진 것이다. 이런 일을 하면 발작이 일어날지 몰라, 이런 데서 발작이 일어나면 안 돼, 그런 식으로 발작에 대해 생각하는 것 자체가 발작을 일으키는 가장 큰 요인이 되었다.

만약 이때 정신적인 버팀목이 되어줄 사람이 곁에 있어주었다면, 내 천식은 좀 더 빠른 단계에서 완치됐을지도 모른다(물론 의료

기관에서 적절한 치료를 받았더라면 더할 나위 없었겠지만). 이 사람이라면 도와줄 것이다, 이 사람이라면 알아줄 것이다, 이 사람이라면 보호해줄 것이다, 그런 사람이 내 곁에 있어줬다면, 최소한 불안 때문에 생긴 발작은 훨씬 줄어들었을 것이다.

내게는 친구가 없었다.

여섯 살 겨울부터 봄에 걸쳐 흉막염으로 입원해 초등학교 생활을 늦게 시작한 탓도 있다. '다른 사람에게 폐를 끼치면 안 된다.'며 외출을 금지당한 탓도 있다. 운동을 할 수 없어서 주위의 다른 아이들과 함께 놀지 못했던 탓도 있다. 소풍이나 체육 대회 같은 행사에 대부분 결석한 탓도 있다.

하지만 가장 큰 원인은 내 성격에 있었다. 병은 나를 비굴하고 자학적인 인간으로 만들었다. 내 육체는 평범하기 짝이 없는 생활을 영위하는 것조차 제대로 할 수 없는 하자품이고, 나라는 인간은 그냥 존재하는 것만으로도 주위에 막대한 폐를 끼치는 골칫덩어리일 뿐이라는 의식이 있었다. 그 같은 인식은 진실임에는 분명했으나, 생후 채 10년도 되지 않은 아이에게 그러한 진실과 마주할 의무 따윈 없다. 그딴 건 신경 쓰지 말고 뻔뻔하게 살면 되는 것이었다.

그러나 내게 가장 가까운 존재라 할 만한 두 사람은 그런 비굴한 태도를 고쳐주기는커녕 권장했다. 넌 여러 사람에게 폐를 끼치며 살고 있으니까 일부러라도 고개를 숙이고 살아야 한다며 대놓고 말은 안 했어도 그런 암시를 감추지 않았다. 나는 나 자신을 저주하도록 교육받았고, 그 가르침을 항상 실행했다. 친구 같은 게 생길 리가 없었다.

학교와 관련해 좋은 추억 같은 건 하나도 없다. 특히 지역의 공립 초등학교를 다니던 시절의 나는 처참한 존재였다.

그 당시 나는 등을 꾸부정하게 구부리고 걷는 버릇이 있었다. 긴 거리를 걸을 때면 호흡을 편하게 하려고 자연스럽게 그런 식으로 걷게 되었는데, 이 버릇 때문에 동급생들의 놀림을 샀다. 내 걸음걸이를 흉내 내며 웃음거리로 삼고 있는 남자애들을 본 뒤로는 이 아이들 앞에서 큰 발작을 일으키면 안 된다고 경계하게 됐다. 그들에게 놀림 받기 딱 좋은 소재가 될 게 분명했기 때문에. 심지어 몇 년이 지나서도 웃음거리로 우려먹을지 몰랐다. 절대로 더는 약점을 보여서는 안 된다. 그렇게 마음을 다잡으면 다잡을수록 교실의 공기 밀도가 낮아지는 듯했다.

내 병을 알고 부러 신경 써서 곁에 다가와준 아이도 아주 없진 않았다. 그런 아이는 처음에는 가족처럼 내 상태에 맞춰 어울려줬지만, 일정 기간이 지나면 점점 내 신경질적인 행동거지에 짜증을 느끼고, 함께 있는 것만으로도 온갖 행동에 제약을 받는 데 답답함을 느끼다가 결국 지쳐 떠나갔다. 더 심한 경우는 나를 증오하기도 했다. 그래서 결국 나는 혼자가 되었다.

어쨌든 감정이 고조되지 않도록 조심하기, 발작의 전조를 느끼면 다 내팽개치고 양호실로 가기. 이 두 가지를 철저히 지킴으로써 동급생 앞에서 추태를 보이는 경우를 가까스로 막을 수 있었다. 그 노력은 한동안 성공적이었다. 하지만 초등학교 4학년 겨울, 나는 교실 한가운데에서 심한 발작을 일으켰다.

내가 부적처럼 들고 다니는 호흡기를 보고, 한 남학생이 뭔가 놀리는 말을 했다. 그게 방아쇠가 됐다. 무시해버리면 좋았을 테지만, 그 남학생의 말이 너무 심해서 나도 모르게 발끈해서 되받아치고 말았다. 반격할 거라고 예상하지 못했던 남학생은 당혹스러웠는지 도리어 화를 냈다. 그 화를 만인에게 표명하기 위해 나에게서 흡입기를 빼앗아, 교실 창밖으로 던져버렸다.

나는 패닉을 일으켰다. 흡입기를 찾아오려고 뛰어나가려다가 곧바로 지금껏 경험한 적 없을 정도의 강렬한 발작을 일으켰다.

그날 일은 지금도 곧잘 꿈에 나타난다.

같은 반 아이들의 반응은 대략 예상했던 그대로였다. 그들은 발작을 일으킨 나를 두고 동정이나 비호의 대상이 아닌 우스꽝스럽거나 재수 없는 것으로 받아들였다. 그런 일이 있은 후로 나는 교실에 거의 얼굴을 비치지 않았다. 남은 2년 남짓한 초등학교 생활을 나는 양호실 침대 위에서 보냈다.

사실 양호실도 내가 머물 곳은 아니었다. 탈락자들 사이에서도 카스트나 그룹이 존재한다. 양호실에는 양호실의 사회가 있었고, 나는 거기에서도 동화되지 못하고 배척되었다. 양호실로 등교하는 학생들 중에서도 양호 교사의 비위를 잘 맞추는 학생과 그렇지 못한 학생이 있었다. 나는 당연히 후자였다.

안전지대라고는 할 수 없지만 그럼에도 교실과 비교하면 양호실은 천국과 마찬가지였다. 나는 거기서 혼자 책을 읽었고 몇 년에 걸쳐 쌓인 수면 부족을 해소하려는 듯이 정신없이 잠에 빠져 지냈다. 5학년 임간학교◆ 날에도 6학년 수학여행 날에도 나는 양호실에서 자고 있었다. 그래서 아쉽다는 마음도 없었다.

어느 정도 수면 시간을 확보한 덕분인지, 아니면 같은 반 아이들 시선을 두려워하며 받던 스트레스로부터 해방된 덕분인지 학년 전체에서도 1, 2등을 다툴 만큼 작았던 내 체구는 그 2년 동안 평균에 조금 못 미치는 정도까지 성장했다. 천식과 관련한 지식도 익혀서, 중학생이 되자 다른 아이들처럼 생활할 수 있게 됐지만, 그 무렵에는 이미 고독이 뼛속 깊이 스며들어, 누군가와 친구가 되고 싶다는 마음 같은 건 들지 않았다.

이상한 말처럼 들릴지 모르겠지만, 이제 와서 친구 같은 걸 만들면 초등학교 시절의 나에게 미안하다는 심정이었다. 현재의 내가 고독을 부정해버리면 과거의 나 자신을 부정하는 꼴이 된다. 고통으로 뒤범벅이 된 그 6년간이 순전히 소모에 불과했다고 인정하는 꼴이 된다.

암흑의 나날에서 찾아낸 고독이란 발명품을 나는 계속 이어받고

◆ 산이나 들에서 일정 기간 동안 진행하는 교육 프로그램. 주로 여름방학 중에 열리며, 야영, 등산, 극기 훈련과 같은 체력 단련과 정신력 증진 활동을 한다.

싶었다. 네가 받아들인 고통은 결코 무의미하지 않아, 지금도 이렇게 내 안에서 살아 숨 쉬고 있어, 라고 격려하고 싶었다.

나는 고독한 중학교 생활을 보내고, 고독한 고등학교 생활을 보냈다. 그 선택이 옳았는지는 아직 모른다. 하지만 설령 과거를 완전히 지워버리고 남들과 비슷하게 살아가려 했다 한들, 결국 어딘가에 걸려 넘어져 파탄에 이르지 않았을까. 그러고는 지금 이상으로 고독해지지 않았을까.

학교생활과 관련한 추억은 이런 것이었다. 휴일에는 내 방에서 꼼짝 않고 지냈다. 부모님에게 불필요한 외출을 금지당한 사정도 있지만, 애초에 밖에 나가고픈 마음도 없었고, 만나고 싶은 사람도 없었다. 공부할 마음도 안 들었다. 학교 수업을 듣는 것만으로 상위 성적을 유지할 수 있었고, 공부를 열심히 한다고 해서 부모님이 대학 진학을 허락해줄 것 같지도 않았다. 그래서 학교 도서관에서 빌려온 책을 읽든가, 아버지가 안 쓰게 된 턴테이블 음악을 듣거나 했다.

독서도, 음악도 내키지 않을 때는 돌출창에서 거리를 바라봤다. 높은 지대에 위치해 있던 우리 집에서는 창밖으로 다양한 광경을 볼 수 있었다. 봄이면 벚꽃 길, 여름이면 해바라기 밭, 가을이면 붉게 물든 잎, 겨울에는 헐벗은 가로수. 그런 광경들을 질리지도 않고 바라보면서, 나는 한 번도 만난 적이 없는 소꿉친구를 공상했다.

솔직히 말하자면, 내겐 가족이 필요했다. 친구가 필요했다. 연인이 필요했다.

그 모든 것을 다 겸비한 존재를, 나는 몽상했다. 필연적으로 '그'는 소꿉친구가 되었다. 가족처럼 따뜻하고, 친구처럼 즐겁고, 연인처럼 사랑스러운, 하나부터 열까지 내 취향과 일치하는, 굳이 말하자면 궁극의 남자였다.

만약 그때 '그'가 있었다면 어떻게 됐을까? 나는 그런 가정을 세세한 부분에 이르기까지 치밀하게 시뮬레이션했다. 과거의 기억 하나하나를 끄집어내서 거기에 '그'의 존재를 집어넣고, 추억 속에서 울고 있는 나란 인간 하나하나를 구원해나갔다.

그때, '그'와 만났더라면.

그때, '그'가 도와줬더라면.

그때, '그'가 안아주었더라면.

지금쯤 나는 어떤 인생을 보내고 있었을까.

그런 공상은 나에게 유일한 피난처였다.

◇◇◇◇◇

인생의 전환점은 열여섯 살 때 찾아들었다.

학력도 경력도 없는 인간이 의억기공사라는 일을 하려면, 방법은 하나밖에 없다. 대형 클리닉에서 정기적으로 실시하는 공모전에 응모하여 클리닉에서 보내주는 '이력서'에다가 의억을 작성하여 제출한다. 그게 인정받으면 그대로 채용되는 시스템이다. 소설 신인상을 떠올리면 가장 쉽게 이해가 될 것이다. 채용 문턱이 좁은 것도 딱 등단과 비슷한 정도다. 최종적으로는 재능이 모든 것을 결정한다는 점도 마찬가지로, 죽기 살기로 공부해도 서류 통과조차 되지 않은 사람이 있는가 하면, 시간 때우기로 쓴 의억으로 초대형 클리닉에 채용되는 사람도 있다. 학력도 경력도 관계없거니와 전문 지식도 필요 없다. 소설가가 워드프로세서 프로그램이나 책 제본 기술에 정통할 필요가 없듯이, 의억기공사도 뇌과학이나 나노테크놀로지에 정통할 필요가 없다.

애당초 의억기공사가 하는 일 자체가 소설가와 거의 동일했다. 소설가와 의억기공사가 다른 점이라면, 소설가가 상정하는 독자가 수천수만의 규모인데 반해, 의억기공사가 상정하는 독자는 단 한 명이라는 점일 것이다(물론 소설가 중에서도 단 한 명의 독자를 충족시키기 위해 집필하는 인물이 있겠지만). 소설가가 내부로부터의 요청에 따라 글을 쓰는 데 반해, 의억기공사는 외부로부터의 요청에 따라 글을 쓴다(물론 소설가 중에서도 외부로부터의 요청에 따라 글을 쓰는 인물이 있겠지만). 의뢰인의 '이력서'를 살펴보고 철저히 실용적으로 이야기를 직조한다. 시인이 후원자에게 소네트를 바치는 것과 같다고 말하면 조금 그럴싸하게 들릴지도 모르겠다.

의억기공사는 대단히 심플한 세계다. 일의 내용이 심플하다는 점에서도 그렇고, 의억기공사라는 직업이 이제 막 새롭게 생겼다는 점에서도 그렇다. 차후 의억 관련 법률이 점차 정비될 테고, 그에 따라 사안들은 번잡해질 것이다. 그러나 나는 그렇게 되기 전에 의억기공사를 그만뒀기에 이 세계의 심플한 부분밖에 모른다.

나는 열여섯에 의억기공사로 일하기 시작했다. 그로부터 4년이 지난 현재에도 열여섯 살인 의억기공사는 열여섯 살인 소설가와 마찬가지로 드물다.

의억기공사라는 직업이 있다는 걸 안 건 열다섯 살 때였다. 진로 희망 조사의 빈칸을 채우기 위해 직업 열람표를 아무 생각 없이 훑어보다가 문득 그게 눈에 띄었다. 아버지의 직업이 치기공사라서 기공사라는 세 글자에 반응해버렸는지도 모른다. 별 기대 없이 그 직업의 개요를 읽던 나는, 그 순간 직감적으로 깨달았다.

'이건 나를 위한 일이다.'

그 직감은 적중해 다음 해 여름, 나는 당시 최연소 의억기공사로 나름 지명도 높은 클리닉에 취직하게 되었다. 별다른 노력을 한 기억은 없다. 누가 가르쳐주지도 않았는데 '이력서'를 끝까지 읽고 난 후 키보드에 손가락을 올린 그 순간부터 나는 내가 무슨 일을 해야 하는지 완벽하게 이해하고 있었다.

의억기공사가 되겠다고 말을 꺼내봐야 부모님이 허락해줄 것 같지 않았기에, 사후 보고 형식으로 먼저 결과를 내고 공모에 당선됐다고 전했다. 대단히 채용 문턱이 좁은 직종이며, 고등학교 공부에 지장이 없는 범위에서 계속할 수 있고, 무엇보다 돈이 된다(학비에 보탬이 된다)는 점을 강조하자, 부모님은 마지못해 허락해줬다.

일의 순서는 다음과 같다. 클리닉에서 내 앞으로 의뢰인의 '이력서'를 보내준다. '이력서'에 담겨 있는 정보는 최면 상태에서 추출된 것으로 거짓은 없다. 나는 '이력서'를 읽어보고 의뢰인에게 필요하다고 생각되는 가공의 과거를 작성한다. '편집업자'와 몇 차례 데이터를 주고받으며 세세한 수정을 거친 후 의억을 최종 완성본으로 정리해 클리닉에 제출한다. 이러한 일련의 공정은 대략 1개월 안에 끝난다.

작업 순서는 사람에 따라 제각각이겠지만, 나는 일단 '이력서'를 외울 정도로 철저하게 읽는 데서 시작한다. 이런 걸 만들겠다는 식의 방침 같은 건 전혀 세우지 않고, 일단 이력서를 열심히 읽는다. 그러다가 어느덧 의뢰인이 나와 가까운 사람이 아닐까 하는 착각이 들기 시작한다. 그럼에도 '이력서'를 한층 더 탐독한다. 그러는 동안 어느 시점에서 나는 의뢰인 영혼의 정수 같은 것에 닿게 된다. 그것은 동정이라든가 공감 같은 것을 초월한, 빙의라고까지 부를 수 있는 상태다.

그 순간 나는, 그 사람 이상으로 그 사람이 된다. 의뢰인이 마음 깊은 곳에서 희구하고 있는 바를, 의뢰인 이상으로 명료하게 깨달을 수 있게 된다. 본인이 자각하지 못했던 결락을 인식의 표층으로 끌어올리고, 그 구멍에 정확히 들어맞는 조각을 찾아 끼워놓을 수 있다. 이를 통해 '이것은 다른 누구도 아닌 당신을 위해 만든 기억'

이라는 감각을 선사할 수 있다.

나 자신의 구멍을 메우기 위해 공상을 계속해온 나는, 이 종잡을 수 없는 작업을 숨 쉬듯—아니, 그보다 훨씬 용이하게—행했다. 나는 모든 것이 결락된 인간이었기에 수많은 결핍에 대응할 수 있었다. 일종의 소망 충족적인 이야기를 만드는 데 결락이라는 것은 대단히 중요한 자질이기까지 한 모양이었다. 나는 어떤 것도 동경할 수 있었다.

아무리 위대한 작품을 써냈다고 해도 독자는 단 한 명이었고, 아무리 치졸한 작품을 써냈다고 해도 역시 독자는 단 한 명뿐이다. 그렇기에 의억기공사 중에는 날림으로 일을 하는 인간도 꽤나 있다. 완성도에 대한 객관적인 지표가 없기 때문에 아무리 엉터리로 만들었다고 해도 "당신과는 감성이 맞지 않았나 보군요."라는 말로 무마해버리는 것이다. 독자가 한 명인 이상 과거 작품과의 아이디어 중복이나 자기 복제로 문제될 일이 없어서 한결같이 대표작 하나를 우려먹는 작자도 없지 않다.

그렇기에 양심적인 의억기공사와 그렇지 않은 의억기공사의 의억 퀄리티에 큰 차이가 발생한다. 또 우수한 의억기공사에게는 단골도 생긴다. 한 번 의억으로 좋은 기억을 갖게 된 고객은 대개 두 번 세 번 의억을 재구매한다. 불안한 건 처음이지, 한번 발을 내딛고 나면 그 뒤로는 과거를 성형하는 쾌감에 중독된다.

그런 만큼 단기적으로 봤을 때 50퍼센트 퀄리티의 의억을 대량 생산하는 쪽이 지금 당장의 벌이는 좋겠지만, 장기적으로 봤을 때 90퍼센트 퀄리티의 의억을 소량 생산하는 쪽이 보다 이익이 높아진다. 조제남조(粗製濫造, 조잡한 제품을 함부로 많이 만드는 것을 일컫는 말로, 닌텐도 사장 야마우치 히로시가 인용하면서 널리 회자됐다.-옮긴이)한 의억 기공사에게는 점점 손님들의 발길이 멀어진다. 이 좁은 세계에서 한번 잃어버린 신용을 회복하기란 결코 쉽지 않다. 의억 구입자들은 보수적이다. 일을 엉성하게 했다는 걸 들통난 의억기공사에게 그래도 혹시나 하는 마음에 다시 의뢰할 만큼 취향이 특이한 사람은 그리 많지 않다.

나는 최선을 다해 작업에 임했다. 납기일도 엄수했고 일과 관련된 공부도 빼먹지 않았다. 책임감 때문은 아니었다. 의뢰인의 기대에 응하고 싶다는 마음도 아니었다. 단순히 이 일이 좋았기 때문이다.

이력서를 읽고 가공의 과거를 새롭게 만들어내는 것은 타인의 삶을 살아본다는 의미도 있었다. 스스로의 삶에 넌덜머리가 난 나라는 인간에게, 그것은 취미와 실익을 겸비한 이상적인 직업이었다. 나는 학업을 등한시하면서까지 일에 매진했다. 수업도 건성으로 들으면서 머릿속은 당시에 받은 의뢰인의 이력서에 대한 생각뿐이었다. 타인의 인생에 너무 깊이 들어간 탓에 자칫하면 나 자신이 지방의 공립 고등학교에 다니는 10대 소녀라는 사실마저 잊을 뻔했다.

내 작업이 호평을 얻게 되면서 그전까지 본 적도 없는 액수의 돈이 통장에 들어왔다. 일을 시작한 첫해에 내 연 수입은 아버지의 연 수입을 훌쩍 뛰어넘어버렸다. 돈벌이에는 흥미가 없었지만 통장에 찍힌 금액을 멍하니 보고 있노라면, 사회에 인정받은 것 같은 기분이 들었다. 태어나서 처음으로 내가 이 세계에 존재해도 좋다는 느낌이 들었다. 딸이 멋대로 진로를 정한 것을 부모님은 달갑게 여기지 않는 듯했지만, 내가 벌어들인 수입의 반을 집에 갖다주었고, 그게 가계에 큰 도움이 됐기에 딱히 세게 반대하지는 못하는 눈치였다.

숫자에는 확실한 감촉이 있었다. 나는 틈만 나면 통장을 펼쳐 보고는 거기에 늘어선 숫자가 늘어가는 걸 보며 기운을 얻었다. 어릴 적, 주머니 속 호흡기를 슬쩍하게 몰래 꺼내서 마음의 안정을 찾았던 것처럼.

열여덟 살 때 부모님과 금전적인 문제로 충돌하게 되면서, 이렇게 있다가는 평생 그들에게 착취당하겠다는 생각에 집에서 뛰쳐나왔다. 간곡히 부탁해서 숙모님 댁에 몇 개월 머무르다가(이쪽은 돈을 내는 동안에는 친절한 사람이었다), 그 뒤 숙모님의 지인이 경영하는 낡은 맨션에 방을 빌려 자취를 시작했다.

자취를 시작하고 나서도 변함없이 고독하기는 했지만, 그것은 그저 순수하게 외톨이가 됨에 따라 느끼는 타당한 고독이었기에, 집단 속에서 부당하게 강요받은 고독보다는 훨씬 나았다. 집단적인 고독이 아닌 단독적인 고독. 게다가 일에 집중하고 있는 한, 나는 공상에서 공상으로 부산하게 오갈 필요도 없었고, 외로움을 느낄 틈도 없었다.

정기적으로 병원에 다니면서 어느샌가 천식도 나았다. 혼자 살아갈 자신이 생겼고 나를 옭아맸던 사슬에서 마침내 풀려날 수 있었다.

미래는 밝았다. 이제부터 내 진짜 인생이 시작되는 거다. 그렇게 생각했다.

그 예감은 틀리지 않았다. 그러나 '진짜'의 성질이 늘 선하지만도 않다는 사실을, 그때의 나는 깜빡하고 있었던 모양이다.

열아홉이 되어, 새로운 병이 발견됐다.

09

스토리텔러

의억기공사라는 직업을 탄생시켰다고도 할 수 있는 신형 알츠하이머병과 기존의 알츠하이머병을 비교할 때 가장 큰 차이는 기억을 잃는 방식에 있다.

기존 알츠하이머병AD, Alzheimer's Disease의 기억 장애가 원시遠視적인 증상인데 반해, 신형은 근시近視적이었다. 기존 AD는 초기에 가까운 시기의 기억과 관련한 장애가 특징적이지만, 오래전 기억과 관련한 장애는 병세가 어느 정도 진행된 뒤부터 나타난다. 한편 신형 AD는 이와 정반대로 오래전 기억과 관련한 장애가 초기 증상이고 가까운 시기의 기억과 관련한 장애가 말기 증상으로 나타난다. 기존 AD가 가까운 것부터 안 보이게 된다면, 신형 AD는 먼 것부터 안 보이게 된다. 물론 이는 과도하게 단순화한 비유에 불과하다. 그러나 신형 AD의 성질을 손쉽고 빠르게 설명하기 위해 이런 표현이 일반적으로 쓰이고 있다.

근시가 젊은 사람들에게 더 많이 나타나듯이 신형 AD는 약년성若年性 AD[◆]보다 훨씬 어린 나이에 발병할 확률이 한층 더 높다. 10대의 발병도 다수 보고되고 있다(내가 그중 한 명이다). 기존 AD도 아직 수수께끼가 많은 병이지만 신형 AD는 그 이상으로 안개에 싸인 병이다. 기존 AD와 마찬가지로 복수의 유전적 요인과 환경 요인이 뒤섞인 다인자유전多因子遺傳 질환이라는 설이 가장 유력하지만, 일부에서는 변질된 나노로봇이 범인이 아닌가 하며 수군거리고 있다. 신종 감염증이 간접적인 원인이라고 추측하는 학자도 있다. 다양한 의견이 난무하지만 지금까지는 결정적인 이론은 없다. 요컨대 아는 게 거의 없다는 뜻이다. 물론 치료법도 없다.

기존 AD에 비해 신형 AD의 기억 상실은 매우 규칙적이다. 마치 컴퓨터 운영체제가 계속 저장할 수 없는 로그 파일을 옛날 것부터 자동 삭제하는 것처럼, 가장 오래된 기억부터 순차적으로 지워진다. 유아기를 잊고, 아동기를 잊고, 사춘기를 잊고, 청년기를 잊고, 중년기를 잊는다. 그러다가 불과 며칠 전의 일밖에 기억하지 못하게 된다.

최종 지점은 기존 AD나 신형 AD나 동일하다. 기억의 침식이 현재에 다다랐을 때 환자는 실외투증후군(의식이 없이 대사 기능만 유지되는 사실상의 식물인간 상태.-옮긴이)을 보이며 얼마 지나지 않아 죽음에 이른다. 기억 장애만이 도드라졌지만, 무엇보다 죽음과 직결된

◆ 약년성 알츠하이머병은 65세 미만에서 발병하며, 평균 발병 연령은 50세 정도이다.

병으로 한번 발병하면 치료될 가망은 없다. 현시점에서 치사율은 100퍼센트이다. 알츠하이머형 인지증의 평균 수명은 발병으로부터 7~8년 정도지만, 신형은 그 반에도 미치지 못한다.

기존 AD 환자가 말기에는 자기 인지조차 불가능해지며 일종의 몽롱한 상태에 빠지는 데 반해, 신형 AD 환자는 죽음 직전까지 에피소드 기억 이외에 눈에 띄는 장애가 나타나지 않는다. 고차뇌기능장애(뇌 손상으로 인지 기능의 장애가 일어난 상태.-옮긴이)나 방향감각장애는 아직까지 보고되지 않았으며 사고 능력도 정상으로, 딱히 인격의 변화가 발생한다고 보기도 어렵다(가까운 시기에 대한 기억과 관련해서는 오히려 강화된다는 연구 보고도 있지만, 이는 단순히 오래전의 기억이 상실되면서 기억 간의 경합이 덜 발생해 생기는 현상일 것이다). 일상생활도 문제없이 영위할 수 있고, 대부분의 일에도 지장을 초래하지 않는다. 환각이나 망상도 없기에 주위 사람들에게는 무척이나 고마운 얘기다.

그렇지만 당사자에게는 지옥이 따로 없다. 너무나도 선명한 기억을 유지한 채 자신이라는 인간을 잃어가는 과정을 지켜봐야만 하는 것이다. 기존 AD가 묵직한 통증과 함께 내부에서부터 야금야금 씹어 죽이는 병이라면, 신형 AD는 마취도 없이 사지를 조금씩 절단해나가는 병이라 할 수 있다. 공포의 질은 다르지만 일반적으로 후자 쪽 고통이 더 크다고 느끼지 않을까.

그런 이유로 신형 AD 환자 중에는 병세가 마지막까지 진행되기 전에 스스로 목숨을 끊어버리는 사람도 적지 않다. 자기가 자기 자신으로서 존재할 수 있는 동안에 모든 것을 끝내버리고 싶다고 그들은 말한다.

약으로 어느 정도 병의 진행을 늦출 수는 있지만, 병의 특성상 신형 AD의 발견은 때늦기 쉽다. 최근 기억에 문제가 생겼을 경우에는 금세 알 수 있지만, 유아기나 아동기 일이 생각나지 않는다고 해서 곧바로 병과 연결 지을 사람은 그리 많지 않다. 정기적으로 과거에 대해 대화를 나누는 상대가 있지 않는 이상, 발병 초기에 신형 AD를 자각하기란 대단히 어렵다. 10대 후반의 기억이 사라지기 시작할 무렵이 되어서야 당황하여 의료기관에 달려가는 경우가 대부분이다.

그래서 신형 AD환자의 대부분은 어린 시절 기억이 없다. 이 사실은 가장 사랑하는 사람을 잊게 되는 상황보다 더한 비극이라 일컬어진다. 어느 환자는 그 정신 상태를 "항상 모르는 동네에서 미아가 된 듯한 기분."이라고 표현하고 있다. 결국 우리에게 진짜 소중한 기억은 인생의 초반에 집중되어 있고, 그중에서도 진정한 안정감은 유아기에밖에 향유할 수 없다는 뜻이리라. 진정한 안정감. 찰리 브라운이 "부모님이 운전하는 자동차 뒷자리에서 잠드는 것"◆이라 표현한 완전무결한 안정감. 처음부터 내겐 주어진 적 없었던 것이지만.

◆ "어린 시절엔 말이야, 엄마 아빠랑 어딘가 다녀온 다음 저녁에 차를 타고 집으로 돌아갈 때면 그냥 뒷자리에서 잠들어도 되지." 《피너츠 완전판 1971~1972》, 북스토리, 2018, 267쪽.

내 경우에 병이 발견된 건 그야말로 우연이었다. 자주 쓰는 손에 저림 증상이 있어 병원에 갔다가 뇌 CT를 찍었는데 거기에서 신형 AD의 징후가 나온 것이었다(한편 저림의 원인은 단순한 피로 누적이었다).

발병 사실을 통보받은 날, 집에 돌아오는 길에 내 마음은 평온 그 자체였다. 신형 AD가 어떤 병인지 알고 있었다. 별다른 치료법이 없다는 사실도, 환자 중에 자살자가 많다는 사실도 물론 알고 있었다. 그게 죽음에 이르는 병이라는 사실도. 그럼에도 불구하고 절망에 빠지지도, 비탄에 젖지도 않았다. 눈물은 한 방울도 흐르지 않았고 허기를 느낄 여유마저 있었다.

그렇기는 하지만 언젠가 실감하게 되면 아무것도 손대지 못하게 되지 않을까 싶은 마음에, 일단 1개월 휴가를 얻기로 했다. 그때까지는 과로를 한 편이라 휴가 신청은 순순히 받아들여졌다.

그런 뒤로 열흘쯤 정말 아무것도 하지 않고 보냈지만 역시나 공포나 후회는 조금도 없었다. 드는 감정은 딱 하나, 당혹뿐이었다. 어떻게 나는 이렇게 차분할 수 있을까? 뭔가 근본적으로 오해하고 있는 게 아닐까? 아니면 현실을 받아들일 준비가 안 됐을 뿐인지도 모른다.

나는 집 안에 틀어박혀서 딱히 보고 싶지도 않은 텔레비전을 정처 없이 내내 봤다. 여태껏 24시간 내내—꿈에서조차—일만 생각해왔던 워커홀릭인 나는 여유 시간을 제대로 보내는 법을 알지 못했다. 지난 수년간 휴일은 의억을 다양하게 시뮬레이션하는 데에

모두 바쳤다. 책도 영화도 음악도 여행도 나에게는 보다 나은 의억을 만들기 위한 학습 교재에 불과했다. 그러한 것들을 행동의 선택지에서 제외해버리고 나자 깜짝 놀랄 정도로 할 일이 전혀 없었다. 나는 정말 일밖에 생각 안 했구나, 하고 뼈저리게 느꼈다.

다시 사흘이 지나자 당혹감은 위화감으로 바뀌었다. 나는 그 위화감을 어떻게든 언어로 바꿔보려고 침대에 누워 멍하니 생각의 갈래들을 따라갔다. 그러다가 어느 시점에 그 사실을 깨달았다.

그러고 보면 최근 플래시백에 휩싸이는 빈도가 격감했다. 욕조에 몸을 담그고 있을 때나 침대에서 이불을 뒤집어쓰고 누워 졸음이 찾아오길 기다릴 때, 불쑥 옛날 일이 생각나서 비참한 기분에 빠지는 일이 거의 없어졌다. 이유는 고민할 필요도 없었다. 트라우마를 머금은 어린 시절의 기억이 병에 의해 지워진 것이다. 내가 계속 느껴온 위화감의 정체는 그것이었다. 기억을 잃어감에 따라 나는 공포를 느끼기는커녕 오히려 살아가기 편해졌다.

잘 생각해보니 내게 잊고 싶지 않은 일 같은 건 하나도 없었다. 잊고 싶지 않은 사람이, 잊고 싶지 않은 시간이, 잊고 싶지 않은 장소가 정말 하나도 없었다.

나는 그 사실에 아찔해졌다. 대개의 사람들이라면 자신의 기억이 사라지고 있다는 걸 알면, 무엇보다 먼저 잊고 싶지 않은 일들을 적기 시작할 것이다. 그걸 몇 번이나 거듭 읽으며 뇌에 각인시키려 할 것이다. 하지만 나는 그러지 않았다. 내게는 그럴 필요가 없었다. 잊어버릴 수 있다면 잊어버리고 싶은 쓰라린 기억을 도려내고 나면, 남은 것은 빈껍데기와 같은 무가치한 기억밖에 없었다.

상실의 공포를 맛볼 필요 없이 종지부를 찍게 될 여생을 기뻐해야 하는 걸까, 상실할 것조차 손에 쥐지 못한 인생의 전반부를 한탄해야 하는 걸까. 나는 판단이 서지 않았다. 다만 한 가지 확실한 것은, 기억 상실로 마음의 상처가 치유됨에 따라 조금씩 외로움이라는 감정이 내 안에서 싹트기 시작했다는 것이다. 보고 싶지도 않은 텔레비전을 계속 본 이유는 그저 사람의 목소리가 듣고 싶었기 때문이다.

외롭다. 지금의 나는 그 감정을 솔직히 인정할 수 있었다. 바꿔 말하자면 병에 걸리기 전의 나는 외로움을 인정할 여유조차 없었다는 뜻이다. 심적 고통의 일부가 제거되어 마음에 여유가 생기면서 처음으로 나는 자신이 고독을 선택해온 것이 아니라 고독이 나를 선택했을 뿐이라는 현실을 받아들이게 되었다. 미래로 이어질 감정의 축적을 고려할 필요가 없어지자, 정신적 불감증을 위장할 필요가 없어졌다고도 할 수 있겠다.

그러한 욕구를 거슬러봐야 의미가 없을 것 같았다. 나는 의사가 권하는 대로 도내의 신형 AD 환자 교류 모임에 참가하기로 했다. 환자끼리 고민이나 불안의 공유를 목적으로 한 모임으로, 그곳에 가면 같은 질병을 앓고 있는 여러 다른 환자들과 만날 수 있다고 했다.

고통이란 철두철미하게 개인적인 것으로, 아무리 나와 같은 환자라 해도 나눠 가질 수는 없다는 사실을 나는 천식을 통해 배웠다. 그렇기에 병과 관련해서 긍정적인 마음이 생겼다거나 불안이 사라지게 됐다는 식의 변화를 처음부터 기대하지 않았지만, 그래도 상관없었다. 나는 그저 태어나서 처음으로 느낄 수 있게 된 건전한 외로움을, 건전한 방식으로 메워보고 싶었다. 침대 속 공상과 같은 불건전한 방식에 의지하지 않고.

의억기공사는 비유를 쓰지 않는다. 소설 독자나 영화 관객과는 달리 의억 소유자는 거기에 있는 것을 거기에 있는 것으로밖에 인식하지 못한다. '여기에 묘사되고 있는 정경이 어떤 메타포일까' '여기에 삽입된 에피소드가 어떤 알레고리일까' 등의 퍼즐과 같은 독해가 이루어지지 않는다. 주어진 이야기에 과잉된 의미를 찾아내려 하지 않고 인생을 향유하듯 의억을 향유한다. 그래서 우리도 예술적인 야심 따위는 접고 오로지 마음 편안한 에피소드를 엮어 나가는 데 집중한다. 그런 이유로 이야기 만드는 것을 업으로 삼은 사람들 사이에서 의억기공사는 패스트푸드점과 같은 취급을 받고 있다.

그래도 상관없다고 생각한다. 나는 기차역에서 서서 먹는 가락

국수도 회전초밥도 좋아한다. 없어지면 쓸쓸하다.

그렇다고 해서 비유 그 자체의 존재를 경시하는 것은 결코 아니다. 비유는 때때로 화자의 의도를 넘어서서 사물의 핵심을 드러내는 경우마저 있다. 우리가 사용하는 언어는 우리보다 훨씬 현명하다.

예를 들어 그때, 학교 교실 크기만 한 방에 원형으로 늘어놓은 열 개의 의자와 거기에 앉아 있는 아홉 명의 괴로워하는 나와 같은 환자를 보고, 나는 '괴담이라도 시작하려는 분위기네.'라고 생각했다. 대수롭지 않게 떠올린 비유였지만, 이 비유는 내 의도와는 무관하게 진실을 드러내고 있었다. 그들이 털어놓는 이야기를 들으며 내 등줄기에는 소름이 돋고, 공포로 구역질이 났다. 그리고 열 번째 이야기에 접어들 무렵에는 이 세상에 존재하지도 않은 자를 호출하기에 이르렀다.

모인 사람들은 연령도 성별도 제각각이었지만 예상했던 대로 내가 가장 어렸다. 살짝 기가 죽었지만 심호흡을 한 후 자리에 앉아 주위 사람들에게 조심스레 인사했다. 그러고는 새삼 그 자리에 있는 한 사람 한 사람을 관찰했다. 모두 하나같이 침울한 표정을 짓고 있었다. 자신이 이 세상에서 가장 불행하다고 믿어 의심치 않는 눈이었다. 이런 광경을 어떤 영화에서 봤는데, 하는 생각이 문득 들었다. 20초쯤 고민하다가 그 영화 제목이 〈파이트 클럽〉이라는 게 생각났다. 그 영화를 본 건 내가 열일곱 때였다. 그렇다는 것은 최소한 열일곱 살 이후의 기억은 아직 남아 있다는 뜻이겠지.

페트병에 든 차가 모두에게 나눠졌지만, 입에 대는 사람은 한 명도 없었다. 다른 참가자와 틈만 나면 눈빛을 주고받는 사람들은 아마 이번이 첫 참가가 아닌 모양이었다. 어쩌면 아는 사람이 없는 것은 나 하나뿐일지도 모른다.

그 자리에 있는 사람들이 다들 옷차림이 깔끔해서 나는 그제야 내 겉모습을 의식했다. 옷과 신발은 3년 전에 산 것이고, 액세서리 같은 건 하나도 안 했다. 화장은 안 한 것과 마찬가지고 수면 부족에 섭취 불량으로 피부는 퍼석퍼석, 한 번도 염색해본 적이 없는 까만 머리는 지나친 방치로 유령처럼 부스스했다. 남 앞에 보일 꼴이 아니다.

교류 모임이 끝나면 미용실에 가야겠다고 생각했다.

헛기침 소리가 들렸다.

"그러면 슬슬 시작해볼까요?"

내 왼편에 앉아 있던 40대쯤 돼 보이는 남자가 말문을 열었다.

"누구부터 시작할까요?"

몇 사람이 서로의 얼굴을 쳐다보다가 어정쩡하게 고개를 저었다.

"그럼 늘 그랬던 것처럼 저부터……."

남자가 쓴웃음을 짓더니 익숙한 태도로 말하기 시작했다.

"전 벌써 아내에 대한 기억이 반도 떠오르지 않습니다."

어디선가 들은 것 같은 이야기라는 게 솔직한 감상이었다. 대학을 졸업하고 바로 결혼해 빚을 내서 가게를 차리고 궁핍한 시기를 부인과 함께 극복해 마침내 장사가 궤도에 오르면서 아이가 태어났고, 이제부터 시작이라고 생각할 때쯤 병이 발견됐다. 자신의 죽음도 무섭지만 그 이상으로 아내와 자식을 잊는다는 게 무섭다. 치매로 가족의 얼굴을 알아보지 못한 할머니가 생각났고, 자신도 그런 식으로 돼버린다고 생각하니 차라리 그전에 목숨을 끊어버리고 싶다, 등등.

남자의 이야기가 끝나자, 드문드문 박수가 터져 나왔다. 나도 살짝 박수를 쳤지만 솔직히 말해서 '꽤나 행복한 인생을 보낸 게 아닌가.'라는 생각이 들 뿐이었다. 동정보다 선망이 먼저 튀어나오는 자신이 한심해져서 더 세게 박수를 쳤다.

그러고 나서는 시계 방향으로 각자의 고민을 털어놓는 시간이 이어졌다. 오늘 처음 온 나를 배려해서 내 차례가 마지막이 되도록 신경 써줬는지도 모른다. 하나같이 처음 말문을 연 남자처럼 능숙하게 말한 건 아니었고, 그중에는 처음부터 끝까지 횡설수설 더듬거리며 말하는 사람도 있어서 나는 내심 가슴을 쓸어내렸다.

네 번째였던 도서관 사서를 하고 있다는 여성의 이야기 중에는 몇 가지 인상적인 에피소드가 있기도 했다. 그녀의 이야기를 듣는 동안 무의식적으로 '이 에피소드는 잘 만지면 의억에 써먹을 수 있겠는데.'라는 식으로 생각하는 스스로를 깨닫고 그 불경한 생각을 다급히 떨쳐냈다. 이런 순간까지도 일 생각을 하다니 대체 어쩌겠다는 건지. 타인의 고해성사를 생계의 수단으로 삼으려 하다니 실례도 이만저만이 아니다. 나는 의억기공사라는 정체성을 봉인하고, 의억을 향유하는 사람들처럼 나와 같은 환자의 이야기를 온몸으로 받아들이려고 마음먹었다.

여섯 번째 이야기가 끝난 뒤 잠깐의 휴식시간이 주어졌다. 왼편 남자가 교류 모임의 인상을 물어왔다. 나는 그 질문에 무난하기 짝이 없는 단어로 대답하며 지금까지 여섯 사람이 털어놓은 이야기를 머릿속에서 쭉 훑어봤다. 그러다가 문득 어떤 사실을 깨닫고 소름이 돋았다.

다들 가족과 친구, 그리고 연인에 대한 이야기만 했다.

다시 무서운 이야기를 털어놓는 시간이 재개되었다. 일곱 번째, 가족과 친구 이야기. 여덟 번째, 연인과 친구 이야기. 아홉 번째, 친척과 친구와 고양이 이야기. 역시다. 나는 확신했다. 과정은 제각각이었지만 나 이외의 전원이 '최후의 보루는 가까운 사람과의 인연이다.'라는 결론에 귀착하고 있다.

오른편에 50~60대로 보이는 여성이 이야기를 마무리 지으려 하고 있다. 나는 무슨 이야기를 해야 하나, 고민에 빠졌다. 처음에는 기억을 잃은 공포조차 없는 허무에 대해 말할 작정이었다. 하지만 이런 흐름에서 마지막을 장식하는 내가 그런 이야기를 했다가는 빈축을 사지 않을까. 모두가 어렵사리 쌓아올린 친밀한 분위기에 찬물을 끼얹는 게 아닐까. 내 절망이 공교롭게도 지금까지 이어져온 아홉 명의 절망에 대한 조소로 받아들여지는 게 아닐까.

나는 아까 봉인시킨 정체성을 다시 열었다. 머리를 집필할 때의 상태로 전환해서 새로운 이야기를 쥐어짜냈다.

이 자리에 어울리는 이야기를 하자. 그렇게 생각했다.

눈을 감고 의식을 집중했다. 지금까지 들은 아홉 사람의 이야기를 물크러지도록 곱씹으며 핵심을 추출한다. 거기에 몇 가지 개인적인 사실—혹은 개인적인 사실의 연장선상에 놓여 있는 소망—을 뒤섞어서 독창성을 연출하고, 다시 노이즈가 될 만한 정보를 부러 몇 건 투입, 허구의 노골적인 속성을 완화해 사실성을 확보한다.

백마 탄 왕자 역할에는 어릴 적부터 지금껏 공상 속에서 키워온 '그'를 채용했다.

일련의 공정을 나는 30초도 채 안 돼서 해치웠다. 시간 여유가 있어서 완성한 이야기에다 그럴싸한 제목까지 붙여보았다. 신형 AD에 걸렸다고는 하지만 내 스토리텔러로서의 능력은 사그라지기는커녕 더욱 성장하고 있었다. 이유는 알 수 없다. 뇌에 악영향을 미친다고 하는 음주나 흡연이 집필에 긍정적인 효과를 가져온다고 하는 것과 같은 이치일지도 모르겠다. 쓸데없는 것은 지워지고 사고에서 비곗살이 떨어져나가며 가벼워지는 것 같은 감각이 들었다.

여성의 이야기가 끝난 모양이었다. 박수가 잦아들며 "자, 이제 당신 차례입니다."라고 말하듯 아홉 명의 시선이 나를 향했다. 나는 오른쪽 가슴에 왼손을 얹고 짧게 심호흡을 하고는 방금 완성한

—그럼에도 어떤 의미에서 철이 들 무렵부터 지금껏 구상해온—가공의 과거를 이야기하기 시작했다.

"제게는, 소꿉친구가 있습니다."

◇◇◇◇◇

이야기를 마칠 무렵 그 자리에 있던 사람들 중 반은 눈가가 촉촉했다. 그중에는 손수건을 꺼내 눈시울을 닦고 있는 사람도 있었다. 내 거짓말이 다른 이야기들보다 더 진실되게 느껴져 청중의 마음을 뒤흔든 모양이었다.

박수소리가 사그라지자 멤버 중 한 사람—고양이 이야기를 한 여성이었다—이 말했다.

"오늘 여기 오길 잘한 것 같아요."

그녀는 돋보기안경을 벗어 눈가를 훔치고는 조심스레 다시 썼다.

"근사한 이야기를 해줘서 정말 고마워요. 당신에게는 엄청난 불행이겠지만, 그래도 정말 행복한 사람이에요. 최고의 상대와 만날 수 있었으니까."

뭐라 대꾸해야 할지 알 수 없어서 나는 꾸벅 고개를 끄덕였다. 그 뒤로 다른 멤버들이 한 사람씩 내 이야기에 대한 감상을 털어놓았다. 따뜻한 말들이 건네질 때마다 긴장한 미소 뒤로 죄책감이 스쳐지나갔다.

아무래도 내가 좀 과했던 모양이었다. 생각해보면 내가 만든 이야기에 대한 반응을 직접 목격하는 건 이번이 처음이었다. 설마 이 정도로 큰 반향이 있을 거라고는 생각지 못했다. 이야기가 지닌 마력이라는 것을 이런 데서 새삼 인식하게 될 줄이야.

"이렇게 젊은데 너무 안 됐어."

"다음번에 그 사람도 여기에 데려오는 게 어때요? 다들 대환영할 거예요."

"이해해주는 사람이 곁에 있어준다니, 정말 심지가 굳네. 나도 아내가 없었다면 지금쯤 자포자기했을 거요."

"당신 얘기를 듣고 나도 남자 친구가 보고 싶어졌어요."

나는 메마른 미소를 지으며 그들의 이야기에 고개를 주억거렸다. 고개를 주억거리면 주억거릴수록 비참해졌다. 사실 지어낸 이야기라는 걸 알면서 일부러 놀리는 건 아닐까, 하고 억측까지 했다. 선량한 사람들에게 사기를 친 끝에 피해망상에까지 이른 나란 인간이 역겨웠다.

적당한 핑계를 대서 사람들과의 연락처 교환을 사양하고, 나는 모임을 뒤로했다. 돌아가는 지하철 안에서는 내내 멍한 상태였다. 차창에 비친 내 얼굴은 지독히 공허해서 마치 알곡이 빠져나간 빈 껍데기 같았다. 그것은 여름으로 접어드는 동시에 풍화하여 바스러져버릴 것처럼 보였다.

두 번 다시 교류 모임 같은 데는 가지 않겠다. 그렇게 다짐했다.

◇◇◇◇◇

여름의 시작부터 끝까지 나는 혼자였다.

더는 텔레비전도 라디오도 켜지 않았다. 정신의 버팀목이었던 통장을 보는 것도 그만뒀다. 이제는 거기에서 그 어떤 위안도 찾을 수 없었다. 최소한의 생활비와 장례 치를 돈만으로 충분한 내게는 부담스럽기만 했다.

통장에 찍힌 숫자는, 내가 무엇이든 할 수 있음에도 그 무엇도 할 수 없는 신세라는 걸 확인시켜줄 뿐이었다. 다른 사람이라면 이 정도 시간적·경제적 여유가 있다면 친구와 놀거나 가족과 함께하거나 연인과 데이트하거나 할 것이다. 짧은 여생을 한껏 즐기기 위해 호화로운 여행을 떠나거나 사치스러운 파티를 열거나 화려한 결혼식을 열거나 할 것이다.

그러나 내게는 쓸 곳이 전혀 없었다. 반려동물을 키울 수 있는 곳으로 이사해서 고양이라도 키워볼까 하고 카탈로그를 들춰봤지만, 금방 마음을 고쳐먹었다. 앞으로 3년을 살 수 있을지 없을지도 모르는 인간에게는 반려동물을 키울 자격이 없다. 자기 자신조차 돌보지 못하는 인간이 그런 큰일을 감당할 수 있을 리가 없다.

무엇보다 인간과 잘 어울리지 못하기 때문에 고양이로부터 위안을 얻고자 한다는 동기 자체가 불순하기 짝이 없다. 함께 살게 되는 고양이가 가엾다. 고양이란 고양이가 없어도 살아갈 수 있는 인간에 의해 아무 생각 없이 키워져야 하는 자유로운 생물이다. 나처럼 고양이가 없으면 살아갈 수 없을 법한 인간이 키우면 고양이는 불행해지고 만다.

외로워질 때면 나는 맨션 베란다 건너편 길가를 오가는 사람들을 바라봤다. 내 방에 틀어박혀 돌출창에서 창밖을 내다보던 시절로 거슬러 올라간 것 같았다. 결국 나라는 인간은 그 시절에서 아무것도 바뀌지 않은 것이다.

그 여름, 나는 주로 원초적인 욕구를 충족시키는 것만 생각하며 보냈다. 낮에는 방 한구석 벽에 기대어 오래된 음반을 들으며 빈번히 레코드판을 뒤집었다 돌렸다 하며 시간을 때웠다. 여생을 의식하기 시작한 이후로 원래 좋아했던 음악이 한층 더 좋아졌다. 특히 전에는 지루하다고만 여겼던 옛날 노래가 한층 더 매력적으로 다가왔다. 연주나 선율이 단순하면 단순할수록 한 음 한 음 찬찬히 감상할 수 있었고, 내 메마른 마음의 깊은 곳까지 와 닿았다. 음악을 듣다가 지치면 레코드판 중앙의 구멍이나 커버를 멍하니 바라보며 귀를 쉬게 했다.

저녁에는 역 앞 슈퍼마켓까지 걸어가서 매장을 몇 바퀴나 돌며 천천히 식재료를 고른 후 딴 데 들르지 않고 맨션으로 돌아왔다. 집에 돌아오면 근처 헌책방에서 무심코 구입한 레시피 책을 펼치고, 책에 실린 레시피를 첫 페이지부터 차례로 도전해나갔다. 분량과 시간을 철저하게 지켰고 요령이나 타협도 전혀 없이 레시피대로 요리하는 것만을 신경 썼다. 요리가 완성되면 누구한테 보여줄 것도 아닌데 정성 들여서 플레이팅하고 여러 각도에서 점검했다. 그런 다음에 테이블로 옮겨서 천천히 음미하며 식욕을 채웠다.

식사 후에는 오랫동안 욕조에 몸을 담그고 몸 구석구석까지 꼼꼼하게 씻었다. 청결해지고 싶어서가 아니라 기분 좋게 자고 싶어서였다. 욕실에서 나오면 밤이 깊어지기 전에 잠자리로 들어가서 아침에 깼다가 다시 잠들더라도 10시간쯤 자서 수면 욕구를 채웠다.

남은 하나의 욕구에 대해서는 그다지 신경 쓰지 않고자 했다. 다행히 혼자 호젓한 생활을 보내고 있는 만큼 그런 욕구의 존재 자체를 잊을 수 있었다.

약은 이따금 생각날 때나 복용했기에 신형 AD의 병세는 차근차근 진행되었다. 이윽고 나는 어린 시절 나를 그토록 괴롭혔던 천식의 나날을 완전히 까먹고 말았다. 이와 관련해서는 별다른 감상도 없었다.

마지막 날은 착실하게 다가오고 있었다. 그럼에도 불구하고 나는 스스로 나서서 시곗바늘을 돌리기까지 했다. 견해에 따라서는 소극적이고 완만한 자살이라고도 할 수 있었다.

음악을 들을 때, 요리를 할 때, 욕조에 몸을 담글 때, 침대에 누웠을 때. 아무 생각을 하지 않으려고 하면 할수록 외려 내 뇌는 활발히 활동했다.

환자 모임에서 순간적으로 지어냈던 '그'와 관련된 이야기가 머릿속에서 빙빙 맴돌았다.

그때 이야기에 사실성을 확보하기 위해 가미했던 몇 건의 사소한 일화 때문에 내 마음속 '그'의 존재는 한층 더 실체감을 뿜어냈다. 처음으로 사람들 앞에서 '그'에 대해 이야기했다는 영향도 컸을 것이다. 나는 내 입에서 흘러나오는 이야기를 마치 타인의 이야기를 듣듯이 들었다. 그 자리에 있던 타인의 귀를 통해 내 이야기를 들었다고 바꿔 말해도 무방할 터였다. 이 피드백으로 '그'는 일종의 객관성·사회성을 획득하여 보다 실체 있는 존재로 성장했다. 생명을 지닌 존재로 다가왔다.

고독이 깊어질수록, 절망이 깊어질수록 '그'의 이야기는 눈부시게 빛났다. 나는 그 이야기를 몇 번이나 처음부터 다듬었고, 미세한 수정을 더했으며, 퇴고에 퇴고를 거듭한 뒤 다시 처음부터 읽고, 절망을 발견하고 미소 지었다.

그것은 일종의 정신적인 자해였다. 공상은 극약이 되어 조촐한 기쁨을 주는 대신, 내 육체엔 투명한 독액이 쌓여가고 있었다.

어느 날, 몇 가지 우연이 겹치며 대단히 난이도 높은 요리를 만들어내는 데 성공했다. 나도 모르게 사진을 찍어놓고 싶을 만큼 완성도가 훌륭했고, 맛도 근사했다. 나는 무의식적으로 '그'가 먹었다면 기뻐했을 텐데, 하고 상상했다. 그 순간만큼 나는 '그'가 가공의 인물이라는 사실을 완전히 잊고 있었다.

그런 직후, '그'는 존재하지 않는다는 사실을 깨닫고 머리가 새하얘졌다.

그리고 몇 초 지나, 내 안에서 무언가가 부서져 내렸다.

손에서 숟가락이 미끄러져 떨어지며 바닥에 부딪치자 귀에 거슬리는 소리가 났다. 주우려고 몸을 숙이려다가 불쑥 온몸에서 힘이 빠지며 그대로 바닥에 쓰러지고 말았다.

허무감이 임계점에 다다라 더는 참을 수 없었다.

정신을 차리고 보니 울음을 터뜨리고 있었다.

이렇게 죽고 싶지 않다. 그렇게 생각했다. 이런 식으로 내 인생이 끝난다니 너무 끔찍하다. 나는 아직 그 무엇 하나도 진정한 것을 손에 넣지 못했다.

죽기 전에, 딱 한 번이라도 상관없으니 누군가에게 칭찬받고 싶었다. 토닥임을 받고 싶었다. 동정받고 싶었다. 어린아이 대하듯 무조건 모든 것을 받아들이고 다정하게 포옹받고 싶었다. 내 고독을 100퍼센트 이해해줄 100퍼센트의 남자에게 100퍼센트의 사랑을 받고 싶었다. 그리고 내가 죽은 후 비통해하며 그 죽음이 평생 지워지지 않을 상처로 마음에 각인됐으면 싶었다. 나를 죽음에 이르게 한 병을 증오하고, 내게 친절하게 대하지 않은 인간들을 원망하고, 내가 없는 세계를 저주했으면 싶었다.

공상 따위로 충족될 수가 없었던 것이다. 내 안의 나는 지금까지도 계속 울고 있었다. 갓 태어난 나도 한 살의 나도 두 살의 나도 세 살의 나도 네 살의 나도 다섯 살의 나도 여섯 살의 나도 일곱 살의 나도 여덟 살의 나도 아홉 살의 나도 열 살의 나도 열한 살의 나도 열두 살의 나도 열세 살의 나도 열네 살의 나도 열다섯 살의 나도 열여섯 살의 나도 열일곱 살의 나도 열여덟 살의 나도, 모두, 지금의 나처럼 무릎을 감싸 안고 갓난아이처럼 오열하고 있었다. 설령 기억이 사라졌다고 해도 울음소리는 몸 안에서 내내 울려 퍼지고 있었다. 그녀들을 치유하려면 현실적인 구원이 필요했지만, 어디를 둘러보아도 그런 것은 보이지 않았다.

잃을 것이 없기에 무섭지 않다니, 허세에 불과했다. 나는 무엇 하나 손에 넣지 못하고 죽는 것이 무섭다. 손발의 떨림이 멈추지 않을 정도로.

그렇지만 이제 와서 뭘 어쩌면 좋단 말인가. 태어나서 이런 식으로 늘 혼자 친구 하나 만들지 못한 내가 대체 뭘 할 수 있단 말인가. 100퍼센트의 남자는커녕 50퍼센트의 친구가 생기는 것조차 이룰 수 없지 않을까.

동료에게 상담해본다? 동업자에게 연락해서 사정을 털어놔본다? 그런다고 한들 얻을 것은 형식적인 동정뿐이다. 아니, 자칫하면 상담한 상대에게 먹잇감을 주는 걸지도 모른다. 내가 동료나 동업자들에게 질투를 사고 있다는 걸 안다. 나에 대한 험담을 여러

군데에서 들은 적이 있다. 아무리 운 좋게 내게 적의를 갖고 있지 않은 인간을 골랐다고 해도 '적의를 갖고 있을지도 모른다.'는 생각만으로 궁극의 신뢰 관계가 성립하기란 불가능해진다. 솔직히 말해, 나는 그들이 너무나 무섭다.

그렇다면 차라리 길거리에서 모르는 사람을 붙잡고 말을 걸어본다? SNS에서 친구를 모집해본다? 설마. 그런 방식으로 진정한 이해자를 찾아낼 수 있을 리가 없다. 경우에 따라서는 지독히 불쾌한 경험을 하게 될 위험도 있다.

30퍼센트의 동정이나 40퍼센트의 이해나 50퍼센트의 사랑이라면, 어쩌면 죽을 각오로 노력하면 찾을 수 있을지도 모른다. 하지만 그걸로는 충분하지 않았다. 나를, 우리를 구원하기 위해서는 100퍼센트의 남자여야만 했다.

다른 사람은 분에 넘치는 과한 바람이라고 하겠지. 평생 인간관계를 소홀히 해온 인간이 이제 와서 궁극의 사랑을 구하려 하다니 뻔뻔하기 이를 데 없다고 욕하겠지. 50퍼센트의 동정도 너한테는 아깝다고 비웃겠지. 하지만 의억기공사로서의 직감이 내게 그렇게 말하고 있었다. 당신이 구원받기 위해서는 궁극의 남자에게 안기는 수밖에 없다고. 내 안에서 오랜 시간에 걸쳐 꽁꽁 얼어붙은 고독을 녹이려면, 이제 그 방법밖에 없는 것이다.

그로부터 며칠을 울며 보내면서도 나는 '그'에 대한 생각을 멈추지 않았다. 여기까지 온 이상, 한층 살을 파헤쳐 뼈가 보일 때까지 자해하겠노라 마음먹었다.

약 복용을 완전히 까먹는 바람에 병세는 한층 진전됐다. 열다섯 살까지의 기억을 잃고 의무 교육 시절의 숨 막히는 경험을 잊었다. 인생의 4분의 3이 허무하게 지워지며 내 인생은 본격적으로 빈껍데기에 가까워지고 있었다.

'그'에 대한 생각을 계속했다.

음악을 듣는 것도, 요리를 만드는 것도 그만두었다. 서서 돌아다니는 것조차 귀찮아져서 베개를 들고 애벌레처럼 집 안을 기어 다녔고, 침대에 드러눕고, 바닥에 드러눕고, 부엌에 드러눕고, 현관에 드러눕고, 욕실에 드러눕고, 베란다에 드러누웠다. 그럼에도 온몸을 에워싸는 권태감은 전혀 사라지지 않았다.

'그'에 대한 생각을 계속했다. 그토록 즐거웠던 의억 만들기에도 혐오감이 들어서 타인의 '이력서'를 시야에 담는 것만으로 가벼운 헛구역질이 났다. 무얼 봐도 질투의 감정밖에 치밀지 않았다. 부족함 없는 인생을 보내놓고도 거기에 또 행복한 의억까지 갖고 싶어 하는 인간들이 미워서 견딜 수가 없었다.

'그'에 대한 생각을 계속했다.

그러다가 어느 날, 천진난만한 광기가 나를 덮쳤다.

평소처럼 '그'와의 추억을 곱씹고 난 뒤 문득 나는 생각했다.

사람이, 한 번도 만난 적이 없는 상대를, 이토록 선명하게 되새

길 수 있는 것일까.

사람이, 한 번도 만난 적이 없는 상대를, 이토록 변함없이 사랑할 수 있는 것일까.

공상 속의 존재에 이토록 깊이 빠지다니, 어딘가 잘못된 게 아닐까.

그게 아니면.

혹시.

어쩌면.

'그'는 가공의 인물이 아니라 실재하는 인물인 게 아닐까.

병 때문에 기억의 중요한 부분을 잃어버렸을 뿐이고, 사실 내게는 진짜 소꿉친구가 있고, 나는 그걸 내 공상이라 믿고 있었을 뿐인 게 아닐까.

실로 꼴사나운 망상이었다. 병에 걸리기 전의 내가 다른 사람에게 들었다면 웃고 넘겼을 이야기다.

하지만 지금의 내 입장에서는 하늘의 계시와도 같은 번뜩임이었다. 이미 제정신이 아닌 상태였다. 나는 그 가설에 집착했다. 지금의 내게는 병 때문에 생긴 기억의 공백이 마지막 희망이었다.

◇◇◇◇◇

일 년 반 만의 귀향이었다.

'그'가 실재한다는 망상에 사로잡힌 나는 도저히 가만히 있을 수 없어서 다음 날 아침 첫차를 타고 고향으로 향했다.

물론 '그'와 재회하기 위해서.

가방에는 중학교 시절 앨범이 들어 있었고, 나는 이동 중에 몇 번이고 펼쳐봤다. 열차 안에서 열아홉 먹은 여자가 혼자 졸업 앨범에 얼굴을 파묻고 있는 모습은 누가 봐도 기묘한 광경이었겠지만, 토요일 이른 아침 하행 열차 안은 휑뎅그렁하여 눈총을 주는 사람은 없었다. 나는 앨범에 실린 얼굴 사진과 이름을 모두 머릿속에 집어넣었다. 동급생의 얼굴은 단 한 명도 기억에 남아 있지 않아, 마치 모르는 학교의 앨범을 잘못 들고 와버린 것 같았다.

'그'의 이미지에 가까운 인상의 남자를 찾아봤지만 표정이 고정된 사진에서 찾아내기란 쉽지 않아 보였다. 기억 속 '그'에게는 구체적인 모습이 없고 인상이나 분위기만 남아 있었다. 이를 명확히 하기 위해서는 동작이나 표정의 변화와 같은 연속적인 정보가 필요했다.

수업 풍경이나 교내 행사를 찍은 사진 속에서 내 모습은 눈에 띄지 않았다. 늘 부루퉁한 얼굴로 고개를 숙이고 있던 나라는 학생은 피사체로서의 매력이 없었겠지. 앨범 속 중학생들은 싱그러웠고,

그 안에서 나는 지금의 내게서는 이미 사라지고 없는 무언가를 볼 수 있었다. 앞으로 일 년도 채 지나지 않아 나는 스무 살이 된다—만약 그때까지 살아남는다면 말이지만.

정오 전에 고향 역에 도착했다. 지바千葉 끄트머리에 위치한 보잘것없는 시골 동네다. 열여덟에 도시로 나왔을 때는 지독히 먼 곳까지 와버렸다는 불안감에 휩싸였지만, 이렇게 오랜만에 돌아와 보니 그리 대단한 거리도 아니었다. 나는 개찰구를 빠져나와, 좁은 역사를 지나 밖으로 나왔다.

고향은 처음 방문하는 곳 같았다. 하늘도 수풀도 바다도 모든 것이 내게는 서먹했다. 향수 같은 게 생길 리 없다. 낡은 커피숍이나 셔터가 내려진 상점 등을 보고 있노라니 어슴푸레 기시감이 안 드는 것도 아니었지만, 그것은 텔레비전이나 책을 통해 봤던 풍경을 실제로 접했을 때와 같은 감각에 가까웠을 뿐, 그 대상을 자신의 과거와 연결할 수는 없었다.

나는 스마트폰 지도로 현재 위치를 확인해 경로를 대략 파악하고 나서, 가슴 위에 왼손을 올리고 천천히 심호흡을 한 뒤 발걸음을 내디뎠다. 만약 부모님과 우연찮게 마주치면 어떡해야 하나 싶어 머리가 복잡했지만, 오랜만에 목적을 갖고 몸을 움직이고 있다는 것에 대한 고양감도 느끼고 있었다.

초등학교, 중학교, 상점가, 공원, 공민회관, 도서관, 산책길, 병원, 슈퍼마켓. 나는 지도에 의지하여 이곳저곳을 산책했다. 일요일인데도 사람과 마주치는 일은 거의 없었다. 외출한 사람이 적다기보다는 단순히 인구가 적은 거겠지. 도시 생활에 익숙해진 지금의 나에게는 마치 외출 금지령이 내려진 마을을 걷는 듯했다. 근미래에 인조인간이 살기 위한 인조 도시처럼도 보였다.

하늘은 푸른빛으로 맑게 개어 있고, 저 멀리 거대한 소나기구름이 보였다. 내리쬐는 강렬한 여름 햇살에 윤곽선이 녹아내린 듯한 풍경 속을 거닐며 어느샌가 나는 이 마을을 무대로 한 이야기를 공상하고 있었다.

만약 내가 '그'와 헤어지지 않고 이 마을에서 계속 살았더라면. 분명 나는 의억기공사 따위는 되지 않고 지금쯤 평범한 대학생이 되어 콧노래를 부르고 있겠지. 장학금을 받고 아르바이트를 하며 '그'의 집 근처에 살면서 반쯤 동거에 가까운 생활을 함께하며, 요리를 만들어주거나 가사를 거들며 신혼부부 기분을 내고 있겠지.

그러는 동안 나는 마을 곳곳에서 패럴렐 월드 속 우리의 그림자를 보게 되었다. 그 세계에서 우리는 행복했다. 초등학생인 나는 '그'가 페달을 밟는 자전거 뒷자리에 타 '그'의 등에 매달려서 웃고 있었다. 중학생인 나는 유카타를 입고 '그'와 손잡고 불꽃놀이를 구경하고 있었다. 고등학생인 나는 귀갓길에 사람들 눈을 피해 버스 정류장 뒤에서 '그'와 짧은 키스를 나누고 있었다. 대학생인 나는 '그'와 슈퍼마켓에 가서 쇼핑을 하고, 짐을 나눠들고, 부부처럼 딱 붙어서 걸어가고 있었다.

이미 공상이라기보다 회상이었다. 그런 광경을 이제 나는 실제 체험처럼 생생하게 떠올릴 수 있었다. 그야말로 광기의 소산이었다. 아무래도 나는 상상력이란 괴물에 홀려버린 모양이었다.

마을은 좁아서 반나절이면 주요 건물이나 시설을 돌아볼 수 있었다. 말할 필요도 없이 소득은 제로였다. 딱 한 번 노인이 말을 걸어왔을 뿐이다. 파출소가 어디냐고 물어서, 이 동네 사람이 아니라 모르겠다고 답했다. 그렇게 대답할 수밖에 없었다.

석양은 시든 해바라기를 연상케 하는 빛깔을 띠고 있었다. 오후의 열기가 아직 남아 있는 제방에 앉아, 나는 바다를 바라보았다. 신발을 벗어 곁에 두고, 신발에 쓸린 발에 바닷바람을 쐬었다. 자판기에서 뽑은 생수를 반은 마시고 나머지는 발에 부었다. 차가운 물이 생채기로 스며들었다. 생채기의 물기가 마른 후 그 자리에 약국에서 산 반창고를 붙였다.

애당초 마을에 젊은이는 거의 없었다. 초등학생이나 중학생 아이는 이따금 시야에 들어왔지만, 내 또래의 사람은 한 명도 눈에 보이지 않았다. 마을은 반쯤 죽어가고 있었고, 앞으로 바뀔 가망은 없어 보였다. 남은 것은 말라비틀어져가는 것뿐이었다. 마을보다 내게 남은 시간 쪽이 훨씬 적긴 했지만.

온몸이 삐걱거렸고 머리는 몽롱했다. 하지만 언제까지나 이렇게 있을 수는 없었다. 신발을 신고 무릎에 손을 짚고 비틀비틀 일어섰다. 졸업 앨범이 든 가방을 어깨에 멨다.

그때 보도 쪽에서 젊은 사람의 목소리가 들려서 나는 반사적으로 돌아봤다. 열네 살쯤 되어 보이는 남자아이와 여자아이가 나란히 걸어가고 있었다. 짙은 남색 천에 수수한 불꽃놀이 무늬가 수놓아진 유카타를 입고 머리에는 자그마한 붉은 국화꽃이 달린 머리핀을 꽂고 있었다. 나는 그 여자아이에게서 한참 동안 눈을 떼지 못했다. 나도 저런 유카타를 입고 연인과 함께 걸어보고 싶었는데. 살짝 질투심이 일었다.

마을 어딘가에서 축제가 열린 모양이다. 나는 두 사람 뒤를 따라가기로 했다. 두 사람은 상점가를 나와서 오른쪽으로 꺾더니, 좁은 논길을 곧바로 가서, 건널목을 건넜다. 그러자 이윽고 눈앞에 크지도 작지도 않은 신사가 보였다. 축제 소리와 축제 냄새가 났다.

만약 운명의 재회라는 게 존재한다면. 나는 생각했다.

그 무대는, 이런 곳이어야만 하는 게 아닐까.

나는 경내를 몽유병 환자처럼 돌아다니며 '그'의 모습을 찾아 헤맸다. 물론 얼굴을 알 리 없다. 목소리도 모른다. 그렇지만 첫눈에 알아보리라는 확신이 있었다. 그쪽도 날 보는 순간 알아보리라는 확신이 있었다. 한 번은 우연한 재회를 믿지 못하고 그대로 스쳐 지나가버릴지도 모른다. 하지만 몇 걸음 내디딘 뒤 '그'는 반드시 돌아볼 것이었다.

나는 인파를 헤치고 비눗방울처럼 부풀어 오른 공상 속 연인을 찾아 한없이 발걸음을 옮겼다.

포장마차들이 문 닫을 준비를 하기 시작할 무렵에는 마침내 내 마음도 꺾이기 시작했다. 축제 소리가 힘을 다한 듯이 멈추고, 축제 냄새가 바람에 흩어지고, 축제 빛이 어둠에 빨려 들어가버리자 귀가 따끔해질 정도로 정적만이 남았다. 나는 돌계단에서 몸을 일으켜 신사를 뒤로했다.

그렇게나 오랫동안 포장마차 앞에서 서성거리고 있었는데 아무것도 먹지 않았다. 식당을 찾아 터벅터벅 걸어 다니다가 역 앞에서 아직 영업하고 있는 식당 한 곳을 간신히 찾아냈다. 생선 굽는 맛있는 냄새에 이끌려 나는 가게 안으로 들어갔다.

테이블석에 앉자, 오늘 하루치 피로가 묵직하게 짓눌러왔다. 이젠 한 발자국도 움직이지 못할 것 같았다. 메뉴를 꼼꼼히 보지도 않고 생선구이 정식을 주문한 후 점원이 갖다준 얼음물로 목을 적시며 텔레비전 야구 중계를 멍하니 바라봤다.

카운터석 손님 한 명이 일본주를 주문하는 걸 듣고 나도 술을 마셔볼까 하고 생각했다. 술은 여럿이서 왁자지껄 마시는 이미지 때문에 왠지 피해왔지만, 아주 잠깐이라도 짜증나고 괴로운 일을 잊을 수 있다면 마셔보는 것도 나쁘지 않을지 모른다. 이제 와서 건강을 신경 쓸 필요도 없으니.

몸을 카운터 쪽으로 돌려서 점원을 불렀다. 아까 여자가 주문했던 것과 같은 술을 부탁하자 점원이 기계적으로 주문 내용을 확인하고는 돌아갔다. 나이를 확인하지 않아 안도하면서도 동시에 살짝 씁쓸해졌다. 나는 이제 술을 마셔도 아무 문제없는 나이로 보이는 걸까.

화장실에 갔다가 거울에 비친 내 얼굴을 관찰해봤다. 오랜 시간 표정이 변하지 않는 생활을 지속해온 탓일까, 내 얼굴에서는 생기라든가 활력 같은 게 전혀 느껴지지 않았다. 피곤에 찌든 20대 중반의 미혼모 같았다. 머릿속은 열네 살쯤에서 멈춰 있는데.

자리로 돌아오니 일본주와 잔이 테이블 위에 아무렇게나 놓여 있었다. 쭈뼛쭈뼛 마셔보니 뭐라 말하기 힘든 불쾌한 맛이 났다. 얼음물로 뒷맛을 지웠다. 일부러 마시기 불편한 맛을 낸 게 아닐까 의심이 들 정도로 쓰고 역겹고 들큼했다. 이런 게 좋다고 마시는 사람이 무슨 마음인지 이해가 안 됐다.

그럼에도 무리해서 반쯤 비우자, 조금씩 몸이 후끈 달아오르기 시작했다. 이런 게 취한다는 느낌일까. 나는 술잔 바닥의 소용돌이 무늬를 바라보며 생각했다. 뭔가 마음 한구석에 걸리는 게 있었는데 원인으로 짐작 가는 바가 없었다. 나는 따뜻한 차를 주문하려고 다시 한번 카운터 쪽을 돌아봤다. 점원을 부르려고 왼손을 입가로 가져가려는 순간, 그 자세로 굳어버렸다.

카운터 근처에 앉은 여자의 옆얼굴이 낯이 익었다.

곧바로 열차 안에서 반복해서 본 졸업 앨범 사진과 그녀의 얼굴을 대조해봤다. 4년이라는 시간이 드리운 영향을 도려내자, 중학교 3학년 동급생 한 명의 얼굴과 딱 포개졌다. 머리스타일이나 몸매는 조금 변했지만 아는 사람이 분명했다.

머리보다 몸이 먼저 움직였다. 나는 그녀에게 다가가서 말을 걸었다.

"저…… 혹시 나 누군지 알아보겠어?"

그녀는 잔을 손에 든 채 눈만 끔벅였다. 자신과 상대 중 어느 쪽이 취했는지 가늠하기 힘들다는 표정이었다. 혹시 사람을 잘못 본 건가 싶어 순간 불안해졌지만, 그렇지는 않을 것이다. 중학교 시절 나의 존재감이 희박했을 뿐.

그녀가 계면쩍다는 듯이 웃었다.

"으음, 미안. 힌트는 없을까?"

"중학교 3학년 때 같은 반이었는데."

그녀는 잠깐 생각에 잠긴 듯한 표정을 짓고 나서 무릎을 쳤다. 하지만 정작 중요한 이름은 생각이 나질 않는지 "아, 그 천식……." 이라고만 말하고 뒤를 잇지 못했다.

나는 쓴웃음을 지으며 내 이름을 말했다.

"천식인 마쓰나기 도카야."

"맞다, 마쓰나기였지."

이제 모든 게 설명이 된다는 듯 그녀가 고개를 끄덕였다.

"자리를 같이해도 될까?"

나는 물었다. 평소의 나 같으면 상상도 할 수 없는 행동이었지만 그때는 이미 필사적이었다.

"응? 아아, 그럼."

나는 점원에게 자리를 옮겨달라고 부탁한 뒤 그녀 옆에 앉았다. 이제야 일본주 취기가 몰려오기 시작했다. 나는 졸업 앨범 속 얼굴 사진밖에 모르는 동급생과의 재회를 과장해서 기쁜 척했고, 그녀는 인상이 희미하고 이름도 까먹은 동급생과의 재회를 역시나 과장해서 기쁜 척했다. 대화는 내내 어긋나기만 했지만, 아무리 어슴푸레하다고는 해도 나를 기억하고 있는 사람과 만날 수 있어 기뻤다.

"마쓰나기는 지금 뭐 하고 지내? 대학생?"

그렇다고 나는 대답했다. 이 마을에 와서 두 번째 거짓말이었다. 의억기공사를 한다고 해도 믿어줄 리 없거니와, 어렵사리 만나게 된 동창에게 웬만하면 기이한 인상을 주고 싶지 않았다. 여름방학을 틈타서 귀향한 대학생으로 해두는 게 가장 모양새가 나으리라는 생각이 들었다.

"도쿄에서 대학생이라니, 부럽네."

그녀는 전혀 부러워하는 기색 없이 말했다.

"넌?"

"나? 나는……."

그로부터 그녀의 근황에 대한 이야기가 한참 이어졌다(실례를 무릅쓰고 말하자면 시골 마을에 별다른 이유 없이 남겨진 인간의 이야기가 종종 그러하듯 대체로 평범하고 지루한 이야기였다). 현재 직장에 다니게 된 경위까지 다 들었을 때 영업 종료를 알리는 〈반딧불이의 빛〉이 가게 안에 흐르기 시작했다.

"어머, 벌써 시간이 이렇게 됐네."

그녀가 손목시계를 보며 말했다.

그녀가 계산을 마치는 걸 뒤에서 기다리며 나는 괜스레 〈반딧불이의 빛〉의 정확한 가사를 떠올려보려고 했다. 하지만 첫 마디 외에는 전혀 떠오르지 않았다. 원래 모르고 있었을 수도 있고, 어쩌면 신형 AD의 영향일지도 모른다.

"덧없는 나의 순정이여."

명백하게 다른 가사가 광고 주제가처럼 끈덕지게 귀에 붙어서 떨어지지 않았다.

헤어지려다 문득 생각났다는 듯이 그녀가 말했다.

"일 년쯤 전부터 격월로 여기 남아 있는 동급생끼리 모여서 술을 마시곤 해. 동창회 같은 느낌으로 말이야. 만약 괜찮으면 마쓰나기도 참가할래?"

그녀와 이대로 헤어지는 게 아쉬워서 무슨 방법으로 붙들 수 없을까 고민하고 있던 나로서는 더할 나위 없는 제안이었다. 이야기가 너무 이상적으로 전개돼서 순간 표정 관리가 안 될 뻔했다. 나는 다급히 미소를 지으며 꼭 참가하고 싶다고 말했다.

나는 날짜와 장소를 전해 듣고는, 감사 인사를 하고 전 위원장과 헤어졌다(그녀는 일이 있어서 다음 동창회에는 결석할 예정이라고 했다). 막차로 맨션에 돌아와서 샤워를 하고 발에 반창고를 새로 붙였다. 그러고는 세면대 거울 앞에 서서 내 얼굴을 뚫어져라 쳐다봤다.

나 자신이 지금껏 나이에 어울리는 여러 가지 것들을 소홀히 해왔음을 통렬하게 자각했다.

이제까지 겉모습에 대해 거의 신경 쓰지 않았다. 나는 인간의 겉모습을 일종의 포장지와 같은 걸로밖에 인식하지 않았다. 책의 표지나 레코드판 재킷과 마찬가지로 본질과는 관계없는 것이라 생각해왔다.

그런데 내용물이 텅 비어감에 따라 점차 그 겉포장의 모양새에 신경이 쓰이기 시작했다. 겉모습이 인간의 본질은 아닐지 모른다. 그러나 그렇게 여기는 나도 책을 표지만 보고 고른 적이 없다고는 말 못 한다. 레코드판을 재킷만 보고 고른 적이 없다고는 말 못 한다. 내용물에 집중하기를 바란다면 시각적 요소에도 신경 쓰지 않으면 안 된다는 건 부정할 수 없는 사실이다. 애당초 내 내용물이라는 게 남에게 자랑할 만큼 대단하지도 않다. 무엇보다 겉모습이라는 건 사랑에 있어서 가장 중요한 요소 중 하나다.

몸을 가꾸자. 그렇게 생각했다. 20년 가까이 뒤처진 상황을 조금이라도 만회해야만 한다.

동창회는 2주 뒤였다. 그 2주간 나는 외모 개선에 전념했다.

다음 날, 아침을 간단히 먹고 미용실, 메이크업 교실, 에스테틱과 같은 곳을 인터넷에서 조사해 모두 예약을 잡았다. 그러고는 서점으로 가서 다양한 장르의 패션 잡지와 미용 정보 잡지를 종류별로 모두 구입하고 그것들을 이틀에 걸쳐서 시험을 앞둔 수험생처럼 철저하게 읽었다. 머리스타일이나 메이크업과 관련해서 어느 정도 알겠다 싶은 다음에는 옷가게를 방문해 점원에게 상담을 받고 옷과 구두 등을 쉼 없이 사들였다.

다 합쳐보니 엄청난 금액을 쓴 셈이었지만, 내 입장에서는 마침 내 돈 쓸 곳이 생겨서 마음이 편안해질 정도였다. 어차피 저세상에 돈을 들고 갈 수도 없으니 말이다.

어쨌든 머릿속에서 떠오르는 대로 모두 시도해봤다. 돈에 전혀 구애받지 않고 체면이나 부끄럼 따위는 내팽개치고, 나는 아름다워지기 위해 노력했다. 어쩌면 나를 기억해줄지도 모르는 누군가에게 호감을 사기 위해. 어쩌면 실재할지도 모르는 '그'를 깜짝 놀라게 하기 위해.

제정신이 아니었던 것이다.

그 2주 동안 나는 극적인 변모를 이뤘다. 그전 상태가 워낙 심각했던 탓도 있지만, 최소한 거리를 걷다가 나도 모르게 시야에 들어온 거울 속 내 모습에 고개를 절레절레 저을 일은 없어진 것 같았다. 아름답다고 말하기는 힘들지 몰라도 최소한 나이에 어울리는 상태는 됐다.

원래 공부와 관련해서는 요령이 있는 편이고, 주어진 조건 안에서 최선의 답을 유도해내는 게 특기였기에, 어느 정도 방법을 알고 난 뒤로 화장이나 의상 선택도 그리 어렵지 않게 해내게 됐다. 화장은 내 얼굴을 캔버스로 삼은 유화 같은 것이고, 의상 선택은 계절을 중시하는 하이쿠와 같은 것이라는 걸 깨닫고 난 뒤로는, 그런 문제들을 대할 때마다 품었던 콤플렉스도 어딘가로 사라지고 말았다. 그리고 왜곡된 감정을 떨쳐버리게 되자, 외모를 가꾸는 게 즐거워졌다. 월급의 대부분을 미용에 쏟아붓는다는 사람들의 심정을 이제야 이해할 수 있었다.

거울 앞에 서서 미소 짓는 법을 연습해봤다. 옛날부터 내 웃는 모습이 싫었다. 내 미소에는 타인을 불쾌하게 만드는 무언가가 있지 않을까 하는 근거 없는 불안이 있었다.

그 불안이, 마침내 사라졌다. 나는 거울 속 나를 향해 구김 없는 미소를 지을 수 있었다.

지금이라면 두려움 없이 '그'와 만날 수 있다. 그렇게 생각했다.

그리고, 그날이 찾아왔다.

세부는 생략하고 결론만 말하자.

나를 기억하는 동급생은 한 명도 없었다.

모임이 시작되고 끝날 때까지 나는 구석 자리에서 익숙지도 않은 술을 혼자 홀짝였다.

돌아오는 길에 속이 울렁거려 길가에 토했다.

그 덕분에 조금은 정신이 돌아왔다.

일에 전념하자. 그렇게 마음먹었다.

내게 남은 건 그것뿐이기에.

10

보이 미츠 걸

그로부터 반년간, 나는 일에 몰두했다.

이 시기에 손을 댄 의억은, 내가 봐도 고개를 갸웃거릴 만큼 완성도가 높았다. 현실에 대한 애착이 떨어진 만큼(혹은 반 강제적으로 떨어질 수밖에 없었기에) 허구에 대한 집착이 심해져서 그런 거라고 말하기엔 조금 애매했다. 여생을 의식하기 시작함에 따라 내가 살았다는 증거를 이 세계에 남기고 싶어서 그랬다는 것도 어쩐지 충분한 설명이라고 하기 어려웠다. 기폭제가 된 것은 신형 AD가 야기한 망각이었다.

기억을 잃으면 그만큼 창조력도 떨어질 것 같았는데, 실제는 정반대였다. 망각은 의억을 만드는 데 긍정적인 영향을 미쳤다. 지식을 뺏기지 않고 경험만을 뺏는 신형 AD는 나와 같은 타입의 창작자에게는 순풍이 된다. 자신의 경험을 토대로 의억을 직조하는 의억기공사에게 이러한 증상은 치명적일 테지만, 나처럼 무에서 의억을 창조하는 의억기공사에게 경험의 망각은 그리 문제 되지 않는다. 그러기는커녕 시야 협착으로부터의 탈출, 고정관념 파기, 객관성 획득, 워킹메모리 해방에 따른 처리 속도 향상 등등 그야말로 종합 선물 세트다.

이른바 예술가들이 흡연이나 음주를 애호하는 이유도 어쩌면 이런 것일지 모른다고 나는 생각했다. 찰나의 영감을 열쇠로 하는 직종에 한해서 망각은 훌륭한 무기 중 하나인 것이다. 그에 따라 100번째 줄이든 1000번째 줄이든 첫 번째 줄처럼 쓸 수 있다. 어른의 사유와 아이의 사유가 양립할 수 있다.

정체성의 존립 근거가 기억의 일관성이라 한다면, 나는 매일매일 누구라고 특정할 수 없는 누군가에 가까워지고 있었다. 그해 겨울로 접어들며 나는 나 자신을 의뢰인과 의억 사이에 설치된 여과장치와 같은 것으로 여길 수 있게 되었다. 단련에 따른 사적 감정의 소멸과 다른 점은, 나라는 인간이 글자 그대로 소멸함에 따라 나타나는 부차적인 현상에 불과했다는 점일 것이다. 그러는 사이 열여덟 살까지의 기억이 사라졌다. 내 안에 남아 있는 나는 이미 10퍼센트도 채 되지 않았다.

열여섯에 의억기공사가 된 이후로 쭉 재택근무를 해왔지만, 열아홉 가을 무렵부터 조금씩 사무실에 얼굴을 비추게끔 됐다. 혼자 가만히 있다 보면 미쳐버릴 것 같았기 때문이다. 그간 세상 그 누구보다 고고한 척해온 탓에 이제는 내게 말을 걸 동료는 한 명도 없었지만, 타인의 존재를 가까이에서 느끼는 것만으로 충분했다. 자신이 어딘가에 소속되어 있다는 감각을 아주 조금이라도 좋으니 맛보고 싶었던 것이다.

병에 대해서는 비밀로 했다. 나는 일 의뢰가 끊길 상황이 제일 두려웠다. 그렇게 돼버리면 내 존재 의의가 사라져버린다. 이 세계에 존재할 근거가 사라져버린다. 신형 AD의 병세는 입 다물고 있으면 눈치챌 일이 일단 없다. 휴가에서 돌아오자마자 일에 맹렬히 매달리는 나를 보고 동료들은 '오랜만의 휴가가 좋은 기분 전환이 됐나 보네.' 정도로 여기는 듯했다.

딱 한 번 회식에 초대받은 적이 있다. 크리스마스 며칠 전의 일이었다. 헤드폰을 쓰고 묵묵히 컴퓨터 앞에 앉아 있는데, 뒤에서 누가 어깨를 두드렸다. 돌아보자 동료 중 한 사람—20대 후반의 여성으로 이름은 잊고 말았다—이 쭈뼛쭈뼛 뭐라고 말했다. 내용은 알아듣지 못했지만 입모양으로 짐작건대 "미안한데, 잠깐 시간 괜찮아요?"라고 말한 듯했다. 나는 헤드폰을 벗고 그녀와 마주 봤다. 오늘 동료 몇 사람과 회식이 있는데 괜찮다면 같이 가지 않겠느냐고 동료가 말했다. 나는 순간 말귀를 알아듣지 못하고 그녀를 바라봤다. 권하는 상대를 착각한 게 아닐까 싶어 주위를 둘러봤다. 하지만 그 시간에 사무실에 남아 있는 사람은 우리 둘뿐이었고, 그녀의 눈은 분명 내 눈을 똑바로 바라보고 있었다.

기쁘지 않았다고 하면 거짓말이다. 하지만 나는 반사적으로 이렇게 대답하고 있었다.

"정말 고맙습니다. 그런데 연말까지 꼭 마쳐야 할 일이 아직 몇 건 남아 있어서요."

혼신의 힘을 다해 살가운 미소를 지어(아니, 어쩌면 그것은 자연스럽게 나온 미소였을지도 모른다.) 그 초대를 거절했다. 동료는 살짝 아쉽다는 듯이 웃으며 "건강도 신경 쓰며 하세요."라고 위로의 말을 건네줬다.

사무실에서 나가며 그녀가 나를 보고 살짝 손을 흔들었다. 나도 손을 흔들어야 하나 하고 고민하는 사이 그녀는 문을 닫고 떠나버렸다.

나는 위로 올리려던 손을 내리고 책상에 턱을 괴었다. 아무 생각 없이 창밖으로 시선을 옮겼는데 어느샌가 눈이 내리고 있었다. 내가 알기로는 올해 첫눈이었다.

동료가 마지막으로 건넨 말이 한없이 귓가에 메아리치며 기분 좋게 고막을 울렸다. "건강도 신경 쓰며 하세요." 대수롭지도 않은 그런 한마디가 죽을 만큼 기뻤고 대수롭지도 않은 그런 한마디에 이렇게 구원받은 듯한 감정을 느끼는 나 자신이 죽을 만큼 비참했다.

아사 직전의 인간에게 소화 능력이 남아 있지 않은 것과 마찬가지로, 내게는 더 이상 타인의 호의를 받아들일 여유가 남아 있지 않았다. 어쩌면 방금 전 초대가 내 인생 마지막 기회였을지도 모른다. 하지만 설령 그렇다고 해도 내게 그 기회를 다시 살리기란 불가능하리라. 어찌되었든 간에 이제 와 달라질 것은 없었다.

◇◇◇◇◇

직접 만나서 이야기하고 싶다며 최후의 의뢰인이 요구해왔다.

딱히 드문 일은 아니다. '이력서' 정보만으로는 충분하지 않기에 의억기공사에게 직접 바람을 전하고 싶어 하는 의뢰인은 부지기수로 많다. 대부분의 사람들은 자신의 바람은 자신이 가장 잘 안다고 믿어 의심치 않는다. 그래서 이러쿵저러쿵 주문하곤 하지만, 만약 의억기공사가 그 주문에 충실한 의억을 만들어냈다고 해도 의뢰인이 만족하는 경우는 많지 않다. 물론 '여기에는 내 주문이 반영되어 있다, 하지만 결정적인 무언가가 빠져 있다.'며 그들은 아쉬움을 표한다. 자신의 바람을 정확히 파악하는 데에도 기술과 노하우가 필요하다는 것을, 그제야 이해한다. 우리는 뜻대로 되지 않는 인생을 살아가는 동안 욕망을 억압하는 데 너무 익숙해진다. 그 때문에 마음 깊은 곳에 침잠해 있는 욕망을 길어 올리는 데는 전문적인 훈련이 필요하다. 그래서 의뢰인과 의억기공사가 직접 대화를 한다 한들 특별히 얻을 것은 없다. 폐해가 훨씬 많을 뿐.

하지만 이와는 또 다른 관점에서, 나는 의억기공사가 의뢰인과 얼굴을 마주하는 것에 대해 부정적인 생각을 갖고 있다. 의억에 불순물이 섞인다는 게 주된 이유다. 만약 의뢰인이 의억의 창조자인 나와 만나서 나라는 인간을 알아버리면, 그들은 의억을 회상할 때 부수적으로 나를 떠올리게 될 것이다. 의자의 행동이나 언동 뒤로 내 그림자를 의식하게 될 것이다. 그럴 때마다 의억이란 결국 인위적으로 조작된 것이라는 인식이 깊어지게 될 것이다.

그것은 내가 바라는 바가 아니었다. 의억기공사란 어디까지나 철저히 무대 뒤에서 숨은 조력자 역할로 존재해야 한다. 가능한 한 얼굴을 노출할 일도 발언할 일도 삼가야 하며, 만약 어쩔 수 없이 사람들 앞에 서야 할 경우에는 의억으로부터 자연스럽게 연상되는 인물상을 벗어나서는 안 된다. 그와 동시에 가능한 한 비현실적으로 행동해야만 한다. 우리는 의뢰인에게 일종의 꿈을 제공하는 자이며, 꿈의 나라 안내인인 이상 주변에 존재하는 평범한 사람이어서는 안 되었다.

그런 신조에 따라, 나는 의뢰인과는 직접 만나지 않는다는 방침을 지켜왔다. 그런데 4월 하순 내 앞으로 온 한 통의 편지는 그 신조를 마구 흔들었다. 이 사람과 만나서 실제로 이야기를 해보고 싶었다. 그런 마음이 들게 하는 매력적인 무언가가 편지 속 문장에 깃들어 있었다. 단어 하나하나를 신중하게 선별했고, 그 단어들을 더는 불가능할 정도로 적절한 순서로 조합해놓았다. 게다가 '꼼꼼하게 다듬은 문장'이라는 티를 교묘하게 감추어놓아, 글쓰기를 생업으로 삼고 있는 자가 아니라면 단순히 읽기 편한 문장으로 받아들여질 법한 간결하고 시원시원한 문장이었다. 지금까지 의뢰인으로부터 수없이 편지를 받았지만, 이정도로 호감 가는 문장을 쓰는 인물은 처음이었다.

의뢰인은 고령의 여성이었지만, 의억기공사라는 이제 막 생긴 직업에 대해 정확히 이해하고 그 일에 경의를 표하고 있었다. 의억 구매자에 대한 이야기를 듣는 것이 취미로("저는 '실제 일어난 일'보다 '일어났어야 하는 일'에 더 깊은 관심 있습니다."라고 그녀는 편지에 썼다.), 그런 과정에서 내 이름을 알게 된 모양이었다.

그녀는 내가 손댄 몇 건의 의억에 대해 감상을 써놓았는데, 그 감상은 놀랄 정도로 폐부를 찌르고 있었다. 실제로 특별히 공을 들여서 만든 부분만 정확하게 찍어 극찬했다. 의뢰인 당사자에게서조차 그렇게까지 세심한 감상을 받은 적이 없었는데 말이다.

이 편지를 보낸 사람과 만나보자. 그렇게 마음먹었다. 이 정도로 내 업무 스타일을 이해해주는 사람이 만나고 싶다고 한다면 틀림없이 그럴 만한 사정이 있을 것이다. 편지에 기재되어 있는 이메일 주소에 답장을 보내고 닷새 후 만나기로 약속했다.

"이것은 대단히 미묘한 사항이라 실례가 되지 않는다면 클리닉 밖에서 만나 뵙고 싶습니다."라고 의뢰인은 편지에 썼다. 뭐가 어떻게 미묘한지 전혀 설명이 없었지만, 나는 깊이 고민하지 않고 승낙했다. 누구에게나 의억과 관련된 이야기는 정도의 차이는 있겠지만 미묘하기 마련이기에.

당일, 약속한 호텔로 가서 커피 라운지에서 의뢰인을 기다렸다. 호텔이라고는 했지만 외진 곳에 위치한 촌스러운 건물이었다. 그 곳에 속해 있는 온갖 것들이 낡고 더러웠다. 카펫은 전체적으로 색이 바랬고, 내려앉은 의자에서는 묘한 소리가 나며 삐걱거렸고, 테이블보에는 얼룩 자국이 눈에 띄었다. 다만 커피는 가격에 비해 의외로 맛있었다. 그 공간은 무슨 이유에서인지 어릴 적 몇 번 다녔던 병원을 희미하게나마 떠올리게 했다. "마음이 차분해지는 장소네." 나는 눈을 감고 나지막이 중얼거렸다.

의뢰인은 약속 시간 10분 전에 나타났다. 70세라고 들었는데 나이보다 더 늙어 보였다. 몸은 지독히 말랐고, 행동거지 하나하나가 불안해 보였으며, 단순히 의자에 앉는 것만으로도 중노동을 하는 듯한 상태라 제대로 대화가 이루어질 수 있을지 내심 불안해졌다. 하지만 그건 기우였을 뿐 그녀는 너무나 낭랑하고 명료한 목소리로 말했다.

의뢰인은 먼저 내게 부러 발걸음을 하게 한 데 정중히 사과했다. 걸음이 불편하고 익숙지 않은 길을 걷는 데 자신이 없었던 모양이다.

"멋진 호텔이네요."

내가 말하자, 그녀는 가족에 대한 칭찬이라도 들은 것처럼 기쁜 얼굴로 고개를 끄덕였다. 그런 뒤 지금까지의 내 작품에 대한 감상을 다시금 상세히 말했다. 편지에 썼던 것 이상으로 세심하면서도 정열적인 감상이라, 나는 그저 머리를 조아린 채 황송해하는 수밖에 없었다. 면전에서 누군가에게 칭찬을 받는 데에는 면역력이 없었다.

그녀는 감상을 한 차례 늘어놓은 후 옷매무새를 가다듬고 살짝 헛기침을 했다. 그러고는 본론으로 들어갔다.

그녀는 가방에서 봉투를 꺼내 테이블에 올려놓았다. 봉투는 두 장이었다.

“하나는 저, 또 하나는 남편 ‘이력서’입니다.”

나는 두 장의 봉투를 번갈아 바라봤다.

“두 사람의 의억을 의뢰한다는 말씀이신가요?”

당혹스러운 기색을 감추지 못하고 묻자, 그녀는 천천히 고개를 가로저었다.

“아뇨, 그렇지는 않습니다. 남편은 4년 전에 세상을 떠났습니다.”

당황해하며 무례를 사과하려는 나를 만류하며, 그녀가 말했다.

“저와 남편의 의억을 만들어주셨으면 합니다.”

그 두 개 사이에 무슨 차이가 있나 싶어, 나는 잠깐 생각에 잠겼다. 뭔가 수수께끼 같은 걸 맞혀야 하는 느낌이었다.

의뢰인은 다정히 쓰다듬듯이 봉투 위에 손을 올려놓으며 이야기를 시작했다.

“저와 남편은 6년 전 이 마을에서 만나, 눈 깜짝할 사이 사랑에 빠졌답니다. 진부한 표현이지만, 저희에게는 운명의 만남이라 부를 수밖에 없었지요. 대부분의 운명적인 만남이 그렇듯, 저희의 사랑도 당사자 이외에는 평범하고 지루한 것이었겠지만, 그럼에도 제게 남편과 보낸 2년이란 시간은 남편과 만나기 전까지의 60여 년보다 훨씬 가치 있었습니다."

추억에 잠긴 듯 제법 긴 공백을 사이에 두고 그녀가 다시 이야기를 시작했다.

"저희는 모든 것에 대해 이야기를 나누었어요. 이 세상에 태어나서 현재에 이르기까지 기억하고 있는 바를 하나부터 열까지 다 나누었지요. 서로 나눌 수 있는 이야기가 완전히 다했을 때, 저희는 저희의 만남이 운명적인 만남이었다는 걸 다시금 확인한 동시에 절망의 늪에 빠지고 말았습니다. 왜냐하면 저희 두 사람의 만남이 너무 늦었기 때문이었지요."

그녀가 눈을 내리깔며 뭔가를 참듯이 두 손을 꽉 움켜쥐었다.

"저희가 노인이라서 그렇다는 말이 아닙니다. 온당한 해후의 타이밍이 있었음에도 저희는 딱 한 번 그 기회를 놓치고 말았어요. 구체적으로 말씀드리자면 저와 남편은 일곱 살에 만났어야 할 사이였습니다. 그 순간을 놓쳐버리고 나면 이제는 10대든 20대든 마찬가지입니다. 돌이킬 수가 없지요. 반쯤 체념한 상황에서 나이가 든 뒤에라도 다시 만날 수 있었던 건 외려 행운일지도 모릅니다."

그리고 그녀는 마침내 의뢰 내용을 꺼내들었다.

"**만약 저희가 일곱 살에 만날 수 있었다면**이라는 가정에 부합하는 과거를 재현해주십사 부탁드리고 싶습니다. 실재 인물을 의억에 삽입하는 행위가 의억기공사의 윤리 규정을 위반한다는 걸 익히 알고 있어요. 그럼에도 당신에게 꼭 이렇게 부탁드리고 싶습니다."

강한 의지가 느껴지는 말투였다. 내가 커피 잔을 든 채 아무런 말도 잇지 못하자 의뢰인이 테이블 위 봉투로 눈길을 보냈다.

"당신 정도의 의억기공사라면 이 '이력서'를 읽고 나서 제가 왜 이런 말씀을 드리는지 알게 되시리라 믿어요."

나는 말없이 고개를 끄덕이며 쭈뼛쭈뼛 봉투에 손을 뻗고는 가방에 담았다.

"지금 드린 말씀을 없던 이야기로 해도 상관없습니다. 그럼에도 만약 제 의뢰를 받아들여주신다면 보수는 정규 요금의 다섯 배를 드리겠습니다."

그렇게 덧붙인 후 그녀는 우아하게 눈을 치켜떴다.

"지금껏 해오신 대로 일을 해주신다면, 그걸로 충분합니다."

의뢰인이 떠난 후 나는 가방에 담았던 '이력서'를 꺼내 그 자리에서 읽기 시작했다. 원래 '이력서'를 이목을 끄는 장소에서 읽으면 안 되지만, 애초에 정식 의뢰도 아니었고, 무엇보다 '읽어보면 자신이 한 말을 알게 된다.'는 말이 마음에 걸려 견딜 수가 없었다.

그녀의 인생은 그녀의 문체와 닮아서 세심하고 적절하여 마음이 편안했다. 최선이라고 할 수는 없어도 분명 최선을 다했다고는 말할 수 있는 인생이었다. 거기에는 자신의 가능성을 극한까지 밀어붙인 끝에 처음으로 이룩한 패배의 미학이 존재했다. 남편과 만나기까지 그녀의 인생은 차분히 자기 완결되어 있어서, 병에 걸리기 전의 내가 이상으로 삼았던 삶에 꽤 가까웠다. '이력서'는 두 사람이 만난 직후에 작성되었는지, 그 이후에 그녀의 인생에 어떠한 변화가 일어났는지에 대해서는 안타깝게도 알 수 없었다.

순식간에 의뢰인의 '이력서'를 다 읽은 나는 커피를 리필하고 초콜릿 케이크를 주문해 얼른 먹어치운 뒤 이어서 의뢰인 남편의 '이력서'를 꺼내들었다. 그리고 3분의 1지점까지 읽었을 즈음, 의뢰인이 한 말의 의미를 이해했다.

그녀 말대로였다. 이 두 사람은 일곱 살에 만났어야 했다. 그보다 빨라서도 그보다 늦어서도 안 됐다. 그 만남은 정확히 일곱 살 때여야만 했다.

만약 일곱 살 때 만날 수 있었다면 그들은 세상에서 가장 행복한 소년과 소녀가 됐을 것이다. 그 극히 짧은 기간, 소녀는 소년의 마음속 열쇠 구멍에 딱 들어맞는 열쇠를, 소년은 소녀의 마음속 열쇠 구멍에 딱 들어맞는 열쇠를, 서로 소유하고 있었다. 그 열쇠를 서로에게 끼워 넣었을 때 두 사람 사이에 완전한 조화가 이루어졌을 터였다.

그러나 현실에서 두 사람은 일곱 살 때 만나지 못했다. 결국 그들이 해후하게 된 것은 반세기 이상 지난 뒤로, 그 무렵에는 양쪽 다 열쇠가 완전히 녹슬고 말았다. 맞지 않는 열쇠 구멍에 수없이 집어넣었다가 완전히 닳고 말았다. 그럼에도 두 사람은 서로의 열쇠가 오래전 스스로 잠가놓은 문을 풀어줄 수 있는 그 열쇠라는 걸 확실히 알았다.

보는 이에 따라서는 그 또한 행복이라 할지도 모른다. 두 사람은 아예 만나지도 못하고 인생을 마칠 가능성도 충분히 있었기에.

그렇지만 내게는, 두 사람의 너무나 때늦은 만남이 세상에서 가장 잔혹한 비극으로 여겨졌다.

나는 그 의뢰를 받아들이기로 했다. 의뢰인도 말했듯이 의자의 모델로 실재 인물을 차용하는 것은 의억기공사의 윤리 규정에 저촉된다. 위반 행위가 발각되면 내 입장은 위태로워진다. 하지만 알 바 아니었다. 어차피 내게 남은 날은 얼마 없다. 이 짧은 여생에 이렇게나 보람 있는 일이 다시 찾아들 가능성은 제로에 가깝다. 게다가 나는 의뢰인인 노부인에게 대단히 친밀한 감정을 갖고 있었다. 과거 '소년을 만나지 못한 소녀들' 중 한 사람으로서 그녀를 구원할 수 있다면 뭐든지 해주고 싶다는 마음이 들었다.

오랜만에 가슴이 뛰고 열정이 들끓는 일감이 주어져서 나는 흥분했다. 만났어야 했는데 만나지 못했던 두 사람이 만났다는 과거를 날조한다. 그것은 어떤 의미로 이 세계의 존재 방식에 대한 항거였다. 더 나아가자면 복수였다. 본래 그 두 사람은 이랬어야 한다는 대안 제시. 나라면 그 두 사람을 좀 더 그럴듯하게 존재하도록 했을 것이다는 사후평가적인 지적. 어쨌든 나는 이 세계에 트집을 잡고 싶었다. 그러한 행위를 통해 나는 간접적으로 나를 구원해 주지 않은 세계를 기꺼이 단죄할 수 있었다.

어쩌면 그 의뢰인은 의억기공사가 되지 않고 신형 AD에도 걸리지 않은 패럴렐 월드 속 내 미래 모습일지도 모른다. 그런 생각이 문득 들었다. 그리고 그런 엉뚱한 생각을 스스로 웃어 넘겼다. 최근 나 자신과 타자와의 경계가 어중간해졌다. 슬슬 내 뇌에도 이상이 발생하는 걸지 모른다.

일은 즐거웠다. 나는 운명의 만남을 만들어내서, 어디까지나 현실에 일어날 법한 범위 안에서 두 사람에게 최적의 답을 도출해, 패럴렐 월드 속 의뢰인의 영혼을 구원했다. 시간을 역행하고, 과거에 개입하여 역사를 뒤바꾸듯이.

1개월 후, 의억이 완성됐다. 두 사람 몫의 '이력서'로부터 하나의 절충적인 의억을 만드는 첫 시도임에도 불구하고—또는 그렇기에 더더욱—내 의억기공사 인생 최고의 걸작이 탄생했다. 나는 그 의억을 '보이 미츠 걸'이라고 남몰래 이름 붙였다.

완성된 의억을 '편집업자'를 통하지 않고 나노로봇에 입력하여 의뢰인 여성에게 발송(이 시점에 그녀는 뇌졸중으로 세상을 떠났으나 나로서는 그 사실을 알 길이 없었다.)하고는, 시내로 나가서 술을 들이켰다. 만취했으나 가까스로 게워내지 않고 집으로 돌아와서 침대로 비틀비틀 걸어가다가, 테이블에 다리가 부딪쳐 넘어지고 말았다. 팔꿈치를 세게 찧어 한참을 신음했다. 일어설 기력조차 없었기에, 나는 눈을 감고 그대로 바닥에 드러누웠다.

의심할 여지없는 걸작이었다. 설령 다른 사람들처럼 남은 인생이 주어진다고 해도 그 세월 동안 이 이상의 의억을 만드는 것은 불가능하리라. 평생 단 한 번 허락되는 기적을, 나는 여기에 썼다. 얼마 되지 않을지라도 내게 재능이라는 게 존재한다면, 그 또한 여기에 다 쏟아부었다. 일을 계속하겠다는 의욕이 이제는 완전히 사라졌다.

이젠 죽어도 되지 않을까. 그런 생각이 들었다. 최고의 걸작을 완성한 직후 목숨을 끊는다. 내 커리어에 있어 정점을 찍은 후 인생의 막을 내린다. 그것은 창작자로서 더할 나위 없는 이상적인 죽음의 방식이다. 패스트푸드 요리사에게도 패스트푸드 요리사 나름의 긍지가 있다. 누가 뭐라 해도 나는 내 일에 긍지를 갖을 수 있었다.

그렇다면 어떻게 죽어야 하지? 목을 매거나 익사하거나 가스를 트는 방식은 가능하면 피하고 싶었다. 천식 시절의 기억은 진즉에 사라졌지만, 내 몸뚱이는 '죽는 순간까지 숨 막히는 고통은 겪고 싶지 않다.'고 절실히 호소했다. 그렇다면 뛰어내릴까. 전차에 몸을 던지는 방식도 나쁘지 않다. 누군가에게 민폐를 끼치든 무슨 상관이란 말인가. 산 사람의 악담은 죽은 자에게 다다르지 않는다.

눈을 감은 채 이런저런 생각을 하고 있는데 느닷없이 온몸에 벌레가 스멀거리는 듯한 소름 끼치는 감각이 덮쳐왔다. 나는 눈을 떠 주위를 둘러본 뒤 벽과 천장의 하얀색에 시선을 고정한 채로 그 시커먼 불안을 떨쳐냈다. 최근 암흑이 무서워졌다. 생리적으로 죽음과 연결되는 것에 공포를 느끼고 만다. 나 자신은 각오를 했다고는 해도, 육체는 계속 저항한다. 죽음의 공포는 최후의 순간까지 내게서 떨어지지 않는다.

기분을 달래려 몸을 뒤척거리는데 바닥에 떨어져 있는 한 통의 '이력서'가 눈에 들어왔다. 테이블 위에 놓아두었던 게 아까 다리를 부딪쳤을 때 떨어진 모양이었다.

프로필 옆에 붙어 있는 얼굴 사진이 묘하게 신경 쓰였다.

젊은 남자였다. 나와 동년배로 생일도 비슷했다. 그렇게 젊은데 '그린그린'을 구입하는 손님이라니 드문 일이었다. 나름 괜찮은 대학에 다녔고, 외모도 나쁘지 않은데, 대체 현실에 무슨 불만이 있는 걸까.

나는 손을 뻗어서 '이력서'를 집어 들고, 몸을 다시 돌려 바닥에 드러누운 자세로 그의 '이력서'를 읽었다. 그리고 몇 줄 읽다가 감전된 것 같은 충격을 받았다.

드디어, 찾아냈다.

나와 같은 절망을 가지고 있는 사람.

나와 같은 공허에 고통받던 사람.

나와 같은 환상에 홀려왔던 사람.

내가 일곱 살 때 만났어야 할 사람.

아마가이 치히로.

그는 나에게,

궁극의 남자였다.

◇◇◇◇◇

그날, 나는 나를 위해 '보이 미츠 걸'을 만들기로 결심했다.

◇◇◇◇◇

이야기를 만든다는 의식조차 없었다. 나는 그것을 마치 과거를 회상하듯이 직조할 수 있었다. 내 열 손가락은 자동필기 장치라도 된 것처럼 혼자 알아서 키보드를 두드렸다. 당연했다. 나는 철이 들 무렵부터 지금까지 이 구상을 끊임없이 다듬어왔기 때문이다. 여태껏 보고 들은 이야기, 시, 노래 등에서 마음에 새겨놓은 단편을 그러모아 만든 조각보. 표층적인 기억은 사라졌어도, 그것은 사물에 대한 선호라는 형태로 내 정신 깊숙한 곳에 각인되어 있었다. 나는 그것들을 적절하게 배치하여 베껴 쓰기만 하면 됐다.

그런 식으로 써내려간 의억은, 그러나 내가 지금까지 만든 의억 중에서 가장 조잡한 작품이 되었다. 신형 AD가 결국 의억기공사로서의 재능까지 파괴해버렸기 때문이라고는 말할 수 없다. 주된 원인은 다름 아닌 나 자신을 위한 의억이라는 데 있었다.

좋은 의억을 만들기 위한 가장 중요한 요소는 의뢰인에 대한 냉철한 시선이다. 의뢰인에 대한 감정 이입은 말할 나위 없이 중요하지만, 그런 한편으로 나 자신은 의억의 주인공인 의뢰인과 철저하게 관계없는 인간이어야만 한다. 인간은 자신에 대해서만큼은 냉철하게 사고할 수 없기 때문이다. 의억기공사가 의뢰인이 되어버리는 순간, 상상력은 즉시 날개를 잃고 추락하여 그 작품 세계는 한없이 예정 조화론적으로 지루해져버린다. 그런 연유로 감정 이입은 어디까지나 강 건너편에 머물러야 한다. 나는 그 금기를 모조리 깨버렸다.

그럼에도 나는 '보이 미츠 걸'을 완성했다. 그것은 조잡함에도 순수한 바람이 담긴 의억이 되었다. 아마 이 작품이 널리 공개된다고 해도 칭찬해줄 사람은 아무도 없으리라. 지나치게 소원 충족적이며, 지나치게 독선적이며, 지나치게 유치하다며 트집 잡을 것이다. 하지만 그래도 상관없다. 내게는 그랬다. 다른 사람에게 인정받지 못해도 상관없었다. 이것은 **나를 위한 이야기**이기 때문에.

내가 만든 '보이 미츠 걸'은 하나가 아니었다. 아마가이 치히로의 시점만이 아니라 나쓰나기 도카(본명인 '마쓰나기'에서 자음 하나만 바꿨다. 꽤나 히로인적인 이름이다.)의 시점도 함께 작업해, 그것을 내 뇌에도 이식했다.

의억에는 신형 AD가 초래하는 망각에 대한 일정한 내성이 있다고 전해진다. 그러므로 이렇게 해두면 병세가 최종 단계에 접어들어 나 자신에 대한 기억이 모두 사라진다고 해도 '나쓰나기 도카'로서의 의억만은 한동안 남는다.

그때 비로소 나는 진짜 '나쓰나기 도카'가 될 수 있는 것이다.

처음에는 아마가이 치히로가 의뢰한 '그린그린'에 비밀리에 내 흔적을 집어넣는 것 이상의 무언가를 할 생각은 없었다. 현실에서 인연을 맺을 일이 없어도 이 세상 어딘가에 나를 떠올려줄 사람이 존재하는 것만으로도 충분했다. 그 사실만으로 나는 평온하게 죽어갈 수 있을 터였다.

그러나 사람의 욕심이란 끝이 없는 법. 동떨어진 곳에서 나를 위해 기도를 바치고 있을지도 모를 그에 대해 생각하는 동안 싸늘히 식은 내 심장에 자그마한 불꽃이 피어올랐다. 이렇게 내가 그를 바라는 것처럼 그도 나를 바라고 있지는 않을까. 추억에만 머무르지 않고 나와 현실에서 인연을 맺기를 바라고 있지 않을까. 그런 기대가 마음속에서 소리도 없이 부풀어 올랐다.

그렇게 해서 5월 말, 별빛이 찬란한 근사한 밤에 나는 '소꿉친구 계획'을 수립했다.

이 거짓을 진실로 바꾸자.

나쓰나기 도카로서 아마가이 치히로를 만나러 가서, 오랜 세월 바라온 꿈을 이루자.

한 사람의 여자로 사랑받으며 죽기 위해 내게 남은 모든 것을 바치자.

그렇게 마음먹었다.

물론 이를 실현하려면 많은 난관이 따른다. 아마가이 치히로는 나쓰나기 도카와 보낸 나날이 만들어진 추억이라는 걸 알고 있다. 의억을 진실인 것처럼 착각하게 만들려면 나는 철두철미하게 나쓰나기 도카라는 의자로서 완벽하게 연기해야만 한다. 그가 본인의 손으로 기억을 바꿔 쓸 만큼 나쓰나기 도카가 실재하기를 절실히 바라게 만들어야 한다. 성공 가능성은 지극히 희박하다.

그럼에도 해볼 가치가 있다고 생각했다. 내게는 그럴 자격이 있다고도 생각했다. 나는 그 기적에 도박을 걸기로 했다.

생판 모르는 타인의 인생을 일방적으로 끌어들인 '소꿉친구 계획'은 이렇게 시작되었다. 맨 처음 정한 건 만남의 시점을 여름으로 하겠다는 것이었다. 어느 날, 고향 땅에서 공상했던 운명의 재회를 실현하고 싶었던 것이다. 또한 어느 정도 준비 기간을 두는 편이 아마가이 치히로의 마음속에서 나쓰나기 도카라는 존재가 커지리라는 속셈도 있었다.

여름까지는 아직 약 2개월이라는 유예 기간이 있다. 남은 시간은 1초도 허투루 쓸 수 없었다. 클리닉에 사직서를 내고 모든 절차를 마치자, 나는 지난여름의 분투를 재개했다. 그때보다 더 철저하게, 그때보다 더 명확한 목적의식을 갖고. 조금이라도 그의 이상형에 가까워지도록. 그의 눈에 내가 '히로인'으로 비치도록. 죽기 전에 아주 잠깐이라도 좋으니 근사한 사랑을 할 수 있도록.

계획 수립 당시에는 장마가 끝나갈 무렵에 마주칠 예정이었지만, 그와 만나기 전까지 모든 것을 완벽하게 해두고 싶어서 예정일을 한 주, 두 주 연기했다. 본경기에 들어가기 전에 죽어버리면 아무 의미 없다는 걸 알고 있었지만, 생활에 긴장감이 감돈 덕분인지 신형 AD의 진행은 일시적으로 더뎌졌다.

내가 퇴직하고 얼마 지나지 않아 클리닉이 도산했다는 소식이 전해졌다. 설비 투자의 실패에다 몇 가지 불운이 겹친 결과인 듯했다. 의도치 않게 침몰하는 배에서 탈출한 모양새가 됐다(원래 그 클리닉은 나 혼자서 끌고 갔던 상황이라, 어느 정도는 내가 마침표를 찍어버렸다고도 할 수 있겠지만). 어쨌든 나에게는 나쁘지 않은 일이었다. 아마가이 치히로가 이후 자신의 의억과 관련해 뭔가 의문을 갖게 되더라도 확인할 수 있는 곳이 이미 폐원한 상태일 것이기 때문이다. 진료기록은 몇 년간 보존 의무가 있어서 청구해서 받아 보는 게 불가능하지는 않지만, 그러기 위해서는 꽤나 번잡한 절차를 밟아야만 한다. 최소한 그가 진실에 다다를 때까지의 시간은 벌 수 있겠지. 예전에 나를 배려해서 회식에 초대해준 동료만큼은 조금 마음에 걸렸지만.

7월 말이 돼서야 간신히 내 심신은 내가 요구하는 수준에 다다랐다. 내 마음은 고등학교 시절의 나보다 싱그러웠고, 내 몸은 고등학교 시절의 나보다 앳되었다. 10대 시절의 나는 일에만 빠져 지내느라 식사든 운동이든 수면이든 모두 소홀하여 원래 나이보다 훨씬 늙어 보였다. 눈은 충혈됐고, 입술은 말랐고, 손발은 뼈만 남은 상태였다. 그 무렵에는 그 나름대로 즐거웠기에 당시의 삶을 부정할 마음은 없다. 처음부터 이정도 외모를 갖추고 태어났더라면 좀 더 행복한 인생을 보낼 수 있지 않았을까, 하는 생각이 들지 않은 것은 아니었지만, 만약 그랬다면 나는 의억기공사가 되지 못하고 이 광대한 세계에서 단 한 명뿐인 궁극의 남자를 찾아내는 꿈도 이루지 못했겠지.

그러므로 나는 내 운명을 미워하지 않는다.

아마가이 치히로가 아르바이트를 하러 간 사이 이사를 마친 나는, 그다음 날 유카타를 입고 거리로 나갔다. 유카타라는 옷을 이 나이 먹도록 한 번도 입어본 적이 없어서 미리 적응을 해두고 싶었다.

유카타와 머리핀은 고향을 방문했을 때 우연히 마주쳤던 여자아이가 입고 있던 것과 꼭 닮은 걸로 골랐다. 짙은 남색 천에 수수한 불꽃놀이 무늬가 수놓아진 유카타, 작고 붉은 국화꽃 머리핀. 누구를 만나러 가는 것도 아닌데 머리스타일까지 정성 들여 단장했다. '나쓰나키 도카'라면 그럴 것 같았기 때문이다. 자신의 일이라면 하나부터 열까지 꼼꼼하게 봐주는 남자가 항상 곁에 있는 여자이니까.

전철 안에 나 말고도 유카타를 입은 여성이 꽤 있다는 걸 깨달았다. 아무래도 근처 어딘가에서 축제가 열리는 모양이었다. 나는 그녀들과 함께 전차에서 내려 유카타 집단을 뒤따라갔다. 익숙지 않은 게다 때문에 보행에 고투를 벌이며, 마치 작년 그날을 되풀이하는 것 같다는 생각이 들었다. 하지만 지난번과 이번에는 결정적으로 다른 점이 하나 있다. 이번에 내가 상정하고 있는 상대는 환상이 아니다.

큰 규모의 축제였다. 마을 전체에 활기가 넘쳐흘렀고 열기를 내뿜고 있었다. 형형색색의 제등과 깃발이 거리를 요란하게 장식했고, 인파는 그 자체가 의지를 지닌 거대한 생물처럼 꿈틀거렸다. 무수한 북소리가 천둥처럼 울려 퍼지며 매미 울음소리마저 지우고 있었다. 큰길에 늘어선 가마는 파란 핫피(장인들이 입는 의상으로 축제용 의상으로도 쓰인다.-옮긴이)를 입고 머리에 수건을 동여맨 가마꾼들의 구호 소리와 함께 들썩이며 움직였다.

현기증이 날 것 같은 엄청난 열기에 나는 그 자리에 발이 붙들리고 말았다. 지금의 내게 이런 야성적인 생명의 움직임들은 지나치게 자극적이었다.

그렇지만 나는 눈앞에 펼쳐진 여름의 거친 아우성을 피하지 않았다. 인파를 헤치며 걸음을 늦추지 않고 계속 전진했다. 마치 그 끝에 누군가가 기다리고 있기라도 한 듯.

이윽고 나는 무언가에 인도된 것처럼 신사에 다다랐다. 그렇게 되리라는 걸 처음부터 알고 있었다.

만약 운명의 재회라는 게 있다면. 나는 다시 생각했다.

그 무대는 이런 곳이어야만 하는 게 아닐까.

그날과 똑같이 나는 경내를 정처 없이 돌아다녔다. 의억에 인도되어 나와 똑같이 신사에 다다랐을 아마가이 치히로의 모습을 찾아.

그리고 만난 적 없는 두 사람이 재회했다. 한 번은 스쳐 지났으나 몇 걸음 뒤 돌아보고는 서로의 모습을 확실히 인식했다.

내 세계의 톱니바퀴가 마침내 맞물린 밤이었다.

가장 큰 오산은 아마가이 치히로의 강박적이기까지 한 허구 알레르기였다. 정상적인 기능을 상실한 전형적인 문제 가정에서 자란 그는 그 원인이자 결과이기도 한 의억이란 존재를 극히 증오했다. 그 증오는 그의 내면에 숨겨져 있는 궁극의 여자를 바라는 마음을 미세하게나마 웃돌고 있었다. 가령 본인이 너무나 좋아하는 무언가가 앞에 나타나더라도 거기에 아주 조금이라도 허구의 요소가 함유되어 있으면, 그는 그걸 거부했다.

'이력서'를 보면 그 정도는 쉽게 간파할 수 있었다. 하지만 나는 놓치고 있었다. 암송할 수 있을 만큼 아마가이 치히로의 반생애를 되풀이해 읽으면서, 그 근간에 존재하는 것을 그냥 지나치고 말았다. 그의 인생과 내 인생의 닮은 점에만 초점을 맞춘 나머지 가장 먼저 읽어두었어야 할 부분을 소홀히 여기고 말았다.

하지만 어쩔 수 없었을지도 모른다. 시시각각 끝을 향해 다가가고 있는 상황에서 냉정한 판단을 내린다는 게 애초에 무리였을지 모른다. 당초 내게는 스스로에게 불리한 진실을 상상할 만한 여유 따위는 없었다. 게다가 사랑은 인간을 맹목적이게 만든다.

그의 주문이 '그린그린'이었다는 건 카운슬러의 지레짐작이었고, 실제로 주문한 것이 '레테'였다는 걸 알았더라면 그 뒤의 전개도 달랐을 것이다. 하지만 그 정보가 클리닉에 전달됐을 무렵에 나는 이미 사직서를 제출하고 사무실에서 떠나버린 뒤였다. 게다가 '그린그린'을 원할 만한 사람이 허구를 증오하리라고는 상상조차 못했다. 그도 나와 마찬가지로 잃어버린 청춘 시절을 되찾기를 갈망하는 청춘 좀비 중 하나라고 미리부터 낙인찍고 있었던 것이다.

그럼에도 아마가이 치히로가 그저 거짓을 싫어하는 인간 정도였다면 뭔가 대처할 방도가 남아 있었을지도 모른다. 문제를 더욱 복잡하게 만든 점은, 그가 상황이 이상적이면 이상적일수록 더더욱 의심에 빠지는 타입의 인간이었다는 것이다. 대부분의 사람들은 정도의 차이는 있겠지만 눈앞에 벌어진 일을 자신에게 유리하게 해석하기 마련이다. 그러나 그는 정반대였다. 뭔가 앞에 놓이면 일단 최악의 상황을 상상하지 않고서는 견딜 수 없는 인간이었다(그 경향 또한 정상적인 나였다면 '이력서'에서 간파했을 것이다).

아마가이 치히로는 내가 연출한 '나쓰나기 도카'를 사랑했다. 그 점은 틀림없다. 하지만 그와 동시에 그 감정을 인정하는 걸 완고히 거부했다. 아니면 그 감정은 인정하더라도 잠깐의 변덕 같은 걸로 치부하려 했다. 그에게 희망이란 실망의 시초일 수밖에 없었으며, 정신의 균형을 유지하기 위해서는 희망 같은 건 철저히 배제할 필요가 있었던 것이다. 내 이야기를 믿고 안 믿고는 그 이전의 문제로, 그는 행복 그 자체를 의심했다. 병에 걸리기 전의 내가 쓸쓸함조차 느끼지 못했던 것처럼, 그는 행복한 꿈조차 꾸지 못했던 것이다.

찬찬히 생각해봤을 때, 만약 나 역시 그와 같은 상황에 놓였다면 그와 같은 반응을 보였을 것이다. 이렇게 감미로운 일이 나한테 일어날 리가 없다. 내가 이렇게 행복하게 될 리가 없다. 그렇다면 틀림없이 뭔가 숨겨진 사정이 있을 것이다. 이 인간은 아주 잠깐 내게 달콤한 꿈을 보여준 뒤 틈을 봐서 나락의 끝으로 떨어뜨릴 게 틀림없다. 절대 방심하지 않겠다는 식으로 말이다.

나는 매일 밤 내 집으로 돌아올 때마다 머리를 쥐어짰다. 어떻게 하면 이 골치 아픈 이중의 방벽을 돌파할 수 있을까. 어떻게 하면 그에게 거짓과 행복 두 가지 모두 믿게 만들 수 있을까. 역시 시간을 들여 한 걸음씩 신뢰를 쌓아가는 수밖에 없겠지. 하지만 내게는 이미 그만한 시간이 남아 있지 않았다. 지난 몇 달간의 진행 상태로 보건대 아마 나는 이번 여름이 지나면 모든 것을 잃게 되리라. 기억뿐만 아니라, 목숨까지도.

어쩌면 내가 조금 과했을지도 모른다. 차라리 아름다운 여자가 되려는 노력 따위 하지 않고 계획을 떠올린 시점에 꼴사나운 그 모습 그대로 그를 만났어야 했는지도 모른다. 5년의 세월이 지나 변모한 '나쓰나기 도카'로, 처음부터 그를 실망시켜야 했을지도 모른다. 그랬다면 최소한 이렇게까지 경계하지는 않았을 것이다. 오히려 친근감을 가졌을지도 모르고 신뢰를 쌓기 위한 시간도 두 달은 더 확보할 수 있었을 것이다.

그의 구미에 맞는 소꿉친구로 계속 연기하고 있으면, 언젠가 그도 내 구미에 맞는 소꿉친구가 되어주지 않을까 하고 단순히 생각했다. 하지만, 내가 '해님과 바람' 중 바람의 전략을 취하고야 말았다는 걸, 나는 이제야 깨달았다.

하지만 이제 와서 뒤집을 수는 없다. 시간은 되돌릴 수 없다.

대체 어떻게 하면 좋을까?

내가 만든 요리가 눈앞에서 버려졌을 때, 신기하게도 분노가 치밀지 않았다. 이건 분명 나에 대한 벌이다. 그렇게 생각했다. 분에 넘치는 행복을 바라고, 의억기공사라는 직업을 이용해 타인의 기억에 멋대로 기어 들어가서 그의 평온을 파괴한 것에 대한 응보였다.

처음부터 모든 것이 잘못됐다. 나는 허구의 바깥으로 나가서는 안 됐다. 타인과의 교류를 바라서는 안 됐다. 자기충족적인 인공 정원의 왕으로서 어디까지나 홀로 완결했어야 했다. 그랬다면 어느 누구에게 폐를 끼칠 일도 없었고 이렇게 상처받을 일도 없었다.

아마가이 치히로가 진심으로 그런 행동을 한 게 아니라는 것은 그의 표정에서 어렵지 않게 알아차릴 수 있었다. 그는 그의 세계를 지키기 위해 '나쓰나기 도카'라는 하나의 상징을 극복해야만 했던 것이다. 요리를 버리고 그릇을 내게 내민 그의 목소리에는 심한 떨림이 묻어났다. 나를 상처 입히기 위해 휘두른 칼이 튕겨 나와 그 자신에게도 상처를 입힌 듯했다.

하지만 이제는 물러날 타이밍이었다. 그의 행동에 내 마음은 회복 불가능한 상처를 입고 말았다. 더는 연기를 계속할 수 없었다. 그가 내뿜는 적의를 1초도 더 견딜 힘이 없었다.

그럼에도 최후의 기력을 쥐어짜내, 그의 집에서 나올 때는 '나쓰나기 도카'로 있을 수 있었다. 그러고는 내 집에 돌아와 베개에 얼굴을 파묻고 소리 죽여 울었다.

결국, 나라는 인간은 나와 관련해서는 무엇 하나 충족시키지 못하는구나. 그렇게 생각했다. 그렇게 피땀 흘린 끝에 손에 쥔 것은, 가장 사랑받고자 한 사람에게 거절당한 슬픔뿐이었다. 그딴 것은 되도록 모른 채 죽어가고 싶었는데.

그 뒤로 그를 만나러 가는 것을 그만두고 집에서 한 발짝도 나가지 않고 시간을 보냈다. 공상도 더 이상 하고 싶지 않았고, 책략을 꾸밀 마음도 들지 않았다. 음악을 작게 틀어놓고 쏟아지는 비만 멍하니 바라봤다. 최후의 희망을 마지막 한 방울까지 쥐어짜내고 나자 신기하게도 마음이 평온해졌다. 남은 생에 기대할 바가 사라진 지금, 내 마음을 흐트러뜨릴 건 아무것도 없다. 긴 여행에서 돌아오는 열차의 덜컹거리는 듯한 기분 좋은 권태감과 함께 나는 심판의 날을 기다렸다.

나의 여행은 서서히 끝나가고 있었다.

베란다에서 매미 사체를 발견한 것은 일주일 뒤의 일이었다.

그날은 바람 소리에 눈을 떴다. 태풍이 근처까지 온 모양이었다. 나는 창가에 서서 태풍에 유린되는 거리의 모습을 바라봤다. 휘몰아치는 바람이 가로수를 부러뜨릴 듯이 마구 뒤흔들고 있었다. 가게 앞 간판이 쓰러지고, 화단의 꽃이 흩날리고, 자판기 쓰레기통이 뒤집혀 있었다. 누군가가 그러한 파괴 행위를 통해 세계를 재편하려는 것처럼 보이기도 했다. 아래에서 펼쳐지는 광경을 구석구석 다 훑어보고 나서 베란다 바닥에서 자그마한 매미의 사체를 발견했다.

여름에 종지부를 찍었음을 알리러 온 사신은 베란다 한가운데에 예의 바르게 숨을 거둔 채로 있었다. 아파트 뒷산에서 부러 날아와서 이곳을 죽을 장소로 고른 것일까. 그게 아니면 강풍에 부대껴서 스스로를 제어하지 못하고 어쩔 수 없이 여기에 불시착한 것일까. 태풍이 찾아들기를 기다리다가 수명을 다해 청운의 꿈을 접고 죽어간 것일까.

나는 그 안에 담긴 메시지를 읽어내고자 한동안 매미의 사체를 관찰했다. 벌써 8월도 반이 지났다. 아마 이 태풍을 경계로 매미의 수는 격감하겠지. 매미 울음소리가 끊기는 것과 내 목숨이 다하는 것, 어느 쪽이 먼저일까. 그럴 수만 있다면 저 시끄러운 울음소리가 들리는 동안 죽고 싶었다. 차라리 그쪽이 조금이나마 덜 쓸쓸할 테니.

그 순간, 나는 깨달았다.

굳이 정해진 죽음을 얌전히 기다릴 필요가 없다는 것을.

더 이상 기다릴 수 없다면 내가 먼저 마중 나가면 된다는 것을.

생각해보면 나는 몇 달 전에 한 차례 그러한 결단을 내렸었다. 최고의 걸작을 완성했을 즈음 스스로 목숨을 끊고자 결심했는데, 아마가이 치히로의 '이력서'를 발견하고 급히 계획을 변경했었다. 만약 그걸 보지 못했다면 나는 그때 자살했을 터였다.

지금 다시 한번 그 선택지를 검토해봤다. 이대로 살아간들 내게 더 이상 할 수 있는 건 없다. 어차피 무슨 일을 하든 반대의 결과만 나온다면, 여생을 즐기겠다는 생각 자체가 쓸모없다. 그렇다면 하루라도 빨리 결판을 내버리는 편이 낫다. 이 평온한 마음에 다시 격랑이 일기 전에.

일주일 만에 집 밖으로 나섰다. 문을 열고 바람을 정면으로 맞는 순간, 내 몸 어딘가에서 미세하게 경고음이 울렸다. 목 깊숙한 곳이 살짝 욱신거렸다. 아마 천식 시절의 흔적이겠지. 태풍이 다가올 때마다 발작을 일으켰던 시절을 몸이 아직 기억하고 있는 것이다.

나는 우산을 쓰고 빗속으로 발걸음을 내디뎠다. 이런 강풍이면 얼마 지나지 않아 우산이 부러져버릴지 모르지만 상관없었다. 오늘 나는 귀가를 고민할 필요가 없으니까.

목적지는 처음부터 정해져 있었다. 애초에 이 근처에서 몸을 날리거나 뛰어내릴 만한 장소는 꽤나 제한적이었다. 그리고 굳이 따지자면 내게는 열차에 몸을 날리는 쪽보다 높은 데서 뛰어내리는 쪽이 어울린다고 생각해왔다. 뛰어내릴 때 확실하게 죽고 싶다면 40미터 이상의 높이가 필요하다고 들은 적이 있다. 그렇다면 조건에 부합하는 장소로는 필연적으로, 아파트에서 30분쯤 떨어진 국도와 맞닿은 맨션밖에 남지 않는다.

나는 그곳으로 향했다.

오래된 맨션의 비상계단에 있는 있으나 마나 한 난간은 체구가 작은 편인 나라도 쉽사리 뛰어넘을 수 있었다. 방범 카메라는 눈에 띄지 않았고 설령 카메라에 찍혔다고 한들 내가 일을 마치기까지는 5분도 걸리지 않는다. 태풍 덕분에 나다니는 사람도 거의 없어서 내가 난간을 기어오르는 걸 두고 뭐라고 할 일도 없었다.

콘크리트 계단을 한 걸음 한 걸음 힘껏 내딛듯이 올라갔다. 꽤나 오래 청소를 하지 않았는지 계단에는 이끼가 살짝 끼어 있었고, 심지어 비에 젖어 미끌미끌했다. 기왕 뛰어내릴 거면 맑은 날이기를 바랐지만, 날씨가 개기를 기다리다가는 결심이 흔들려버릴지도 모른다. 게다가 일주일 만에 푸르른 하늘을 봤다가 오랫동안 내린 비가 선사해준 평온한 체념마저 어딘가로 날아가버릴지 모른다. 그렇다면 역시 오늘이 최적인 것이다.

15층까지 다 올라 엉거주춤 몸을 숙이고 숨을 골랐다. 아래층과 비교해서 맨 꼭대기 층 부근은 이끼도 곰팡이도 피지 않고 청결했다. 호흡이 안정되고 몸 안의 후끈거림이 가라앉은 뒤에야 비상계단 난간을 붙들었다. 팔에 힘을 주고 몸을 날리려는 그 순간, 발밑에 떨어져 있는 무언가가 눈에 들어왔다.

허리를 숙여 그걸 주워 올렸다. 편의점이나 슈퍼마켓에서 파는, 손에 들고 불을 붙이는 불꽃놀이 장난감이었다. 맨션에 사는 아이가 몰래 갖고 놀다가 챙겨 가는 걸 까먹고 놔두고 간 모양이었다.

나는 벽에 기대 불꽃놀이 장난감을 코앞으로 가져와 꽃향기라도 맡듯이 화약 냄새를 맡았다.

도카(灯火)라는 내 이름. 왠지 불꽃놀이를 연상시키는 7월 태생인 나와 어울리는 이름.

그 이름을 제대로 불러준 사람은, 그러나 한 사람도 없었다. 부모님은 나를 2인칭 대명사로밖에 부르지 않았고, 동급생이나 동료는 나를 성으로 불렀다. 누군가가 내 이름을 입에 담을 땐 반드시 마쓰나가라는 성과 세트였다. 그래서 나는 의억 속 '그'에게 몇 번이고 내 이름을 부르게 했다. 그렇지만 현실의 아마가이 치히로가 내 이름을 불러준 것은 단 한 번뿐이었다. 처음 말을 섞었을 때, 물음표가 붙은 나지막한 목소리로. 그게 다였다. 한 번이라 할 수도 없었다.

어쩌면 그 이름은 내 운명을 암시하고 있었는지도 모른다. 불꽃놀이처럼 한순간 반짝인 후 덧없이 다 타버려 재가 되고 마는 인생. 쏘아 올려진 불꽃은 상승한 끝에 밤하늘에 붉은 꽃을 피우지만, 불꽃놀이를 뒤집어놓은 듯한 이름을 가진 나는, 밑으로 추락한 끝에 땅바닥에 붉은 꽃을 피우려고 한다.

뭔가 시니컬하기까지 한 묘한 일치에 나도 모르게 웃음이 터져 나왔다. 연기가 아니라 진짜로 웃는 건 꽤나 오랜만이었다. 덕분에 마음이 조금 편해졌다.

어느샌가 바람이 그쳐 있었다. 나는 난간에서 몸을 내밀어, 손안의 불꽃놀이 장난감을 손가락으로 튕겨 떨어뜨렸다. 장난감은 중력에 이끌려 낙하해 소리도 없이 아스팔트 바닥에 떨어졌다.

자, 이번엔 내 차례다.

신발을 벗어 가지런히 모아놓은 다음 눈을 감고 왼손을 가슴에 대고 심호흡했다. 그리고 마지막으로 아마가이 치히로에게 마음속으로 사죄했다. 내 독선적인 계획에 당신까지 휘말리게 해서 정말 미안해요.

내가 불꽃놀이 장난감을 바라보며 생각에 잠긴 건 기껏해야 10초 남짓이었다. 인간의 기나긴 일생에 있어서 10초란 시간은 거의 오차와 같은 것이다. 10초 더 오래 산다고 무언가 달라졌다는 이야기는 들어본 적 없다.

하지만 이번만큼은 그 10초가 내 운명을 크게 갈랐다.

어쩌면 그 장난감은 나 대신 맨션에서 떨어져, 그 10초를 벌어준 것일지도 모른다. 비슷한 동지끼리의 유대의식으로.

한참 지난 후에 그런 생각이 들었다.

비상계단에서 몸을 내민 그 순간, 전자음이 울렸다.

처음에는 뭔가 경고음 같은 건 줄 알았다. 불법 침입자를 감지한 센서가 이제야 작동한 걸까, 아니면 누군가가 날 수상히 여기고 신고한 걸까. 하지만 그 소리는 내 옷 주머니에서 울리고 있었다. 휴대폰을 꺼내 화면에 표시된 이름을 본 순간 내 머리는 하얘졌다.

아마가이 치히로.

비에 젖은 눈가를 훔치고 다시 한번 확인했다. 아마가이 치히로.

틀림없었다. 이건 그가 건 전화다.

나는 깊은 혼란에 빠져들었다. 왜 지금 이 시점에 그에게 전화가 걸려온 걸까? 설마 이제 와서 내 거짓말을 믿을 마음이 들었다는 걸까? 그게 아니면 마침내 내 정체를 알게 되어 나를 비난할 준비가 되었다는 걸까? 어느 쪽이든 간에 있을 수 없는 일 같았다. 아무리 거짓말을 믿으려고 하는 것이든, 정체를 폭로하려고 하는 것이든, 그는 직접 전화를 걸 만한 타입의 인간이 아니다. 한없이 수동적이며, 상대가 먼저 행동하지 않는 이상 그가 진실이라 믿는 것으로 모든 것을 매듭지어버리는 인간이다. 본인이 나서서 사죄하거나 본인이 나서서 힐난하는 행위는 그의 캐릭터와 맞지 않는다.

몇 초간 멍해져 있다가, 정신이 들었다. 어쨌든 전화를 받아야만 했다. 떨리는 손가락으로 통화 버튼을 누르려고 했다. 그 순간, 비와 땀으로 눅눅해진 손에서 휴대폰이 미끄러지며 공중에서 춤을 췄다. 한 차례 붙잡았던 휴대폰은 내 손바닥에서 두 번 튕겨져 나와, 순간 공중에서 정지된 듯 보였지만 그 직후 비정하게도 15층 밑으로 추락했다. 나는 신발을 다시 신고 뛰쳐나갈 듯한 기세로 계단을 내려가 가쁜 숨을 헐떡거리며 휴대폰을 주워 올렸다. 액정은 산산조각 났고, 전원버튼을 눌러도 당연히 아무 반응이 없었다.

확인해야 한다. 그렇게 생각했다. 그가 전화를 건 이유를 알 때까지는 아직 죽을 수는 없다.

이 한적한 동네에서 택시를 금방 잡을 수 있었던 건 요행이었다. 택시 기사는 목적지를 듣고는 아무 말 없이 액셀을 밟았다. 도로는 막히지 않아서 불과 몇 분 만에 아파트 앞에 도착했다. 나는 잔돈도 챙기지 않고 차에서 내려, 2층까지 계단을 뛰어 올라갔다.

그리고 거기서 믿을 수 없는 광경을 목격했다.

아마가이 치히로가 내 집 현관문 앞에 서서 필사적으로 문을 두드리며 내 이름을 외치고 있었다.

상당히 오랜 시간 거기에 서 있었던 모양인지 온몸이 비에 젖어 있었다.

나는 무슨 일이 일어났는지 곧 이해했다.

그는 태풍 때문에 내가 천식을 일으켰다고 착각한 것이다.

내가 집 안에서 쓰러져 움직일 수 없는 상태라 믿은 것이다.

그리고, 그런 나를 구해주러 온 것이다.

바보.

너무나 자연스레 웃음이 새어 나왔다.

나는 그의 시야에서 모습을 감추려고 계단에 몸을 숙인 채 그가 문을 두드리는 소리를 등 너머로 들었다.

그리고 내 귀에 지금 들려오는 말의 울림을 곱씹었다.

행복한 착각의 여운에 가만히 온몸을 적셨다.

가슴 깊은 곳에서 따뜻한 무언가가 치밀어 오르더니 나도 모르는 새 눈물이 뺨을 타고 흐르고 있었다.

눈앞이 뿌예지며 여름의 풍경이 흐릿해졌다.

이름을, 불러줬다.

지금은, 그것만으로도 족하다.

문 두드리는 소리가 그쳤다. 나는 몰래 고개를 내밀어, 치히로의 모습을 훔쳐봤다.

그가 문 옆 벽에 기대서 망연자실한 표정으로 담배를 피우고 있었다.

어느샌가 바람이 그치고, 구름 틈 사이로 들이비치는 빛이 그의 얼굴에 드리워져 있었다.

나는 눈물과 콧물을 훔치고는 자리에서 일어났다.

그리고 비장의 미소를 지으며 그에게 조심스레 다가갔다.

조금만 더 노력해보자. 그렇게 마음먹었다.

너의 이야기

9월 말, 각대봉투 한 통이 내 앞으로 왔다. 내용물은 도카의 '이력서'와 그녀로부터의 짧은 편지였다.

나는 편지를 먼저 보고, 그런 뒤 '이력서'를 읽어봤다. 편지 내용은 간결했다. 그녀가 신형 AD 환자라는 고백과 의억을 이용해서 나를 속이려고 한 것에 대한 사과가 담겨 있었다. 그에 비하면 '이력서'의 분량은 방대해서 다 읽는 데 네 시간이 걸렸다.

나는 자는 것도, 먹는 것도 잊고 이력서를 몇 번이고 되풀이해 읽었다. 그녀가 의억기공사였을 당시 의뢰인의 이력서를 통째로 외울 때까지 되풀이해 읽었던 것처럼.

거기에 모든 답이 있었다. '이력서'를 쓴 시기는 도카가 열여덟 살 때인 듯했다. 그녀가 어떤 경위로 '소꿉친구 계획'을 떠올리게 됐는지는 그저 상상해볼 수밖에 없었지만 그녀의 반생애를 안 지금에 와서 그것은 그리 어렵지 않았다.

아마가이 치히로라는 의뢰인의 '이력서'에서 일종의 운명을 감지한 그녀는, '두 사람이 일곱 살 때 만났더라면.'이라는 가정에서 시작해 의억을 작성했고, 서로의 뇌에 이식함으로써 추억 속 두 사람을 구원하려고 했다. 그뿐만 아니라 그 거짓을 진실로 바꿔보려고 내 앞에 나타나 소꿉친구로 연기하기로 했다. 남은 시간을 '나쓰나기 도카'로 살려고 했다. 아마 진상은 그러했으리라.

바보. 그렇게 번거로운 방법을 택하지 않더라도, 그저 '이력서'를 내게 건네며 '우리 두 사람은 운명이에요.'라고 말하기만 했다면 그걸로 끝날 이야기였다. 처음부터 그녀의 '이력서'를 볼 수 있었다면 나는 무조건 그녀를 사랑할 수 있었을 텐데. 거짓 기억 같은 게 중간에 끼지 않았어도 처음부터 우리는 궁극의 두 사람이었을 텐데.

그녀가 최후의 순간까지 허구의 힘밖에 믿지 않았다는 게 나는 슬펐다. 비눗방울과 같은 연약한 행복을 좇는 데 몰두한 나머지 눈앞의 확실한 행복을 놓치고 만 어리석음이 가여웠다.

그리고 무엇보다 상처받는 게 너무도 두려워 그녀가 보낸 구원 신호를 알아차리지 못한 나 자신이 원망스러웠다.

돌이킬 수 없는 짓을 저지르고 말았다.

나는, 나만은, 도카를 구원했어야 했다. 나는 그녀의 고독을 100퍼센트 이해할 수 있었다. 그녀의 절망을 100퍼센트 이해할 수 있었다. 그녀의 공포를 100퍼센트 이해할 수 있었다.

그렇다, 내가 '레테'를 복용하지 못했던 것은, 가짜 '레테'를 복용한 경험에 의해 기억을 잃는 공포를 알았기 때문이다. 자신이 자신이 아니게 되는 듯한, 세계가 발밑에서 무너져 내리는 듯한 그 끝없는 공포.

그녀는 그 공포와 내내 싸우고 있었다. 누구 하나 의지하지 못하고, 누구 하나 이해해주지 않고, 누구 하나 위로해주지 않는 고립무원의 상태로, 기도하는 심정으로, 내 마음이 바뀌기를 계속 기다리고 있었던 것이다.

그랬다.

나는 도카에게 속았어야 했다. 연애 사기에 걸려서 고가의 그림을 강매당했는데도 이케다라는 동급생의 실재를 계속 믿었다는 오카노라는 남자처럼, 모든 것을 내 구미에 맞춰서 해석했어야 했다. 그녀의 손바닥 위에서 행복하게 춤추면 됐던 것이다.

그게 아니라면 차라리 에모리 선배처럼 의억에 대해 철저하게 조사했어야 했다. 그랬다면 언젠가는 도카의 인터뷰 기사를 발견할 수 있었을지도 모른다. 거기까지는 못 미치더라도 최소한 10대 의억기공사가 존재한다는 것만이라도 알았더라면, 그녀가 내 '그린그린'의 창작자라는 진실에 내 힘으로 도달하는 게 가능했을지도 모른다. 그럼으로써 그녀의 고독을, 절망을, 공포를, 조금이라도 누그러뜨려줄 수 있었을지도 모른다.

그러나 나는 최악의 선택을 하고 말았다. 그녀의 말을 믿으려고 하지 않았고, 그렇다고 해서 의문을 적극적으로 해결하려고도 하지 않았으며, 건성에 가까운 정도의 조사를 하고 난 뒤 수수께끼를 수수께끼인 채로 방치했다. 왜? 그녀에게 속는 것도 무서웠지만, 한편으로는 꿈에서 깨는 것도 싫었기 때문이다. 결코 상처받을 일 없는 안전한 구역에서 시치미를 떼고 도카의 애정만 받고 싶었기 때문이다.

그녀는 모든 것을 잊고 말았다. 불과 며칠 전의 일도 떠올리지 못하게 되어, 나와 보낸 짧은 여름의 추억은 흔적도 없이 사라져버렸다. 이제 내 얼굴을 봐도 누군지 알아보지 못하는 눈치다.

며칠 전 아파트 복도에서 재회했을 때 도카가 내게 보낸 시선은 '레테'로 가족에 대한 기억을 지운 어머니와 재회했을 때의 시선을 떠올리게 했다. 나를 기억하지 못하냐고 물었을 때, 그녀는 죄송하다는 듯이 고개를 가로저었다.

대체 무슨 일이 일어난 것일까 같은 의문은 들지 않았다.

'아아, 나는 또 소중한 사람에게 잊혔구나.'라고만 생각했다.

도카는 커다란 가방을 들고 집에서 나오는 중이었다. 아마 입원 준비를 위해 돌아온 것이리라. 그녀의 뒷모습을 나는 베란다에서 바라봤다. 뒤쫓아 가서 이야기를 하고 싶었지만 발이 떨어지지 않았다. 또다시 그 무관심한 시선이 날아왔을 때 제정신을 지킬 자신이 없었다.

앞으로 두 달도 채 지나지 않아 그녀는 걷는 법도 잊게 되리라.

밥 먹는 법도 잊게 되리라. 몸을 움직이는 법도 잊게 되리라. 말하는 법도 잊게 되리라. 숨 쉬는 법도 잊게 되리라. 그리고 그 끝에는 피할 수 없는 죽음이 기다리고 있다.

사과를 하고 싶어도 사과할 상대는 이미 이 세상에 없다. 그렇다면 최소한 남은 모든 것을 도카에게 바치자. 그렇게 나는 맹세했다. 이 여름뿐만 아니라, 내 여생을 남김없이 그녀를 위해 쓰자. 그녀가 이 세계에서 떠나가버린 뒤에도, 언제까지나, 언제까지나.

한시라도 빨리 도카를 만나러 가고 싶었지만, 그전에 몇 가지 해둬야 할 일이 있었다. 나는 미용실로 가서 오랫동안 방치해둔 머리카락을 자르고, 시내로 나가서 새 옷을 몇 벌 샀다. 의억 속 '아마가이 치히로'를 떠올리게 할 만한 깔끔한 헤어스타일과 옷으로 골랐다. 아파트로 돌아와서 샤워를 하고 막 사온 옷으로 갈아입은 뒤 마침내 준비를 마쳤다.

거울 앞에 서서 내 얼굴을 뚫어져라 바라봤다. 마지막으로 거울을 제대로 본 게 언제였는지 기억도 안 났지만, 이전과 비교해서 표정에서 경직된 부분이 떨어져나간 것처럼 보였다. 물론 도카의 영향이리라.

나는 버스를 타고 그녀가 입원해 있을 것 같은 병원으로 향했다.

구름 한 점 없는 맑은 하늘이었고 찜통 같았던 더위도 지나가 차안도 쾌적했다. 차창으로 보이는 경치는 점점 초록의 비율이 늘어났고 버스는 댐에 면한 오르막길을 빙 돌고 짧은 터널을 빠져나와서 자그마한 해바라기 밭 앞에서 정차했다. 거기서 요금을 지불하고 버스에서 내렸다.

버스가 가버리자 주위는 정적에 휩싸였다. 나는 그 자리에 서서 주위의 풍경을 둘러보았다. 아름드리나무 숲에 둘러싸인 토지로, 노후화된 민가가 띄엄띄엄 있었다. 서늘한 공기에는 눅눅한 흙내가 섞여 있었다.

병원은 도카와 함께 자전거를 타고 몇 번이나 방문했던 공원 옆 강 너머에 있었다. 도카가 이곳에 있다는 확증 같은 건 없었다. 다만 혹시라도 내 짐작이 맞다면, 그녀가 유난히도 이 병원에 관심을 보인 이유가 설명된다고 생각했을 뿐이다.

정면 현관 앞에서 아무 생각 없이 2층을 올려다보는데 창가에 누군가가 서 있는 모습이 보였다.

나는 그 인물의 얼굴을 유심히 쳐다봤다.

내 소꿉친구였다.

이번에야말로 제대로 해내자. 그렇게 다짐했다.

병원에서는 죽음의 냄새가 농밀하게 풍겼다. 시체 냄새라든가 선향 냄새를 말하는 게 아니었다. 여기에는 죽음의 냄새라 착각하게 만드는 무언가가 있었다. 살아 있는 인간이 생활하는 공간에는 반드시 있어야 할 기척이 결여되어 있다고나 할까.

도카는 여기에 있었다. 마지막으로 만나고 아직 일주일밖에 지나지 않았지만, 그새 그녀는 조금 마른 것처럼 보였다. 아니 방에 스며든 죽음의 그림자가 그렇게 보이게 했을 뿐인지도 모른다.

그녀는 창가에 서서 변함없이 바깥 풍경을 바라보고 있었다. 평소의 민무늬 하얀 파자마가 아니라 빛바랜 파란색 환자복을 입고 있었다. 사이즈가 맞지 않는지 소매와 바짓단이 접혀 있다. 옆구리에 낀 파란 노트는, 아마도 지금 그녀의 외부 기억장치일 것이다. 그만큼 병세가 진행됐다는 뜻이다. 노트 표지에는 아무것도 적혀 있지 않았고, 싸구려 볼펜이 끼워져 있었다.

나는 병실 문가에서 서서 도카의 모습을 오랫동안 물끄러미 바라봤다. 그녀는 병실이 편안해졌는지 살풍경한 그 공간 안에서 꽤나 편안해 보였다. 병실 쪽도 도카라는 존재를 자연스럽게 받아들인 것처럼 보였다.

그 조화감은, 그녀가 여기에서 나올 일은 두 번 다시 없지 않을까 하는 강렬한 예감을 내게 안겼다. 아마도 그것은 사실일 것이다. 다음에 그녀가 병원에서 나올 기회가 있다고 해도, 그때 그녀는 이미 **그녀였던 무언가가** 될 것이다. 그런 생각이 들자 도저히 견딜 수가 없었다.

도카는 이제 두 번째 죽음을 맞이하려고 한다.

나는 아무리 시간이 지나도 그녀에게 말을 걸 수가 없었다. 그녀와 병실 간의 친밀한 관계에 끼어들 용기가 생기지 않았다. 또 그럴 수만 있다면 이렇게 조금 떨어진 곳에서 그녀를 가만히 바라보고 싶다는 마음도 있었다. 혼자 있는 그녀의 모습을 본 것은 이번이 처음이었기에.

이윽고 도카가 천천히 뒤돌아보다가, 방문자의 존재를 알아차렸다. 고개를 갸웃거리면서 이마에 닿은 앞머리를 헤치며 내 얼굴을 가만히 바라봤다. 그리고 갈라지는 목소리로 내 이름을 불렀다.

"……치히로?"

기억이 남아 있을 리가 없다. 그녀는 의억 속 '아마가이 치히로'와 눈앞의 나 사이에서 몇 가지 공통점을 찾아내고 거기에서 자연스럽게 추론했을 뿐이다. 처음 도카를 눈앞에서 본 내가, 반사적으로 그녀의 이름을 입에 담은 것과 마찬가지로. 의억 속 에피소드와 지금의 상황이 포개지는 것도 상상에 도움이 됐겠지.

"도카."

너무나 자연스럽게 그녀의 이름을 불렀다. 그 목소리가 내 목에서 나왔다는 게 믿기지 않을 정도로 온화했다. 의도적으로 연기하지 않아도 이미 나는 '아마가이 치히로'가 된 모양이었다.

'나쓰나기 도카'의 '히어로'로.

도카는 믿을 수 없는 것을 봤다는 눈빛으로 나를 응시하고 있었다. 이런 일이 있을 리 없다, 틀림없이 뭔가 착각이다, 하고 말하려는 듯. 그녀는 이 상황을 꾸며낸 인물을 찾으려는 듯 병실 안을 둘러봤다. 하지만 그 안에 있는 건 우리 둘뿐이었다.

그녀는 엄청 당혹스러운 듯한 얼굴로 물었다.

"당신은…… 누구죠?"

"아마가이 치히로. 네 소꿉친구야."

나는 병실 구석에 쌓아놓은 원형 의자를 침대 옆에 내려놓고 거기에 앉았다. 하지만 도카는 창가에서 떠나려 하지 않았다. 침대 건너편에서 경계심으로 가득 찬 시선을 내게 보냈다.

"제게 소꿉친구는 없어요."

가까스로 쥐어짜낸 듯이 그녀가 말했다.

"그럼 어떻게 내 이름을 알지? 아까 날 두고 '아마가이 치히로'라고 불렀잖아."

도카가 몇 번이고 고개를 갸웃갸웃 하다가, 왼손을 가슴에 대고 심호흡을 했다. 그리고 자기 자신을 타이르듯이 말했다.

"아마가이 치히로는 의자예요. 제 머릿속에밖에 존재하지 않는 가공의 인물이에요. 제 기억은 신형 알츠하이머병에 의해 뿌리째 뽑혔죠. 지금 제 안에 남아 있는 것은 가공된 기억뿐이에요. 네, 제가 아마가이 치히로라는 이름을 기억하는 건 맞아요. 하지만 그 말은 아마가이 치히로가 존재하지 않는다는 걸 의미해요. 실재하는 인물을 의자의 모델로 쓰는 것은 금지되어 있으니까."

단숨에 그렇게 말하고 다시 질문을 던졌다.

"다시 한번 물을게요. 당신은 누구죠?"

신형 AD가 뺏는 것은 추억뿐이라는 이야기는 아무래도 정말인 듯했다. 의억의 성질과 관련된 지식은 변함없이 그녀 안에 머물러 있는 모양이었다. 정상적인 판단력도.

물론 나는 이렇게 되리라는 걸 미리 상정하고 있었다. 뭔가 그럴싸한 스토리를 만들어서 그녀를 속인다는 선택지도 한 차례 검토했다. 하지만 다시 생각해보고 포기했다.

나는 그녀와 동일한 방법으로 처음부터 끝까지 모두 다시 해보고 싶었다.

그녀의 '소꿉친구 계획'을 그대로 이어받아, 그 발상이 잘못되지 않았다는 걸 증명하고 싶었다.

"너의 소꿉친구, 아마가이 치히로야."

나는 다시 말했다.

그녀는 말없이 나를 노려봤다. 상대와의 거리를 재보는 길고양이처럼.

"믿고 싶지 않으면 믿지 않아도 돼. 다만 이것 하나만은 기억해줘."

나는 기억을 잃기 전에 그녀가 한 말을 빌려 말했다.

"나는 도카 편이야. 무슨 일이 있어도 말이야."

◇◇◇◇◇

하룻밤 골똘히 고민한 끝에 도카는 과거의 나와 동일한 결론에 이른 듯했다.

"추정컨대, 당신은 제 유산을 노린 사기꾼이에요."

다음 날, 내 얼굴을 보자마자 도카는 그렇게 말했다.

나는 굳이 부정하지 않고, 어떤 식으로 사고를 거쳤길래 그런 결론에 이르렀는지 물었다.

"후견인 쪽에다가 물어봤는데, 저, 나름 돈이 좀 있더군요. 기억을 잃고 아무것도 모르게 된 저를 함정에 빠뜨리고 유산을 손에 넣겠다, 이거죠?"

나도 모르게 쓴웃음이 났다. 나를 속이려고 했을 때의 도카도 틀림없이 이런 기분이었겠구나 싶었다.

"뭐가 웃기죠?"

그녀가 얼굴을 붉히며 나를 노려봤다.

"아니, 문득 옛날 일이 생각나서 그리워졌을 뿐이야."

"말 돌리지 마요. 당신이 사기꾼이 아니라는 걸 증명할 수 있어요?"

"불가능해."

나는 솔직하게 말했다.

"그렇지만 만약 내가 도카가 말하는 유산을 노린 사기꾼이라면,

아마가이 치히로라는 의자 본인을 연기할 생각은 안 했을 것 같은데. 아마가이 치히로와 아주 닮은 누군가를 연기하는 쪽이 훨씬 도카의 마음을 뺏기 쉬울 것 같은데 말이야."

그녀는 내 반론을 듣더니 한참 동안 생각에 잠겼다. 그러고는 싸늘한 어조로 말했다.

"그렇게 단정 지을 수 없죠. 이미 제가 의억과 기억을 구별할 수 없게 됐다고 생각했을지도 모르니까요. 의억이 신형 AD에 내성이 있다는 건 보통 사람이면 모르니까요. 아니면 거짓말이든 진짜든 어떻게 되든 상관없다고 할 정도로 마음이 약해졌다고 생각했을지도요."

"또는 의억의 영향을 과대평가했을지도 모르지."

나는 선수를 쳤다.

"그게 아니면 소꿉친구 본인으로 연기하지 않으면 안 될 사정이 있었는지도."

"그런 말로 현혹하려고 해도 소용없어요. 어쨌든 '아마가이 치히로'는 실재하지 않는 인간이에요."

"면허증이나 보험증을 보여준다고 해도 납득하지 않겠지?"

"그럼요. 그딴 건 얼마든지 위조할 수 있으니까. 게다가 설령 당신이 아마가이 치히로 본인이라고 해도, 제 소꿉친구였다는 증거가 될 수 없죠. 이 의억 자체가 애초에 절 속이기 위해 만들어진 것일지도 모르니까."

과거의 나 자신을 보는 것 같아 절로 한숨이 나왔다.

“그리고 또, 맞아요. 비겁한 관심병 환자일 가능성도 지울 수 없죠. 세상에는 사람 마음을 갖고 놀며 뒤에서 웃는 걸 좋아하는 사람도 있으니까요.”

“너무 비관적이네. 예를 들어 과거에 도카에게 큰 도움을 받은 남자가 지금 은혜를 갚으려고 하고 있다, 그런 경우는 생각해볼 수 없어?”

그녀는 단호히 고개를 저었다.

“제게 그런 인망 같은 게 있을 리 없어요. 시한부 선고를 받았는데도 가족, 친구, 동료, 단 한 사람도 문병 오지 않았어요. 얼마나 고독하고 무의미한 인생을 보냈길래 이럴까요. 앨범이나 일기 같은 것도 일절 남기지 않은 건, 제 과거가 되돌아볼 가치가 없었기 때문이겠죠. 죽기 전에 모든 기억을 잃은 게 차라리 다행일지도 몰라요.”

“그래, 도카의 인생은 고독했는지도 몰라.”

나는 수긍했다.

“하지만 결코 무의미하지는 않았어. 그러니까 내가 여기 이렇게 있는 거야. 넌 나의 ‘히로인’이고 난 너의 ‘히어로’니까.”

“……무슨 헛소리를 하는 거예요?”

그 뒤로도 비슷한 실랑이가 몇 번이고 되풀이됐다.

“당신은 도저히 이해 못하겠지만.”

도카가 살짝 떨리는 목소리로 말했다.

"아무리 허구라고 해도 저에게 '아마가이 치히로'의 기억은 의지할 수 있는 유일한 곳이에요. 그는 제 세계의 모든 것이라고 말해도 과언이 아니라고요. 당신은 지금 그 신성한 이름을 더럽히고 있어요. 제 마음에 들려고 그의 흉내를 내고 있다면 역효과에요. 저는 '아마가이 치히로'를 사칭하는 당신이 역겨워서 못 견디겠으니까."

"그래. 너에게 그건 무엇보다 소중한 기억일 거야."

나는 그녀의 말을 역이용해봤다.

"그래서 기적적으로 망각을 면할 수 있었다, 그렇게 생각할 수도 있지 않을까?"

"아뇨. 소중한 기억만은 살아남는다고 한다면, 그런 사례가 몇 건은 확인되겠죠. 저보다 훨씬 멋진 추억을 갖고 있는 신형 AD 환자는 얼마든지 있을 테니까요."

"하지만 단 한 사람과의 추억만을 도카처럼 고집하는 사람은 없었던 거야. 그게 아닐까?"

몇 초간의 침묵이 그녀 마음의 흔들림을 웅변하고 있었다.

그럼에도 그녀는 꺾이지 않고 말했다.

"당신이 뭐라고 해도, 이 기억은 의억임에 틀림없어요. 이야기 자체가 너무 잘 만들어져 있다고요. 기억 하나하나가 너무 근사해서, 제 열망에 따라 쓰였다는 느낌이 절절하게 전해져요. 이건 제

'이력서'에 기초해서 만들어진 의억인 게 확실해요. 어두운 인생을 밟아온 저는 결국 허구 속에서 구원받으려 한 거겠죠."

내가 다음 반론을 입에 담으려는 순간 면회 시간 종료를 알리는 오르골 음악이 병원 내에 흐르기 시작했다.

〈반딧불이의 빛〉.

우리는 대화를 중단하고 그 곡에 귀를 기울였다. 그녀와 내가 같은 풍경을 떠올리고 있다는 데 의심의 여지가 없었다.

"그래, 이건 일종의 저주야."

나는 웃으며 말했다.

도카는 내 말을 무시했지만, 단단히 굳어 있던 표정이 아주 조금이지만 부드러워진 걸 나는 놓치지 않았다.

"이제 갈게. 방해해서 미안. 그럼 내일 봐."

의자에서 일어나 등을 돌리자, 그녀가 말했다.

"잘 가요, 사기꾼 씨."

무뚝뚝한 말투였지만 적의는 느껴지지 않았다.

나는 돌아서서 "내일은 좀 더 일찍 올게."라는 말을 남기고 병실을 뒤로했다.

그로부터 며칠 동안 도카는 나를 '사기꾼' 취급했다. 내가 무슨 말을 해도 사기꾼의 감언이설이라 치부하고는 "오늘도 수고 많으십니다."라는 식으로 비아냥거리기만 했다.

하지만 나는 곧 그런 태도가 연기라는 걸 알아차렸다. 나보다 훨씬 머리 회전이 빠른 그녀는 내가 소꿉친구라고 사기를 쳐도 아무런 메리트가 없다는 걸 일찍이 깨닫고 있었다. 또한 내가 그녀에게 진심으로 호의를 갖고 있다는 사실도.

아무래도 도카는 내게 속는 걸 두려워하는 것이 아니라, 나와 친밀해지는 걸 두려워하는 듯했다. 냉정한 태도를 취하는 것은 역시 두 사람의 관계에 선을 긋기 위해서다. 긴장이 풀려서 친숙한 제스처가 나와버릴 것 같을 때, 그녀는 나를 사기꾼 취급함으로써 두 사람 사이에 거리를 두고 스스로를 제어했다.

그 마음이 이해 안 되는 것은 아니었다. 얼마 지나지 않아 이 세상에서 떠나는 게 확정된 몸인 그녀로서는 되도록 수중의 짐을 늘리고 싶지 않겠지. 지금의 그녀에게 '앞으로 손에 넣을 것'은 '앞으로 잃을 것'과 같은 뜻이다. 생의 가치가 높아질수록 죽음의 위협도 커진다. 그녀는 생의 가치를 제로로 삼음으로써 말 그대로 미련 없이 세상을 떠나고 싶은 것이다.

그럼에도 완전히 나를 내칠 정도로 체념의 끝까지는 이르지 못한 모양인지 내가 병실에 얼굴을 비치면 눈에 띄게 기뻐했고, 내가 돌아갈 시간이 되면 눈에 띄게 쓸쓸해했다. 한번은 내가 감정이 격해져서 그녀를 껴안아버렸을 때도 전혀 저항하지 않았고, 몸을 뗐을 땐 뭔가 아쉽다는 듯이 입술을 깨물었다. 이따금 긴장이 풀려서 나를 "치히로." 하고 불러놓고는 그때마다 당황하며 "……를 사칭하는 사기꾼 씨."라고 덧붙이며 얼버무리려 했다.

나는 1초라도 더 그녀 곁에서 지내기 위해 대학에 휴학계를 내고 아르바이트를 그만뒀다. 병실에서 떨어져 있는 동안에는 신형 AD와 관련한 자료를 샅샅이 훑어봤고, 무의미하다는 걸 알면서도 그녀의 생명을 연장할 방법을 모색했다. 물론 그런 노력은 모두 아무런 성과도 거두지 못했다.

◇◇◇◇◇

병실에서 음악을 들을 수 없냐고 묻자, 도카의 얼굴이 어두워졌다.

"여기로 가지고 오지 않았어요. 제가 갖고 있던 음원은 모두 레코드판이라서. 일부밖에 못 가지고 올 바에는 차라리 전부 다 놔두고 오는 걸로 해버렸는데……."

"그런데 지금은 후회가 돼?"

"아주 조금이지만."

그녀는 고개를 끄덕였다.

"1인실은 낮에는 조용해서 좋은데, 밤에는 좀 과하게 조용하죠."

"그럴 거라고 생각했어."

나는 주머니에서 휴대용 음악 플레이어를 꺼내 그녀에게 건넸다.

"도카가 좋아하는 노래, 일단 다 넣어봤어."

도카가 쭈뼛쭈뼛 손을 뻗어서 그것을 받아 들었다. 화면을 만지

작거리며 조작 방법을 확인한 후 이어폰을 양쪽 귀에 꽂고 재생 버튼을 눌렀다.

그녀는 한참 동안 음악 듣기에 열중했다. 표정에 변화는 없었지만, 그녀가 즐거워하고 있다는 것을 미세한 몸의 떨림으로 알 수 있었다. 마음에 든 것 같았다.

음악에 심취한 시간을 방해하지 말아야겠다는 생각에 잠깐 자리를 비우려고 했다. 의자에서 살짝 엉덩이를 떼는데, 그녀가 거의 반사적으로 고개를 쳐들었다. 그러고는 재빨리 이어폰을 빼고 "저." 하며 조르는 듯이 말문을 열었다.

"……어디 가려고요?"

담배라도 피울까 싶어서 그런다고 답하자, 그녀는 "그래요?"라며 한숨을 쉬고는 다시 이어폰을 꽂고 음악의 홍수 속으로 돌아갔다.

순간 허를 찔렸지만, 나는 건물 밖 흡연실로 가서 담배를 피웠다. 세 모금만 피우고 불을 끈 뒤 벽에 기대 눈을 감은 채 방금 전 도카가 나를 붙들려 했던 순간을 곱씹으며 조용히 전율했다.

이유가 무엇이건 간에, 지금도 그녀는 나를 원한다. 그 사실이 견딜 수 없이 기뻤다.

다음 날 병실로 찾아갔을 때도 도카는 음악에 심취해 있었다. 양손을 귀에 대고 따뜻한 양지에서 잠든 고양이처럼 실눈을 떴고, 두 뺨이 아주 살짝 누그러져 있었다.

내가 말을 걸자 그녀는 이어폰을 빼고 "안녕하세요, 사기꾼 씨."

라고 친밀하게 인사했다.

"넣어준 음악, 전부 다 들었어요."

"전부 다?"

나도 모르게 되물었다.

"다 합치면 10시간이 넘을 텐데……."

"네. 그래서 어제부터 안 잤어요."

그녀는 양손으로 입을 가리며 하품을 하고는 집게손가락으로 눈가를 비볐다.

"한 곡도 빠짐없이, 다 저한테 딱 맞는 곡이었어요. 지금 막 두 바퀴째에 들어가고 있었어요."

나는 웃었다.

"그렇게 좋아해주니 기쁘긴 한데, 그래도 좀 자두는 게 좋아."

하지만 그녀는 내 얘기는 귀에 들어오지 않는 모양이었다. 침대에서 몸을 일으키고는 플레이어 화면을 내게 보이며 상기된 얼굴로 말했다.

"이 곡은, 벌써 열 번도 넘게 들어서……."

그 순간 뭔가 생각났다는 듯이 손뼉을 치고는, 이어폰 한쪽을 왼쪽 귀에 끼우더니, 다른 한쪽을 내게 내밀었다.

"치히로도 같이 들어요."

나를 사기꾼이라 부르는 것마저 완전히 까먹은 모양이었다. 하지만 그녀가 그렇게 되는 것도 무리는 아니다. 반평생에 걸쳐 완성한 플레이리스트를, 기억을 지우고 처음부터 듣는다. 음악을 좋아하는 사람 입장에서 이런 사치가 없다(어쩌면 신형 AD의 망각 범주에 음악은 들어가 있지 않을지도 모르지만, 최소한 그 음악과 자신과의 관계성은 망각되리라).

나는 침대에 그녀와 나란히 앉아, 이어폰을 받아 들고 오른쪽 귀에 꽂았다. 그녀는 플레이어를 모노 모드로 바꾸고 재생버튼을 눌렀다.

여름방학 동안 그녀와 몇 번이나 들었던 오래된 노래가 이어폰에서 흐르기 시작했다.

세 번째 곡을 듣는 사이 도카의 눈꺼풀이 서서히 감기기 시작했다. 메트로놈처럼 진자운동을 되풀이한 뒤, 그녀는 내게 몸을 기대더니 무릎 위에서 잠들고 말았다. 침대에 눕히는 편이 나았겠지만 나는 그 자세에서 꼼짝할 수 없었다. 조심스레 손을 뻗어, 플레이어의 음량을 낮춘 후 편안히 잠든 그녀의 얼굴을 질리지도 않고 한없이 바라봤다.

문득 **나는 이 사람을 잃으려 하고 있다.**라고 남 일처럼 생각했다.

그 사실이 내게 무얼 의미하는지 나는 아직 파악할 수 없다. 세계의 종말이 내게 무얼 의미하는지 모르는 것과 마찬가지다. 그 슬픔은 지나치게 거대해 불가능하다고는 말 못해도 내 잣대로 잴 수 없는 건 분명하다.

어찌 됐건 지금 해야 할 일은 비탄에 잠기거나 운명을 저주하는 게 아니다. 그런 일들은 일단 뒤로 제쳐놓고 도카와 둘이서 보내는 시간에 충실하는 것에만 집중해야 한다. 절망은 모든 것이 끝난 뒤에 해도 전혀 늦지 않다. 그럴 시간은 지긋지긋할 만큼 충분히 있을 테니까.

한숨 자고 난 뒤 도카는 평소의 침착함을 되찾았다. 무릎 위에서 잠든 걸 사과한 뒤 내 얼굴을 빤히 쳐다보다가 뭔가 체념한 듯이 깊게 탄식했다.

"사기꾼 씨는 진짜 절 기쁘게 하는 법을 잘 아네요. 얄미울 정도로."

호칭이 '사기꾼 씨'로 되돌아가버린 걸 내심 안타깝게 여겼다.

"왠지 되게 지치네요."

그녀는 침대에 털썩 쓰러져 눕고는 나른한 목소리로 말했다.

"있잖아요, 사기꾼 씨. 지금 이 자리에서 진실을 말해주면, 제 전 재산을 드릴게요. 어차피 따로 남길 사람도 없는데."

"그럼 진실을 말해줄게. 난 어찌할 바를 모를 정도로 도카가 좋아."

"거짓말쟁이."

"거짓말 아냐. 너도 조금은 느끼고 있지 않았어?"

그녀는 몸을 돌려 내 시선을 피했다.

"……이런 빈껍데기인 여자가 뭐가 좋은데요?"

"전부 다."

"악취미네요."

목소리로 그녀가 웃고 있다는 걸 알았다.

◇◇◇◇◇

도카는 조금씩 내 앞에서 미소를 보이게끔 됐다. 내가 앉을 의자를 준비해준다거나, 문병을 마치고 돌아가는 내게 "내일 또 봐요."라고 말해준다거나, 내 무릎 위에서 낮잠을 자는 게 일과가 됐다(그녀는 어디까지나 우연인 척했지만).

담당 간호사의 말에 따르면 도카는 내가 없을 때는 내 얘기만 한다고 했다. "저 애, 오전에는 창밖만 내내 지켜보면서 당신이 나타나기를 이제나저제나 하면서 기다려요."라고 간호사가 내게 몰래 귓속말해줬다.

그 정도까지 날 받아들였다면 이제는 내 거짓말에 넘어가줘도 좋을 텐데, 도카는 마지막 한 발만큼은 결코 양보하지 않았다. 어디까지나 나는 유산을 노린 '사기꾼 씨'이고, 그녀는 그 '사기꾼 씨'의 정체를 알면서도 그와의 교류를 즐기고 있을 뿐이라는 방어 태세를 늦추지 않았다. 과거의 누군가가 꼭 그랬던 것처럼.

어느 저녁, 내 어깨에 기댄 도카가 쓸쓸한 어조로 말했다.

"사기꾼 씨 입장에서 보자면 지금의 전 꽤나 손쉬운 먹이겠네요.

완전히 약해져서는 누군가가 조금만 다정하게 대해주면 바로 항복해버릴 테니까."

사실 이미 거의 항복해버렸지만요. 그녀가 작은 목소리로 덧붙였다.

"그렇다면 이제 그만 순순히 항복하고 날 소꿉친구로 인정해주면 참 기쁠 텐데 말이야."

"그건 무리죠."

"내가 그렇게 수상한 작자로 보여?"

쉼표 세 개쯤 정도 사이를 두고 그녀가 대답했다.

"당신의 호의가 가짜가 아니라는 건, 어렴풋이 알겠어요. 그치만……."

"그치만?"

"아니 그렇잖아요."

건조한 목소리로 그녀가 말했다.

"모든 기억이 지워져버렸다는데 한 남자의 기억만 지워지지 않고 남았다니. 가족한테 버림받고 친구도 없는데, 그 남자만은 매일 하루도 쉬지 않고 만나러 와준다. 일도 할 수 없어서 아무 가치도 없는 나를, 그런데도 좋아한다고 말해준다. 그런 달콤한 이야기가 세상에 있을 리가 없잖아요."

"……그렇긴 하네. 나도 그렇게 생각했었어."

그녀가 벌떡 일어나 내 얼굴을 뚫어져라 쳐다봤다.

"거짓말이라는 걸 인정하는 거예요?"

"그게 아냐."

나는 천천히 고개를 저었다.

"도카가 나를 믿지 않아도 어쩔 수 없다고 생각해. 달콤한 이야기가 모두 함정으로 보이는 심정은, 뼈에 사무칠 만큼 잘 알아. ……하지만 있잖아, 인생에는 이따금 그런 뭔가 이상한 일이 일어날 수도 있는 거야. 행복하기만 한 인생이 그리 흔하지 않듯이, 불행하기만 한 인생도 그리 흔한 게 아냐. 도카는 도카의 행복을 조금만 더 믿어도 괜찮지 않을까 싶어."

그 말은 과거의 나 자신에게 하는 말이기도 했다.

그때의 나는 내 행복을 믿었어야 했다.

도카는 내 말을 곱씹듯이 입을 다물고 있다가 이내 휴 하고 숨을 내쉬었다.

"그렇다고 한들, 이제 와서 행복해진다니 허무할 뿐이죠."

쿵쾅거리는 심장을 지그시 누르듯이 왼손을 가슴에 대고 그녀는 힘없이 웃었다.

"그러니까 당신은 사기꾼 씨로 있는 게 나아요."

하지만 그녀의 허세도 그날까지였다.

다음 날, 병실을 방문한 내 눈에 펼쳐진 광경은 침대 위에서 무릎을 감싸 안고 떨고 있는 도카의 모습이었다.

말을 걸자 그녀는 고개를 들고 울먹이는 목소리로 "치히로."라고 내 이름을 불렀다. 사기꾼 씨가 아니라.

그러고는 침대에서 내려와 비척비척 걸어와서는 내 가슴에 얼굴을 파묻었다.

나는 그녀의 등을 쓰다듬으며 대체 그녀에게 무슨 일이 일어난 건지 고민해봤다.

아니, 사실 고민할 필요도 없었다.

올 때가 온 것이다. 그게 다다.

도카가 조금이나마 진정되기를 기다렸다가 나는 물었다.

"의억까지 지워지기 시작했어?"

그녀가 내 품 안에서 살짝 고개를 끄덕였다.

윙 하고 이명이 작게 들렸다.

의억의 소멸.

그것은 그녀가 결국 진정한 무無에 발을 내디뎠음을 의미한다. 우리에게 남은 시간이 이제 보름도 되지 않음을 암시하고 있다. 기억을 먹어 해치운 병마가 그 다음 손을 대는 것은 그녀의 생명 그 자체다.

그녀가 신형 AD라는 게 밝혀진 시점부터 이날이 온다는 것은 확정되어 있었다.

받아들이고 있다고 생각했다. 각오하고 있다고 믿었다.

그러나 결국 나는 아무것도 모르고 있던 것이다.

그날 나는 '레테'가 개발된 진짜 이유를 알았다.

인간이 나노 기계의 힘을 빌려서 잊고자 한 것의 정체를, 스무 살이 되어 마침내 이해했다.

그녀는 그로부터 몇 시간이나 울음을 그치지 않았다. 지금껏 평생 삼켜온 눈물을 한 방울도 남김없이 다 쥐어짜내겠다는 듯이.

창으로 들이비치는 저녁 노을이 병실을 옅은 오렌지빛으로 가득 물들일 무렵, 그녀는 마침내 눈물을 그쳤다. 뿌예진 시야 한구석에 그녀의 기다란 그림자가 흔들리는 게 보였다.

"있잖아, 옛날이야기 해줘."

잠긴 목소리로 도카가 말했다.

"나랑 치히로 이야기."

◇◇◇◇◇

가짜 추억을, 나는 도카 앞에서 이야기했다.

처음 만났던 날의 추억. 내가 그녀를 유령이라 믿었던 추억. 그녀를 자전거 뒷자리에 태워서 동네를 돌아다닌 추억. 학교에 익숙지 않은 그녀를 돌봐주는 당번으로 유일하게 얼굴을 아는 내가 임명된 추억. 매일 아침 그녀를 데리러 가서 함께 등교했던 추억. 평일에도 휴일에도 잠깐 동안도 떨어지지 않고 함께 있던 추억. 항상 그녀가 내 손을 잡고 있던 추억. 고학년이 되자 동급생이 우리 관계를 놀리게 된 추억. 칠판에 하트 우산이 그려진 추억. 내가 그걸 지우려고 하자 그녀가 놔두라고 한 추억. 어두침침한 서재에서 몇 번이고 음악을 들은 추억. 그녀가 우쭐거리는 얼굴로 가사의 뜻을 알려준 추억. 휴일에 그녀의 집에서 하룻밤 잔 추억. 둘이서 영화 잡지를 보다가 야한 장면이 나와서 어색해진 추억. 소풍가는 버스에서 옆자리에 앉은 추억. 등산 중에 힘이 빠져 쓰러질 뻔한 그녀를 내가 업고 간 추억. 임간학교 텐트에서 친구들과 좋아하는 여자애에 대해 말했다가 다음 날 반 전체에 소문이 다 퍼진 추억. 그녀도 똑같은 일을 당한 추억. 포크 댄스에서 짝이 됐을 때 그녀가 계속 고개를 숙이고 있던 추억. 6학년 여름에 그녀가 심한 발작을 일으킨 추억. 그로부터 한동안 그녀가 기침을 할 때마다 미치도록 신경 쓰였던 추억. 7월, 칠석 소원 종이에 도카의 천식이 낫게 해달라고 썼더니 그녀의 눈이 촉촉해진 추억. 중학생이 돼서 부 활동이 시작되며 함께 있을 시간이 줄어든 추억. 중학교 2학년 때 처음으로 딴 반이 된 추억. 그게 계기가 돼서 서로를 이성으로 의식하기 시작한 추억. 대하는 태도가 조금씩 어색해진 추억. 그녀가 늘 내 부 활동이 끝날 때까지 교실에서 기다려준 추억. 〈반딧불이의 빛〉 가사를 둘이서 엉뚱하게 기억했던 추억. 3학년이 돼서는 초등학교 때와는 다른 형태로 동급생에게 놀림을 샀던 추억. 한번은 정색해서 우리 관계의 진위에 대해 소리 질러 이야기했더니 이후로 놀리는 동급생이 사라진 추억. 그녀가 그 이야기를 듣고 얼굴이 새빨

개진 추억. 체육 대회 릴레이 최종 주자로 뽑힌 추억. 결승선을 통과한 뒤 쓰러져서 양호실에서 그녀가 간병해준 추억. 열다섯 살 여름 축제가 왠지 특별했던 추억. 그녀의 유카타 차림이 아름다웠던 추억. 변명거리를 잔뜩 만들어두고 약삭빠르게 키스를 한 추억. 그 키스가 세 번째도 네 번째도 아닌 다섯 번째였다는 추억. 서로 아무 느낌이 없는 척해서 현상 유지를 하려고 애쓴 추억. 부 활동을 그만두고 나서는 둘이 함께 보내는 시간이 늘어서 기뻤던 추억. 가족 문제로 고민하는 그녀를 위로하기 위해 집에서 술을 가져와 함께 마신 추억. 그랬다가 살짝 취해서 오버해버렸던 추억. 다음 날 쑥스러워서 서로 눈을 마주치지 못했던 추억. 문화제 준비 중에 주변에서 괜히 신경 써서 우리 둘만 있게 해주었던 추억. 컴컴한 교실에서 평소에는 하지 않았던 이야기를 했던 추억. 베란다에서 바라보는 달이 예뻤던 추억. 수학여행 밤에 몰래 만났던 추억. 학급 자유 시간에 둘만 따로 행동하는 걸 친구들이 묵인해준 추억. 같은 고등학교에 가기 위해 함께 도서관에 다니며 공부했던 추억. 도서관에서 돌아오는 길에 첫눈이 내렸던 추억. 눈 내리는 가로등 밑에서 신이 난 그녀에게서 시선을 뗄 수 없었던 추억. 손을 잡고 돌아가고 싶어서 둘 다 일부러 장갑을 갖고 다니지 않았던 추억. 새해 참배 뒤 그녀의 말수가 유난히 적어진 추억. 그 무렵에는 이미 그녀의 이사 날짜가 정해졌던 추억. 밸런타인데이에 예전보다 훨씬 정성을 들인 초콜릿을 받은 추억. 갑자기 이사에 대해 듣고 그녀에게 심하게 대해버렸던 추억. 처음 그녀를 울려버렸던 추억. 다음 날 그녀의 집에 사과하러 가서 화해한 추억. 서로 멀리 떨어져도 만나러 가겠다고 약속한 추억. 졸업이 다가와 그녀가 걸핏하면 눈물을 흘리게 된 추억. 울다 웃고, 웃다 울었던 추억. 졸업식 뒤 둘이서 동네를 돌아다니며 그동안의 추억을 이야기했던 추억. 이사 전날에 텅 빈 서재에서 히어로와 히로인에 대해 이야기했던 추억. 우리 사이에 일어났을지도 모르는 추억. 일어났으면 했던 추억. 일어났어야 했던 추억.

나는 머리에서 떠올릴 수 있는 모든 것들을 계속 이야기했다. 도카는 자장가라도 듣듯이 평온한 표정으로 내 이야기를 들었다. 추억을 들을 때마다 그녀는 "어머, 그런 일이 있었구나." 하며 미소 지었다. 그리고 손에 든 파란 노트에 짧게 메모했다.

내가 일곱 살 때의 추억을 이야기할 때 그녀는 일곱 살 소녀가 되었고, 열 살 때의 추억을 이야기할 때 그녀는 열 살 소녀가 되었다. 물론 나도 똑같았다. 그렇게 우리는 일곱 살에서 열다섯 살까지 9년간을 다시 살았다.

의억에 포함되지 않은 에피소드를 내가 말하고 있다는 걸 깨달은 건 이야기가 이미 종반에 접어들 무렵이었다.

도카가 만든 '그린그린'에는 여백이 상당히 있었다. 제작 시간이 부족했을지도 모르거니와 효과적인 에피소드를 최소한 배치하는 것만으로도 충분하다 생각했을지도 모른다. 어쨌든 거기에는 자유로운 해석의 여지가 있었다. 나도 모르게 그 틈새를 상상력에 의해 채워가고 있었다.

필연적인 상상에 기초한 필연적인 에피소드를 덧붙이며 나는 의억의 세부를 보완했다. 그 에피소드들은 도카가 만든 이야기에 아주 자연스럽게 녹아들어갔다. '그린그린'은 날이 갈수록 그 색채를 더해갔다. 나는 병실을 떠나 있는 동안에 우리 두 사람의 이야기를 계속 되고했다. 과거는 내 해석에 따라 한없이 미화될 수 있을 것 같았다. 내가 내 상상력에 허를 찔리지 않는 한.

하지만 여백을 구석구석까지 채워나가도 추억은 더욱 부족하기만 했다. 닷새째, 나는 의억의 내용을 하나도 남김없이 다 이야기하고 말았다. 재회의 약속을 하고 도카가 이사를 떠난 일을 말하고 나자, 그 뒤에는 아무것도 남지 않았다.

공허한 침묵이 이어졌다.

도카가 천진난만한 표정으로 물었다.

"그다음은?"

다음은 없어. 나는 마음속으로 말했다.

넌 일곱 살에서 열다섯 살까지의 의억밖에 만들지 않았어. 이야기는 여기서 깨끗하게 마무리되고 그 뒷이야기를 유일하게 알고 있을 여자는 이미 이 세계에는 없어.

그럼에도 여기서 이야기에 종지부를 찍을 수는 없었다. 이야기는 그녀의 생을 이어나가게 하는 최후의 실이다. 이 실을 잃어버리는 순간, 그녀의 텅 빈 육체는 초가을의 바람에 끌려 날아가, 순식간에 어딘가 먼 곳으로 가버릴 것만 같았다.

그래서 나는 도카의 공상 패턴을 이어나가기로 했다.

그녀의 이야기가 끝났다면, 이제는 내 이야기를 만들어나가면 된다.

'그린그린'의 여백을 메우는 것과 같은 요령으로, 나는 열다섯 살에서 스무 살까지의 둘의 인생을 치밀하게 지어냈다. 멀리 떨어져 지낸 두 사람이 그 거리를 극복하여 더 견고한 사랑을 이루어내기에 이르는, 정당한 '속편'을 만들었다.

나는 그 '속편'을 이야기했다. 도카는 지금까지와 변함없이 자연스럽게 내 이야기를 받아들여주는 듯했다.

다음 날도, 그다음 날도 나는 거짓말을 계속 이어나갔다. 《천일야화》 속 셰에라자드처럼 이야기를 늘려나가면 늘려나갈수록 도카가 좀 더 오래 살 수 있지 않을까 기도하는 심정으로.

그 2주간, 이 세계에는 나와 도카밖에 없다고 생각했다. 우리는 인류 최후의 생존자로 꼭 붙어서, 나뭇잎 사이로 햇살이 들이비치는 마루에 앉아서 오래된 추억을 함께 이야기하며 세계의 종말을 지켜보고 있었다.

그리고 이제 곧 나는 최후의 한 사람이 될 것이다.

◇◇◇◇◇

딱 한 번 꿈을 꿨다. 신형 알츠하이머병 치료제가 완성되어, 도카가 피실험자로 선발되었고 병이 완치된 데다가 기억도 모두 되살아났다는 꿈이었다. 퇴원한 그녀를 마중 나가서 구름 한 점 없는 맑은 하늘 밑에서 얼싸안으며 기쁨을 나눴고, 이제부터 우리 둘이서 진짜 추억을 만들어나가자며 손가락 걸고 약속할 때쯤 꿈에서 깼다.

싸구려 해피엔딩이다. 그렇게 생각했다. 당돌하고 억지스럽고 형이상학적인 엔딩. 의억에서는 용납될지 모르지만, 다른 매체라면 틀림없이 트집 잡힐 것이다. 기적이란 원래 줄거리에서 벗어난 장소에만 그 존재가 허락되는 현상이다.

하지만 상관없었다. 싸구려라도 당돌하더라도 억지스럽더라도 형이상학적이더라도 상관없었다. 만듦새가 아무리 허술한 이야기라도 상관없었다. 나는 그 꿈이 현실이 되기를 기도했다.

아니, 아직 시작조차 못했다. 우리 관계는 이제부터였다. 영혼 깊숙한 곳까지 함께 나눈 두 사람 사이에 진짜 사랑이 싹틀 때 비로소 우리의 오랜 고독한 나날이 보상받을 것이었다.

하지만 현실에서는 시작도 하기 전에 끝나고 있었다. 그녀가 나를 진정으로 이해하기 시작할 무렵에는 이미 엔딩 크레디트가 올라가기 시작했고, 내가 그녀를 진정으로 이해하기 시작할 무렵에는 관객이 자리에서 일어나기 시작했다. 우리의 사랑은 10월의 매미처럼 갈 곳을 찾지 못하고 그냥 그렇게 숨을 거두었다. 모든 것이 너무 늦고 말았다.

최소한 앞으로 한 달의 집행유예가 주어진다면 어떻게 될까? 한 달치 행복과 한 달치의 불행이 함께 더해지겠지. 그게 하룻밤 고민한 끝에 다다른 결론이었다. 가능성을 얼핏 엿본 것만큼 견디기 힘든 이별의 고통도 한층 더해지겠지.

시작된 순간 끝나는 사랑과 시작되기 직전에 끝나는 사랑. 어느 쪽이 더 비극일까? 아니 무의미한 질문일 것이다. 각각의 비극은 각각의 최악일 뿐 거기에 서열을 나눌 수는 없는 법이다.

이야기라는 건 그럴 마음만 있다면 한없이 이어나갈 수 있다. 그럼에도 어떤 이야기이든 끝이 나는 건, 지은이가 아니라 이야기 자체가 그걸 요구하기 때문이다. 그 목소리를 들어버리면, 설령 아무리 이야기가 미완성이더라도 적당히 타협하고 이야기에서 물러날 수밖에 없다. 〈반딧불이의 빛〉을 들은 손님처럼.

10월의 어느 오후, 시침이 3시를 지나고 얼마 지나지 않아, 나는 그 목소리를 들었다. 나는 내가 전하는 이야기가 끝나버렸다는 걸 알았다.

에피소드를 끼워 넣을 만한 여백은 아직 남아 있다. 그러나 여백의 양이 문제가 아니었다. 내 이야기에는 더 이상 더할 수 있는 것이 존재하지 않았다.

그것은 하나의 이야기로 완성돼버린 것이다.

여기서 더 덧붙여봐야 모두 사족이 된다. 이야기를 만들어낸 자로서의 본능으로 나는 그걸 깨달았다.

옆에 앉아서 이야기를 듣고 있던 도카도 전 의억기공사로서의 직감으로 그걸 깨달은 모양이었다. 그녀는 더는 "그다음은?"이라고 묻지 않았다. 몇 분간 눈을 감고 여운에 잠겨 있다가, 이윽고 침대에서 내려와 창가에 서서는 기지개를 켰다. 나지막이 숨을 토하고 나서 돌아봤다.

그녀가 무슨 말을 하려는지 알 수 있었다. 그렇지만 말하게 해서는 안 된다는 느낌이 들었다. 그걸 말해버리면 더 이상 되돌릴 수 없다.

나는 마지막 한마디를 계속 잇기 위해 필사적으로 단어를 찾았다. 그러나 덧붙일 단어는 한 글자도 찾아낼 수 없었다.

그녀가 말문을 열었다.

"있잖아, 치히로."

나는 대꾸하지 않았다. 그게 내가 할 수 있는 저항의 전부였다.

그녀는 상관하지 않고 말을 이었다.

"오늘 치히로가 오기 전까지 노트를 다시 읽어보면서 쭉 생각했어. 왜 치히로는 나한테 이렇게까지 해주는 걸까. 왜 치히로가 내 의억의 내용을 알고 있는 걸까. 왜 치히로가 쭉 내 소꿉친구인 척하는 걸까."

짧은 침묵 후 그녀가 공허한 미소를 지었다.

"치히로."

다시 한번 내 이름을 불렀다.

"내 시시한 거짓말에 어울려줘서 정말 고마워."

그렇다.

거짓말이란 언젠가 반드시 들통나는 법이다.

그녀는 다시 내 옆에 앉고는 고개를 숙인 내 얼굴을 밑에서 들여다보며 말했다.

"먼저 거짓말을 시작한 건 나였겠지?"

나는 한참 동안 말없이 버티다가, 그래봐야 쓸데없다는 걸 깨닫고 체념 끝에 "응." 하고 인정했다. 도카는 "그랬구나."라고만 말하고 얼굴에 미소를 띠었다.

서로 그 이상의 설명은 필요 없었다. 그녀는 그 경이로운 상상력을 통해 파란 노트에 적혀 있는 단편적인 정보로부터 일의 모든 전모를 유추해냈다. 그게 다다.

그녀에게서 실망한 듯한 표정은 보이지 않았다. 그렇다고 해서 모든 것이 거짓이라서 기뻐하고 있는 것 같아 보이지도 않았다. 그저 과거의 우리 사이에서 만들어진 복잡하게 얽힌 이야기를 곱씹어보는 것처럼 보였다.

창밖으로 보이는 창공에 가느다란 비행운이 곧게 그어졌다가 곧 사라졌다. 8월의 하늘에 똬리를 틀었던 거대한 적란운은 흔적도 없이 자취를 감추고, 지금은 자전거를 타다가 난 생채기처럼 실 가닥 같은 가는 구름만 몇 줄기 남아 있을 뿐이다.

어딘가 멀리 떨어진 건널목에서 경고음이 울리고 있었다. 기적 소리가 들리며 열차 소리가 멀어지다가 몇 초 후 휙 하고 경고음이 그쳤다.

도카가 갑자기 말문을 열었다.

“전부, 진짜였으면 좋았을 텐데. 그치?”

나는 고개를 저었다.

“그렇지 않아. 이 이야기는 거짓이었기에 진짜보다 훨씬 다정한 거야.”

“……그렇구나.”

그녀가 뭔가 거머쥐듯이 양손을 가슴 앞에서 모으며 수긍했다.

“거짓말이니까 다정한 거구나.”

◇◇◇◇◇

마지막으로 부탁이 있다고 도카가 말했다. 그게 그녀의 마지막 거짓말이었다.

캐비닛 서랍에서 꺼낸 하얀 가루가 든 약봉지를 그녀가 내게 내밀었다.

"이게 뭐야?"

나는 물었다.

"치히로 집에 있던 '레테'야. 원래 치히로한테 갔어야 할, 소년 시절의 기억을 지우기 위한 '레테'."

나는 손바닥에 놓인 약봉지를 바라봤다. 그리고 그녀의 의도를 알아차렸다.

이 타이밍에 '레테'를 내게 돌려준다는 것은 **그런 의미이리라**.

"이걸 지금 이 자리에서 복용했으면 좋겠어."

내 예상과 한 글자도 다르지 않게 그녀가 말했다.

"치히로의 소년 시절을 나만의 것으로 갖고 싶어."

그녀가 바란다면 내게 거절할 이유는 없었다. 나는 말없이 고개를 끄덕이고 병실에서 나와, 자동판매기에서 생수를 사서 돌아왔다. 도카가 준비해놓은 컵에 물을 따르고, 약봉지를 뜯어 물에 녹였다.

그리고 단숨에 비웠다.

쓴맛은 없었고 이물감도 없었다. 그건 정말 단순한 물 같았다.

하지만 얼마 지나지 않아 '레테'의 효력이 나타나기 시작했다. 아무 생각 없이 주머니에 손을 넣었는데 거기에 있어야 할 것이 사라져 있고, 그런데 그게 뭐였는지 생각이 나지 않았다. 그런 막연하면서도 절박한 불안이 연달아 나를 덮쳤다. 하지만 그 괴물의 손길은 내게 닿기 직전에 모든 것을 재로 만들고 바람에 날려버렸다. 망각의 공포란 그런 것이다.

"시작됐어?"

도카가 물었다.

"응."

나는 미간을 손가락으로 누르며 말했다.

"시작된 것 같아."

"다행이다."

그녀가 가슴을 쓸어내리며

"아까 그거, 거짓말이었어."

느닷없이 진실을 밝혔다.

"……거짓말?"

나는 천천히 고개를 들었다.

쓸쓸히 웃고 있는 도카가 보였다.

"방금 치히로가 복용한 건 나에 관한 기억을 제거하는 '레테'였어."

그렇게 말하고는, 캐피닛 서랍에서 또 하나의 '레테'를 꺼내 내게 보였다.

"이게 진짜."

쿵 하며 시야가 흔들린다. '레테'가 드디어 본격적으로 작업에 착수한 모양이었다. 육체가 끄트머리에서부터 허물어져 내리는 듯한 착각에 빠져, 나도 모르게 두 손을 펼치고 손가락이 아직 그 자리에 열 개 남아 있는지 확인했다.

"거짓말만 해서 미안. 그렇지만 이건 정말 틀림없는 마지막 거짓말이야."

그녀가 읊조리듯이 말했다.

"기억을 잃기 전 나는 치히로한테 폐를 끼치게 되는 상황이 끝까지 부담스러웠나 봐. 그렇지만 하루라도 오래 치히로 옆에 있고 싶어서, 모든 걸 청산하는 역할을 기억을 잃은 뒤의 나한테 맡겼어."

도카가 침대에서 일어나서 또 하나의 '레테' 약봉지를 뜯고는, 열어놓은 창밖으로 내용물을 흩뿌렸다. 나노로봇은 바람을 타고 연기처럼 사라져갔다.

그녀가 휙 돌아서서는 씩씩하게 미소 지었다.

"우리가 만난 것도, 모두 거짓으로 하고 끝내자."

머리맡 시계를 봤다. '레테'를 복용하고 이미 6분이 경과했다. 30분이면 기억이 모두 사라지니 남은 건 24분. 아무리 발버둥 쳐봐야 한번 복용한 '레테'를 거역할 수 없다. 이제 와서 위의 내용물을 모두 토해낸다고 해도 나노로봇은 벌써 한참 전에 뇌에 도착해 있을 터였다.

나는 저항을 포기하고 그녀에게 물었다.

"잊기 전까지 안고 있어도 될까?"

"그럼."

그녀가 기쁘다는 듯이 말했다.

"그런데 다 잊었을 때 잠깐 혼란스러울지도 몰라."

"그렇겠지."

"내가 부탁한 걸로 할게. 죽기 전에 누군가의 온기를 느끼고 싶었다고 말이야."

"그거, 진심이지?"

그녀가 웃었다. "에헤헤"와 "후후후"의 중간쯤 되는 소리로.

1분마다 도카는 내게 물었다.

"아직 기억해?"

그때마다 나는 대답했다.

"아직 기억해."

다행이다, 라며 그녀는 내 가슴에 뺨을 비볐다.

"아직 기억해?"

"아직 기억해."

"다행이다."

"아직 기억해?"

"아직 기억해."

"좋아좋아."

"아직 기억해?"

"아직 기억해."

"그치만, 이제 곧이겠지."

한 시간이 경과했다.

도카가 내게서 살그머니 몸을 떼고는 어리둥절해하며 내 얼굴을 쳐다봤다.

"……어떻게 아직도 기억하는 거야?"

나는 참고 있던 웃음을 터뜨렸다.

"거짓말쟁이인 건 둘 다 마찬가지야."

그녀는 내 말의 의미가 이해되지 않는 모양이었다.

그래서 나도 진실을 밝혔다.

"아까 내가 복용한 것은 소년 시절 기억을 제거하는 '레테'였어."

"그치만 바꿔치기할 기회 같은 건 전혀……."

그녀가 앗 하고 입술을 깨물었다.

그렇다. 기회는 얼마든지 있었다.

2개월 이상 거슬러 올라가면 말이다.

"혹시."

그녀가 숨을 삼켰다.

"처음부터 바꿔치기한 거야?"

나는 고개를 끄덕였다.

"도카라면 틀림없이 그런 거짓말을 할 거라고 생각했어. 그래서 믿고 복용했어."

도카가 직접 만든 요리를 쓰레기통에 버린 날, 나는 그녀의 허를 찌르기 위한 잔꾀를 꾸몄다. 그게 두 가지 '레테'의 바꿔치기다.

나는 이렇게 생각했다. 당장에 그녀가 훔친 건 보조 열쇠뿐이지만 '레테'에 손을 댔을 가능성은 없을까, 만약 그녀가 사기꾼이라면 이걸 발견했을 때 악용하려 들 것이 뻔하다. 내 소년 시절의 기억을 삭제하면 기억의 영역 중에서 '나쓰나기 도카'의 점유율이 상대적으로 높아진다. 내게는 그녀밖에 없게 된다.

물론 그런 사태를 미연에 방지하기 위해 '레테'를 그녀 눈에 띄지 않는 곳에 숨기면 되는 이야기다. 대학이나 아르바이트 근무지 로커에 넣고 잠가버리면 된다. 하지만 나는 굳이 '레테'를 찾기 쉬운 곳에 놔두었다. 그건 그녀의 행동을 끌어내기 위한 미끼였다. 그럴싸한 먹이를 준비해두고 사태의 진전을 도모하려는 생각이었다.

그리고 그녀를 한 방 먹이려고 두 가지 '레테'의 포장지를 바꿔놓았다. 이렇게 하면 그녀가 내 음료수에 몰래 '레테'를 타도 잃어버리는 것은 '나쓰나기 도카'에 대한 기억만으로 끝난다.

하지만 그 후 내 예상과 달리, 도카도 '레테'를 바꿔치기했다. 두 가지 '레테'를 양쪽 다 가짜 가루약으로 바꿔치기한 것이다. 가지고 간 '레테'는 도카의 수중에 들어갔지만, 기억을 완전히 잃기 직전, 그녀는 그걸 이용해서 내 머릿속에서 자신과 관련된 기억을 지우기로 결심했다. 설마 두 가지 레테가 바뀌었으리라고는 상상도 못 했을 것이다.

도카는 미래의 자신에게 메시지를 남겼다(아마 그 메시지는 자신의 여명이 다하기 직전에 도착하도록 조정됐을 것이다). 하지만 과거의 자신으로부터 온 편지를 읽은 도카는 이렇게 생각하지 않았을까. "날 잊어주세요."라고 말한들 그 아마가이 치히로가 순순히 들어줄 리가 없다. 그래서 "치히로의 소년 시절을 나만의 것으로 갖고 싶어."라고 거짓말을 하고 포장지가 바뀐 '레테'를 복용시킬 계산을 한 것이다.

그녀의 오산은 이쪽도 상대의 그런 성향을 간파하고 있었다는 점이다. "치히로의 소년 시절을 나만의 것으로 갖고 싶어."라는 말을 들은 시점에 나는 거짓말이라는 걸 알았다. 그녀가 아무리 독선적이고 제멋대로인 성격의 소유자라고 해도, 마지막 그 순간에 내게서 뭔가를 앗아갈 사람은 아니다. 그런 짓은 명백히 그녀의 행동윤리에 반한다.

왜냐하면 그녀는 '히로인'이 되려고 했던 여자아이이기 때문이다.

나는 그녀의 거짓말에 확신을 갖고, 주저 없이 '레테'를 비웠다. '레테'가 바뀐 상태라면, 그것은 그녀의 의도와 달리 진짜 내 소년 시절의 기억을 제거할 것이기에.

그리고 내 도박은 이겼다. 지금, 내 소년 시절에는 도카밖에 존재하지 않는다.

"……치히로한테는 못 당하겠네."

도카가 다리가 풀린 듯 힘없이 침대에 털썩 쓰러졌다. 그러고는 어이없다는 얼굴로 말했다.

"치히로는 분명 나보다 훨씬 대단한 거짓말쟁이가 될 거야."

"그럴지도 모르지."

우리는 웃었다. 정말 살갑게. 진짜 소꿉친구처럼.

"그렇다면 아까 그게 마지막 거짓말이었다면, 다음 질문에는 솔직히 대답해줘.”

그녀가 천천히 몸을 일으켰다.

“뭔데?”

“잊히지 않아서 실망했어?”

“전혀.”

그녀는 즉답했다.

“이렇게 다시 치히로랑 얘기할 수 있게 돼서 엄청나게 기뻐.”

“그 말을 들으니 다행이네.”

“있잖아, 치히로.”

“왜?”

“키스해볼까?”

“……먼저 말해버렸네.”

“에헤헤.”

우리는 말없이 얼굴을 가까이했다. 그리고 뭔가를 확인하기 위해서가 아니라 오로지 키스를 하기 위해 키스를 했다.

◇◇◇◇◇

다음 날 도카의 병세가 급변했다. 최소한 의사는 그런 용어를 사용했다. 하지만 급변이라는 단어가 연상시키는 긴박감은 실오라기만치도 느껴지지 않았다. 반딧불이의 빛이 어둠 속에서 소리도 없이 녹아들어 사라지는 것처럼, 그녀의 마지막도 아직 고요하고 평온했다.

10월의 어느 화창하고 상쾌한 아침, 도카는 그 짧은 생애의 막을 내렸다.

영원할 것 같았던 짧은 여름이, 끝을 알렸다.

12

나의 이야기

8월의 어느 토요일 오후, 두 번 다시 만날 일이 없을 거라 생각했던 에모리 선배와 하라주쿠의 뒷골목에서 우연히 재회했다. 나는 일이 일단락된 김에 어슬렁거리던 참이었고, 그는 출장 나온 김에 관광을 하던 참이었다. 처음에는 잘못 본 건가 싶어서 그냥 지나쳤다가, 몇 걸음 못 가서 서로 돌아보며 동시에 이름을 불렀다. 스무살 여름에 만난 이후라 실로 10년 만의 재회였다.

내가 이 근처 클리닉에서 일하고 있다고 알리자, 그가 어디 추천할 만한 가게가 없냐고 물었다. 딱히 추천할 곳은 없다는 내 대답에, 에모리 선배는 눈에 들어온 가게에서 맥주 팩을 사서는 가장 가까운 공원을 알아보고 그곳으로 향했다.

우리는 분수대 옆 벤치에 앉아서 맥주를 마셨다. 공원은 수풀이 내뿜는 향과 아스팔트 탄내로 물씬거렸다. 올 여름 가장 더운 날이 될 거라고 라디오에서 말했지만, 실제로 터무니없는 더위였다. 공원에 있는 사람들 대부분은 그늘로 피해 열기를 식히고 있었다. 나는 티셔츠 한 장이라 그나마 괜찮았지만, 양복 차림의 에모리 선배는 셔츠 소매를 팔꿈치까지 말아 올리고 손수건으로 이마의 땀을 쉼 없이 닦았다.

일은 어떤지, 결혼은 했는지, 아이는 있는지, 그런 화제는 전혀 건들지 않고 우리는 매주 얼굴을 보는 친구들끼리나 나눌 법한 부질없는 이야기를 나누었다.

한 차례 웃고 난 뒤 에모리 선배가 "그래, 맞다."라며 손뼉을 쳤다.

"반년 전 큰맘 먹고 의억을 샀어."

"오호."

나는 아무것도 모르는 척하며 말했다.

"'그린그린'을 샀어요?"

"아냐."

그가 집게손가락을 치켜올리며 좌우로 흔들었다.

"'히로인'이라는 최근 개발된 새로운 의억이야."

"히로인."

나는 따라 말했다.

"그래. '그린그린'이나 '보이 미츠 걸'도 매력적이었지만, 결국 '히로인'으로 했어. 무엇보다 그게 나한테는 딱 맞는 의억이었거든. 일반적인 의억과는 달리 단순한 가짜 기억이 아냐. 가짜 기억 안에다 가짜 기억을 집어넣는 구조인데……."

나는 잠자코 그의 말을 들었다.

'히로인'의 개발자가 나라는 사실은 굳이 말하지 않았다.

세계의 종말과도 같았던 도카의 죽음은, 그럼에도 현실 세계에는 미미한 변화도 일으키지 않았다. 그런 것이다. 본인의 유언에 따라 통상적인 장례 절차는 전혀 밟지 않고, 유골도 수습하지 않았으며, 당연히 묘도 만들지 않았다. 나중에 도카의 부모님께 인사드리러 갔더니, 두 사람 모두 딸을 기억하지 못했다. 내 어머니와 똑같은 선택을 한 것이리라. 이렇게 하여 그녀가 살아온 흔적은 완전히 지워지고 말았다. 마치 마쓰나기 도카라는 인간은 처음부터 이 세계에 존재하지 않았던 것처럼.

내 생활도 그녀와 만나기 전의 평온한 일상으로 돌아왔다. 이따금, 그 여름의 일들이 전부 꿈이 아니었을까 하는 의문이 불쑥 고개를 내밀기도 했다. 도카는 극소수의 지인과 내 기억 속에만 가까스로 그 흔적을 남겨놓았다. 기억 속에만 있는 존재. 그렇게 생각하면 마쓰나기 도카라는 사람은 의자와 거의 다를 바 없었다. 결정적인 차이는 호적에 이름이 기재되어 있다는 정도뿐이었다.

그런 사실을 깨달은 뒤에도 나는 허구를 단순히 만들어진 것으로 내팽개칠 수는 없었다. 곰곰이 생각해보면 현실에 일어난 일과 일어나지 않은 일 사이에는 큰 차이가 없다. 아니, 전혀 차이가 없다고 말해도 될지 모른다. 그건 동일한 제품에다 브랜드 로고나 보증서가 붙어 있느냐 아니냐 정도의 차이일 뿐, **본질적으로는 등가인 것이다.**

허구에 대한 인식을 새롭게 바꾼 나는, 도카의 죽음으로부터 일 년 후 대학을 중퇴하고 의억기공사가 됐다. 특별한 노력은 일절 필요하지 않았다. 도카와 병실에서 보낸 그 한 달 동안, 나는 의억기공사로서 요구되는 기능을 어지간히 몸에 익혔다. 시험 삼아 공모에 응모해봤는데 단번에 합격했다.

생전의 도카만큼은 아니더라도, 나는 나름대로 이름이 알려진 의억기공사로 일선에서 활약하고 있다. 의뢰는 취사선택하지 않고 들어오는 대로 받아들였지만, 특기 분야는 역시 '그린그린'과 도카가 만들어낸 '보이 미츠 걸', 그리고 내가 직접 개발한 '히로인'이다.

동료들은 다들 신기해한다. 왜냐하면 나는 지난 10년간 연애다운 연애를 한 번도 하지 않았기 때문이다. 어떻게 경험하지도 않은 행복을 그리 생생하게 그릴 수 있느냐고 묻는 이도 있다. 경험하지 않았기 때문이라고 말하곤 하지만, 아마 그 대답은 정확하지 않을 것이다. 하지만 일일이 설명할 의무도 없기에 그 이상은 말하지 않았다.

얼마 전, 어느 잡지와 인터뷰를 했다. 인터뷰어의 이름이 귀에 익어서 혹시나 하는 마음에 확인했더니, 역시 열일곱 살 때의 도카와 인터뷰한 기자와 동일 인물이었다. 기묘한 우연도 있는 법이다.

"마지막으로 하나 묻고 싶습니다만."

기자가 말했다.

"아마가이 씨에게 의억기공사란 직업을 한마디로 정리해본다면 뭐라고 하시겠어요?"

잠깐 생각하고 나서 나는 이렇게 대답했다.

"세상에서 가장 다정한 거짓말을 만드는 일입니다."

나는 그 사실을 도카에게서 배웠다.

나는 올해 서른이 되었다. 결혼은 하지 않았고 애인도 없다. 에모리 선배를 제외하면 친구라 할 사람도 없다. 중학교 시절의 유일한 기억이라 할 만한 기리모토 노조미와도 그 이후로 한 번도 본 적이 없다. 도심에서 전차로 한 시간가량 떨어진 고즈넉한 마을에 거처를 두고 조용히 살고 있다. 매일 아침 일어나 커피를 내리고, 오전 중에 일에 착수하고, 집 안을 청결히 유지하고, 적당한 운동을 하고, 담배와 술을 삼가고, 책을 읽고, 가끔 영화를 보러 나가고, 저녁에 슈퍼에서 장을 보고, 손이 많이 가는 요리를 만들고, 밤에는 레코드를 들으며 보낸다. 지나치게 건전하다고 할 정도로 건전한 생활.

그 여름과 다른 점은 곁에 도카가 없다는 정도다.

나는 아직 그녀의 죽음을 극복하지 못했다. 극복할 마음이 없다고 말하는 편이 나을지도 모른다. 최소한 앞으로 10년은 친구나 연인을 만들지 못할 것이다.

세상을 떠난 도카에 대한 의리 같은 건 아니다. 그녀도 이러기를 바랄 리가 없다. 지금의 나를 본다면 틀림없이 그녀는 "바보."라며 어이없어할 것이다. "죽은 사람 같은 건 잊고 얼른 행복해지면 얼마나 좋아."라며 웃을 것이다. 쓱쓰러워하면서. 가여워하면서. 아주 조금은 기뻐하면서.

그래서 나는 도카 이외의 인간은 사랑하지 못한다. 추억 속 그녀에게 언제까지나 "바보."라고 웃음을 지으면서, 이 바보스러움을 고치지 않겠다.

나는 내가 만든 의억에 몰래 어떤 장치를 심어놓았다. 일종의 컴퓨터 바이러스 같은 것이다. 나와 파장이 맞는 인간의 체내에서만 그 바이러스는 발병한다. 바이러스가 한번 발병하면 감염자는 이 세상 어딘가에 '히로인'(혹은 '히어로')이 있다는 환상에 사로잡힌다. 지금까지 자신이 손에 넣어온 것은 모두 가짜로, 어딘가에 있는 진짜를 손에 넣지 않는 한 영원히 행복해질 수 없다는 감각을 항상 갖게 된다.

내가 **당신**을 그런 상황에 처하게 하는 이유는, 내 동료를 늘리기 위해서도, 같은 고통을 맛보게 하기 위해서도 아니다. 이 세상 어딘가에 운명의 상대가 있다는 것. 그것을 하나의 진리라고 마음 깊은 곳에서 믿고 있기 때문이다. 그 진리를 한 명이라도 더 많은 사람이 믿게 되기를 기도한다.

운명의 상대는 존재한다. 그것은 당신의 연인이 될 상대일지도 모르고, 친구가 될 상대일지도 모른다. 파트너가 될 상대일지도 모르며, 호적수가 될 상대일지도 모른다. 어쨌든 이 세상에는 '만나야 할 상대'가 한 사람에게 한 명씩 할당되어 있으나, 대부분의 사람은 그 상대를 만나지 못하고 불완전한 인간관계를 묵묵히 받아들인 상태로 일생을 마치게 된다.

그 상대는 어쩌면 평소에 자주 이용하는 편의점의 웃는 얼굴이 매력적인 점원일지도 모른다. 통근 전차에서 항상 마주치는 피곤한 얼굴의 샐러리맨일지도 모르고, 매일 게임 센터나 다니며 수업을 빼먹고 있는 비뚤어진 학생일지도 모른다. 역 앞에서 쭈뼛쭈뼛 길을 묻는 짐이 많은 여행자일지도 모르고, 아침 일찍 번화가에서 구토 중인 가엾은 주정뱅이일지도 모른다. 야간 버스 옆자리에 앉아서 시끄럽게 코를 고는 남자일지도 모르고, 지나가는 길에 우연찮게 한 차례 스쳐 지나갔을 뿐인 존재감 없는 여자일지도 모른다.

어찌 됐건 당신이 그 상대와 만났을 때, 말로 형용할 수 없는 **뭔가**가 느껴질 것이다. 그리운 향기를 맡은 것과 같은, 어릴 적 방문했던 이름도 모르는 마을을 우연히 지나가는 것과 같은, 애절한 향수가 덮쳐올 것이다. 그러나 당신은 그 직감을 믿을 수가 없다. 상식적인 인간은 운명의 상대 같은 건 텔레비전이나 드라마나 연애소설 속에나 존재한다고 믿기 때문이다.

그리하여 당신은 운명의 상대와 스쳐 지나간다. 생애 두 번 다시 만날 수 없다. 몇 년 혹은 몇십 년 뒤 당신은 문득 그날을 떠올리게 된다. 상대의 인상이 희박해지기는커녕, 아무 일도 없었던 그 순간이, 그 어떤 추억보다 눈부시게 빛나고 있다는 걸 깨닫는다. 아니, 설마 그럴 리가, 하며 당신은 웃어넘기려 한다. 그런 영화 같은 일이 있을 리가 없잖아. 그렇게 스스로를 타이르며 그 광채를 기억 깊숙한 곳에 봉인해버린다.

그러나 만약 당신이 '히로인'을 믿을 수 있는 인간이라면, 이야기는 조금 달라질지도 모른다. 당신이 그 사람과 스쳐 지나간 뒤 직감에 이끌려 뒤돌아볼 수 있을지도 모른다. 그때 만약 상대도 '히어로'를 믿을 수 있는 인간이라면, 역시 이쪽을 돌아봐줄지도 모른다. 그 둘은 순간적으로 마주봤다가 서로의 눈동자 깊은 곳에서 무척이나 중요한 무언가를 찾아낼 것이다. 물론 다시 돌아서서 그냥 걸어가버릴 가능성이 높다. 하지만, 그럼에도, 어쩌면 둘 중 누구부터라고 할 것 없이 서로 말을 걸 수도 있을 것이다. 그리고 이 세상에서 태어난 의미를 처음으로 알게 될지도 모른다.

나는 그런 기적을 하나라도 더 늘리기 위해 사람들 마음속에 적절한 공간을 비워두고 싶다. 그런 공백은 대부분의 경우 살아가는 데 방해가 될 뿐이다. 설령 아무리 충실한 나날을 보내고 있어도, 그 결핍은 당신 인생에 작은 그림자를 계속 드리운다. 그렇다, 그건 일종의 저주와 같은 것이다.

그 일로 당신은 나를 원망할지도 모른다. 나는 그 원망을 감수하기로 결심했다. 결국 이러한 시험은 나의 자기만족일 수밖에 없으니까.

◇◇◇◇◇

그 여름의 끝자락, 나는 모교에서 강연 의뢰를 받고 10년 만에 고향을 방문했다. 강연을 마치고 관계자와 간단한 식사 후 혼자서 동네를 정처 없이 걸어 다녔다. 딱히 별다른 변화는 없어 보여 한 시간 남짓한 산책으로 충분했다.

벤치에 앉아서 캔 커피를 마시며 석양을 바라보다가 슬슬 돌아가야겠다 싶어 일어나려는 순간, 유카타를 입은 여자아이들이 웃으며 내 앞을 지나갔다. 나는 그 자리에서 꼼짝도 못한 채 여자아이들의 뒷모습을 넋을 잃고 바라보았다.

부르고 있다. 그렇게 생각됐다.

나는 여자아이들이 걸어간 방향으로 발걸음을 향했다. 축제장은 가까이에 있었다. 마침 배도 고팠던지라 포장마차에서 맥주와 닭꼬치를 사서, 돌계단에 앉아 혼자 먹었다. 오랜만에 마시는 술이라 금세 만취하고 말았다.

잠깐 꿈을 꿨다. 어떤 꿈이었는지 기억나지 않을 정도로 어슴푸레한 꿈이었지만, 행복한 꿈이었던 것 같다. 무척이나 슬픈 마음이 들었으니까.

졸음이 가시자, 주위는 어둠에 휩싸여 있었다. 청아한 밤, 벌레울음소리에는 이미 가을의 기운이 섞이기 시작했다.

축제장에서 나가려고 할 때, 어딘가에서 폭발음이 들려왔다. 반사적으로 고개를 들자, 밤하늘 저 멀리에 쏘아 올려진 불꽃이 보였다. 이웃 마을에서 불꽃놀이 축제가 열린 모양이다. 나는 시선을 내리깔고,

그날과 같은 바람 냄새가 났다.

무의식적으로 걸음을 늦춘다.

어깨너머로 뒤돌아본다.

인파 속에서 나는 그 모습을 곧바로 찾아낸다.

그녀도 역시 돌아보고 있다.

그렇다, 한 여자였다.

견갑골까지 늘어뜨린 긴 까만 머리.

불꽃놀이 무늬가 수놓아진 짙은 남색 유카타.

이목을 끄는 하얀 피부.

붉은 국화꽃이 달린 머리핀.

나는 살짝 미소 짓는다. 고개를 돌려 다시 발걸음을 내딛는다.

뒤에서 안녕, 하는 소리가 들린 것 같았다.

◇◇◇◇◇

불과 3개월이었지만, 내게는 소꿉친구가 있었다.

미아키 스가루 Suheru Miaki, みあき すがる, 三秋 すがる

1990년 이와테현에서 태어났다. 고등학생 때부터 트위터, 익명 커뮤니티, 개인 웹사이트 등에 창작 글을 올리기 시작했다. 〈사람을 자살시키기만 하면 되는 간단한 일입니다〉, 〈10년을 되돌려서, 10살부터 다시 시작한 감상〉, 〈수명을 팔았다. 1년 당, 1만 엔에〉 등의 짧은 소설들이 온라인에서 인기를 얻기 시작해 2013년 《스타팅 오버》로 정식 데뷔했다. 보이 미츠 걸 Boy Meets Girl 스토리라인에 SF 요소를 결합한 신선한 작품들을 잇달아 발표했으며, 2019년 《비록, 닿을 수 없는 너의 세상일지라도》를 통해 온라인 출신 작가로서는 처음으로 일본의 주요 문학상인 '요시카와 에이지 문학신인상' 후보에 올랐다. 치밀한 복선과 탄탄한 구성, 담백하지만 여운을 남기는 문체, '우아한 포기', '실패에 대한 관대함'이라는 독특한 감성과 주제의식으로 많은 독자들의 사랑을 받고 있다. 주요 작품으로 《사랑하는 기생충》, 《3일간의 행복》, 《아픈 것아, 아픈 것아, 날아가라》 등이 있다.

비록, 닿을 수 없는 너의 세상일지라도

2023년 3월 27일 초판 1쇄 | 2023년 5월 30일 3쇄 발행

지은이 미아키 스가루 **옮긴이** 이기웅
펴낸이 박시형, 최세현

책임편집 김명래 **디자인** 이정현
마케팅 권금숙, 양근모, 양봉호, 이주형 **온라인홍보팀** 신하은, 현나래
디지털콘텐츠 김명래, 최은정, 김혜정, 서유정 **해외기획** 우정민, 배혜림
경영지원 홍성택, 김현우, 강신우 **제작** 이진영
펴낸곳 팩토리나인 **출판신고** 2006년 9월 25일 제406-2006-000210호
주소 서울시 마포구 월드컵북로 396 누리꿈스퀘어 비즈니스타워 18층
전화 02-6712-9800 **팩스** 02-6712-9810 **이메일** info@smpk.kr

ISBN 979-11-6534-712-3 (03830)
